鼎丛书第一辑
DINGCONGSHUDIYUI

发现

FAXIAN

刁斗 / 著

贵州出版集团
贵州人民出版社

图书在版编目（CIP）数据

发现 / 刁斗著. -- 贵阳 : 贵州人民出版社,
2018.8
　（鼎丛书 ; 第一辑）
　ISBN 978-7-221-14746-2

Ⅰ.①发… Ⅱ.①刁… Ⅲ.①中篇小说－小说集－中
国－当代②短篇小说－小说集－中国－当代 Ⅳ.
①I247.7

中国版本图书馆CIP数据核字(2018)第195589号

书　名	发　现
丛 书 名	鼎丛书·第一辑
著　者	刁　斗
选题策划	黄　冰
责任编辑	黄　冰
封面作品	李　革
装帧设计	黄　冰　丹　丽
出版发行	贵州出版集团　贵州人民出版社
社　址	贵州省贵阳市观山湖区中天会展城会展东路SOHO办公区 贵州出版集团大楼（邮编：550081）
印　刷	深圳市和谐印刷有限公司
开　本	880×1230mm　32开
印　张	11.75
字　数	230千字
版　次	2018年8月第1版
印　次	2018年8月第1次印刷
书　号	ISBN 978-7-221-14746-2
定　价	36.00元

目录

小说

搞

一九三三年年底，上海《申报月刊》第二卷第十二号，发表一篇文章叫《作文秘诀》，署名洛文。"有真意，去粉饰，少做作，勿卖弄自己"，文章结尾这几句话，简明精当，上口易记，很快在文学圈中流传开来。后来人们渐渐知道，《作文秘诀》是鲁迅的作品，洛文是鲁迅的笔名之一。

读《作文秘诀》时，我正念大学新闻系，但瞧不起新闻，爱好文学。海明威的新闻实践是我们课堂上的异数。我不喜欢上课，看闲书踢足球谈恋爱之余，我写"朦胧诗"与"伤痕文学"，笔法粉饰，行文做作，缺少真诚又自我卖弄。我没见过更多关于《作文秘诀》的背景材料。鲁迅的文章，常常被考证出曲折的生成背景，成分复杂，味道怪诞，有点像绍兴摊贩沿街叫卖的油炸臭豆腐。我钦佩鲁迅研究工作者的钩沉工夫。好多年后，我了解到《作文秘诀》的成文背景，几度见到孙郁，都想提供给他。但话到嘴边又咽了回去。孙郁是鲁迅博物馆馆长。不是我想存点私货，以备插足鲁研场子，是我觉得，这天底下，光有文章也就够了，没必要给每篇文章都镶花边。欣赏成龙的拳脚功夫，不一定非知道他孩子是否婚生。像刘心武那么读《红楼梦》比较辛苦。我写小说《重现的镜子》时，正喜欢某甲，就把她名字嵌了进去，感动得她当即答应伴我终身；可小说发表时，她已离我而去，我身旁的女人变成了某乙，为讨好某乙，表示我曾单恋过她，一牵强一附会，我"镜子"里，就又照出了她的影子，感动得她也以终身向我承诺。如此，以后若有人研究刁斗，研究《重现的镜子》，确定它的助产师时，该指认某甲还是某乙呢？我倒也理解鲁迅为何需要考证钩沉。鲁迅这个小个子男人，喜欢钻牛角尖，凡事都有自己的态度，常常发出异质的声音，不考不钩，普通读者对他的讽世或骂人就找不到由头。我们后辈作家与他不同。我们大脑沟回里，安插着同一套盗版程序，我们用统一的输入法在键盘上敲出来的男欢女爱、家长里短、反腐倡廉、底层写作……都是同质的，无须考钩也清清楚楚。

还说《作文秘诀》。它的生成背景，是余一卒告诉我的，而配合鲁迅勾画那背景的，就是他本人。

余一卒不是鲁研工作者。

一九三三年，余一卒十六岁，是爱好文学的中学生，他致信鲁迅讨要"作文秘诀"。余一卒是上海人，延安干部，后半生在东北度过，在哈尔滨、长春和沈阳分别担任过意识形态方面的一般干部和重要领导，一九八六年离休，一九九七年病逝，死于沈阳第四人民医院干诊病房。他死之前，我去看他，聊到知识分子骨气问题时，话题引到了鲁迅身上。说过几句鲁迅的性格，余一卒忽然诡异一笑，没做铺垫，就抛出了《作文秘诀》的成文背景。他还提到，收到鲁迅以《作文秘诀》为题的复信，他又进一步写信求见，并应约跑到内山书店拜望了鲁迅，谈话不少于四十分钟。中国文人，哪个当面聆听过鲁迅，就相当于间接受到了皇帝宠幸，别说谈话四十分钟，谈四分钟，也能写四十篇引申文章。我了解鲁迅不超过两篇课文时，就熟读毛泽东对他的评价，后来年岁渐长，阅世渐深，更认定他是肥美蛋糕，有谁有幸切下一片，吃半辈子没有问题。我很想从余一卒这粒豆子里榨出油来。可当时，余一卒的话题飘忽不定，倏然一转，又讲起了小说。他讲小说起源，准确地说，是讲小说这一称谓的起源。我未及潜入《作文秘诀》的深水区域，未及了解在内山书店，鲁迅对余一卒说了什么，态度如何气氛怎样。只是感觉，六十多年里，余一卒从不张扬鲁迅恩赐给他的文章和谈话，定然有些委曲的隐衷。我榨他的热情更高涨了。余一卒平生最大的志趣是当小说家，曾在日记里积累大量素材，由于原因种种未能如愿。这不影响他把小说挂在嘴边，就像祥林嫂，把死去的儿子挂在嘴边。据说，那些年他也不避讳当祥林嫂，总说小说还是要有的，只不过，不能写《刘志丹》那种反党小说，而要写《艳阳天》那种颂扬小说。我读过《刘志丹》，它怎么反了党我看不出来。我暂时离开余一卒病榻，钻进厕所抽了支烟。干诊病房素雅洁净，淡淡的消毒药水味十分好闻，走廊上脚步轻盈的女护士们，性格比容貌娇柔可人，有喜欢动手动脚的老干部捏她们拍她们，她们从不恼怒，只莞尔一笑巧妙避开——不反感老干部动手动脚的，或虽然反感，但需要老干部帮忙办事的，避开都不用。

抽完烟，我正想把话头再拉向鲁迅，一个护士走了进来。她目光亲切地看床上的衰朽老者，又腔调冷漠地驱赶我这床边的健硕青年。她是两面人。她破坏了我的榨油计划。余一卒的手像风干的腊肉，看着都恶心。可我紧紧握住它们，还摇了两摇。进屋时我已握过它们，没这时热情。我告诉余一卒，下一天探视时间我会再来。我没说下一天来时，我将带稿纸钢笔录音机照相机，是否也带公证处的人我没想好。

下一天，我一进干诊病房区，两面人女护士就看到了我。她说余一卒死了。这回她把她的两面掉了个个：看我时目光亲切，说余一卒时口气冷漠。

"你是姓刁吧？咽气前他一个劲叨咕你，说你特别有才华，说他身体康复出院后，要让你给他当助手呢。"

"助手？当什么助手？"

"好像是，研究鲁迅吧，他说他以后搞鲁迅研究……"

余一卒追悼会上，我哭出了声音。原野凑近我小声说，你节制点。他警惕地环视左右，拍拍我肩膀。别让人看出来你也是老爷子私生子。

鲍尔吉·原野叫个外国名字。他不是外国人，是中国人，是中国的蒙古族人，长于散文写作和制造谣言。他多数时间独处，独处时看书写作，如果独处受到破坏，他就造谣。有一阵子他们领导要求他上班，他就各办公室乱窜，有鼻子有眼地说肛肠医院和口腔医院已合为一家，又举出一堆身边实例，说尾骨处发青的人肝脾如何肾脏怎样，引逗得不少同事跑澡堂子里撅起屁股供人鉴赏。有一次，他和一群作家走长征路，从遵义到延安，他神秘地告诉好几个小说家，说从下一年开始，英语的布克奖资助人继设立俄语布克奖后，还要设汉语布克奖，并具体指出，获奖作品应是什么主题，大陆评委将由何人组成，奖金额英镑多少人民币多少，颁奖地点在哪和由谁颁奖。他发表作品署名鲍尔吉·原野，私下交往，我们只叫他原野。原野在写作造谣之余，也钻研小学，不是大中小学那个小学，是陈独秀放弃党派政治后闭门钻研的那门学问。好多年里，他一直讨厌"搞"字。不是讨厌它的音形义，是讨厌大部分由它组成的词。"搞运动""搞卫生""搞艺术的""搞房地产的""搞搞利索""好好搞一搞"……他都讨厌。生活中，"搞词"是高使用频率词，与它作对是自寻烦恼。我对"搞词"没特殊感觉，常把"搞笑""搞对象"挂在嘴边，但和原野聊天，知道他不喜欢"搞"，我也就不怎么"搞"，连"笑"和"对象"

都很少"搞"。我随和。与东北人比，南方人，北京以南的人，长江以南的人，港台闽粤那边的人，使用"搞"字频率更高。我和原野都是东北人。

俞佳是我眼中的南方人，具体南在哪省哪市我不想说。她男朋友是沈阳人，大学毕业那年，她操一口好听的南方普通话来了沈阳。那时她写散文，供职于一家时尚杂志。我在文学期刊当编辑，通过来稿认识她后，很有好感。有一天，在我家，我和原野还有其他朋友玩扑克时，俞佳的电话打了过来。先是彼此互致问候，然后她听到我身边挺吵，就迅速切入正题，说希望我能帮她个小忙。

"什么忙？只要做得到，我非常非常愿意效劳。"

"别那么夸张。你和鲍尔吉·原野是朋友吧？"

"对呀，"我差点叫出来，这会原野就在我身边。

"我想认识他，你能帮我介绍一下吗？"

"认识——他？"我不能说我心生了醋意，但有点不得劲是肯定的。"为什么？"

"他是，搞散文的呀。"

"搞——散文？"我看了眼正皱眉琢磨牌局的原野。"他不搞散文了。"

"不搞散文了？那搞什么？"

"搞女人。"

不行，让俞佳这么出场太轻浮了。我不能拿源自我的轻浮去玷污她，让人误以为她也轻浮。我喜欢俞佳。俞佳是个严肃女人。

可我的确更喜欢轻浮，喜欢轻浮的生活态度和生活方式。严肃是勒我脖子的领带，轻浮是条半长不短的沙滩裤。

我写过篇文章，叫《"轻浮"的小说》，把恭敬和赞美给了不严肃的现实主义之外的其他主义。俞佳不同意我的观点，她把现实主义之外的其他主义看成旁门左道，看成文学天空的过眼烟云。跳过《在细雨中呼喊》那样的杰作，她认为，《活着》以降的余华才算成熟，他告诉了我们中国小说家该如何"活着"。你看这题目，《兄弟》，既方便译成外文，又方便改电视剧。她说，"底层写作"能让那么多既腰缠万贯又满腹经纶的学者教授都跳着脚喊好，证明的，正是现实主义生命力无穷。我说我不知道现实主义是否生命力无穷，也不知道什么东西一生命力无穷了还有无意思，我只知道，各种主义乱花迷眼看着才热闹。我喜欢热闹。我说我反对一切形式的强蛮霸道，用强蛮霸道行善也不行。其他主义，从不妨碍现实主义甩籽产卵，我说，为什么现实主义那么歹毒，一定要让其他主义断子绝孙？

"哼，现实主义没不许其他主义开花结果，是其他主义自生自灭。"

"哈，你把神龛庙宇全给砸了，然后允许信仰自由？"

"那好，具体点。你不认为读者对巴尔扎克的需要远远超过普鲁斯特？"

"哪个读者？就我这个读者来说，我对《风月趣谈》的需要远远超过《人间喜剧》。"

"《风月趣谈》是什么？"

"是巴尔扎克的短篇集子，里边都是《十日谈》《坎特伯雷故事集》那种风格的小说。玩味偷情者的智慧，嘲弄禁欲者的虚伪，特别滑稽。"

"哼，只有你这种轻浮的人才有这种奇谈怪论。全世界的文学史都承认，巴尔扎克是严肃的作家。"

"当然，世界上最严肃的游戏就是挣钱和出名，巴尔扎克一直缺钱，也渴望出名。"

"你——太不严肃了。搞什么搞！"

哦，这就对了，这就恢复了俞佳现实主义的严肃面目。

这一节算俞佳正式出场。

命名

余一卒这样描述小说这一称谓的起源：

很久以前，在一群识字的人里，有个识字人以笔为生，他脑子里装着有趣的念头，肚子里装着好玩的故事。他不参加生产劳动，只点灯熬油地把自己的念头和故事写出来，送给识字者看。那些识字者喜欢这个以笔为生者写下的文字，给他吃喝，给他钱花，让他不用种地放牧打鱼也吃得饱穿得暖，还能娶妻生子享天伦之乐。但另有些人不认识字，仇视识字者的阅读技能，就拿以笔为生者开刀，剥夺他的写作权利，让他靠出卖体力维持生计。识字者保护不了以笔为生者，不识字者比他们厉害。以笔为生者别无选择，只得离开书桌，也成了个种地放牧打鱼的人。

不识字者看不明白以笔为生者写的什么，但常听识字者议论，知道那些东西的确有趣好玩。他们也愿意享受有趣好玩带来的快乐。可他们懒，不肯花气力识字脱盲，便奉行木桶政策，让识字者也不能从以笔为生者那里得到快乐。时间一久，识字者读不到以笔为生者写的东西，就找不到话题交流讨论，识字者一没话说，不识字者连旁听的快乐都享受不到，更无聊了。他们便私下商量，更新规矩，允许以笔为生者把原来写在纸上的东西由嘴说出，这样在智力上，他们就不输识字者了。耳朵面前人人平等。

不识字者把以笔为生者找去，向他公布新的决定。他们说，他们理解他的爱好，为避免他憋得难受窝出病来，特意为他放宽了政策。"不过，"为了显得严肃，不识字者又补充道，"说是说，但不许你得意忘形大声喧哗，你只能，小点声说！"

"当然，当然，"以笔为生者喏喏点头，一边答应，一边向关注他的识字者中间慢慢退去，"我一定小点声说，小点说，小声说，小说，小……说……"

围观的识字者站在远端，未经允许，他们无权进入不识字者占据的圈子中央。以笔为生者由中心走向边缘，逐渐接近识字者时，他们才听到他的喃喃自语："小说，小……说……"他们想当然地认为，那是以笔为生者在命名他曾经写下的文字。

命名是语言最本质的特征。

余裕说："谁说鲁迅没有长篇？叫我说，鲁迅那些杂文，就都是长篇碎片，是貌离神合的长篇碎片，把它们放一块读，它们就是《清明上河图》式的长篇小说，要是给它们取个名字，不要叫《匕首与投枪》，最好叫《呐喊与彷徨》。"

余裕又说："从这个意义上说，老爷子也有长篇，没写完而已——不对，'碎片式'长篇的特点就是写不完，完与不完都得相对而言。遗憾的是老爷子的东西始终留在笔记本上，是素材，是草稿，是没最终修改停当发表出来的半成品。不过呢，这放在历史的大背景下，也深意存焉。如果老爷子的《清明上河图》能出版，可以叫《往事与随想》。"

"《往事与随想》，这是赫尔岑的题目。"余一说。

余裕面露惊讶。惊讶是不信任的别名。"你知道赫尔岑？"说完，他又收起惊讶，歉意地一笑。他是得体的人。他解释道，他以为，像余一这样年轻一代的文学家，可能不会注意赫尔岑这种"不纯粹"的作家。"我读它，是'文革'时印的那种内部读物，节译的。"

余一卒辞世十周年前，具体地说，前一年半，余一作为长篇小说《往事与随想》的整理者与《余一卒小传》的写作者，应余一卒的儿子余裕之邀，首次来沈。此前，二余商定，余一卒这部迟到的作品，既要有精神上的高度，又要有物质上的厚度，不得少于三十万字，另有作为小说附录的长篇小传五至七万字。他们还确定了封面设计的候选人与印制出版的候选单位。

东北的早春非常寒冷，衣着单薄的余一在沈阳活动的十几天里，每天穿着我新买的黑皮夹克，采访余一卒的亲戚朋友，看余一卒的三十多本日记——据余裕说，他爸共写过日记七八十本，到一九六六年，就积攒了五十多本。"文革"初期，它们大部分被他自己烧了。现在留下的三十多本，有四分之一强是一九六六年以前写的，由于忘在床下一只旧柳条包里，才没变灰烬，其他四分之三弱，是他一九七六年即将离开下放地东丰县时，至死前写的。一九六七年至一九七五年，他没写过日记。他留下的日记，每则都有具体日期，但又不是日日记载的流水豆腐账，有时上下两篇间隔一两个月，有时一篇就占十个页码。这些日记的大部分，本身就是文章提纲甚至草稿，有抒情，有议论，有叙述，有描写，有想象，有虚构，包含了许多精神活动的追忆与思考，确实是"往事与随想"。

以前我不认识余一。他长发垂肩，风流倜傥，一双大眼睛清澈单纯，含几分女性才有的妩媚。他喜欢说话，嗓音带磁性，不仅什么话题都插得上嘴，且讲什么都头头是道。说话时最能展示他的魅力。他一来沈阳，就给我打电话，自称格非的学生，要代表格非来看看我，见面时，还捎来格非赠我的《欲望的旗帜》，是二〇〇五年重印的新版。《欲望的旗帜》是格非多年前发表的长篇小说，我很喜欢，写过赏析文章。我看着扉页上格非的赠言，说格非的字挺漂亮嘛。以前我没见过格非手迹。

余一与余一卒没任何关系，如果不是接了余裕这单生意，他都不知道这世上还有过余一卒其人。余一余裕相识在一个山西薛姓煤老板的私人酒会上。山西作家鲁顺民历时五载，写了本关于土改的纪实作品，被海外媒体称为填补中国政治史一段空白的重要著作。薛姓煤老板看到该书，认为书中某节细述的一个薛姓地主是他爷爷，他感慨万端，便以他爷爷和鲁顺民为由，赶来京城，广邀闻人，举行一场颇具规模的"话土改酒会"。碰巧同桌的二余，对薛姓煤老板此举有许多共识，酒会后，两人又经几番磋商，就为《往事与随想》及《余一卒小传》立上项了，讲好了甲方义务乙方责任等一应事宜。余一有清华大学现当代文学硕士研究生资质，毕业不足八年，已成为中国传记文学协会最年轻也是最活跃的副秘书长，为好几个演艺界与体育界的大牌明星代笔过自传。两人交割首付那天，余裕问余一是否知道他对他何以这么容易就建立了信任。余一没正面回答。您意思呢余总？余裕是大生意人，长余一近二十岁，他让余一叫他大哥。都姓余嘛。余一坚持礼貌和矜持，不叫大哥，只称余总。

"你这名字，自己取的？"

"对呀，上高中前我叫余国庆，我十一生的。上高中时，我喜欢上了鲁迅，喜欢鲁迅那首小诗：'寂寞新文苑，平安旧战场。两肩余一卒，荷戟独彷徨'……"

"哈，就是这首诗——你差点跟我家老爷子撞车啦。我爸就是因为喜欢鲁迅，喜欢鲁迅这首小诗，不光把自己名字叫成了余一卒，连我们儿女都跟着姓余了。我爸以前姓顾。"

"我明白了。谢谢鲁迅。"

"我相信你有能力把老爷子写成生前没发表过作品的鲁迅传人。"

二〇〇一年秋季，中国足球队成全了博拉·米卢蒂诺维奇"神奇教练"的神话，杀入了下一年韩日世界杯决赛圈。下一年，二〇〇二年夏天，中国足球队即将开赴韩日战场时，彭大嘴来电话问我，想不想参与他一个节目，畅想世界杯上的中国足球。我说太愿意了，在央视出镜，不论说什么，都是中国知识分子的光荣与梦想；可有件事，你得先帮我搞搞清楚，然后我才知道我该说点什么。彭大嘴已有所警惕，问什么事。我说话，韩日也在亚洲，中国去它们那，也算"冲出亚洲走向世界"？彭大嘴在电话里嘎嘎坏笑。你丫算了吧，他说，不找你了，你丫憋一肚子砸我牌子的坏心思。念大学时，我和彭大嘴同系不同届，因为踢球认识了，又因为都"坏"，还关系挺好。

除了体育频道，其他频道的电视节目我不怎么看，但彭大嘴那档在新闻频道播的节目，我也看了，目睹了几个球员官员知识分子同台畅想以足球为基点的亚洲与世界。知识分子的畅想华丽宏阔，我听着犯困，我主要听专业人士的质朴畅想。郝海东说，中国足球在亚洲绝对一流，小组出线没有问题；李玮峰再具体一步说，到时我们争取赢哥斯达黎加，赢或者平土耳其，平或者小负巴西，以最高七分最低四分的成绩进第二阶段，之后在淘汰赛上好好发挥，争取……李玮峰分别要赢平小负的三支球队，是小组赛里中国队的对手。在我对郝海东李玮峰的自信很没自信时，中国足协主席阎世铎发话了。他没像两员爱将那么睥睨群雄，但表达的意思，却是认同他们。我很惊讶，忙打探那三场比赛由谁裁判。打听不着，还没定呢。我找不到国际足联给中国队放水的过硬理由。当时，我记得阎世铎只是又补充个意思：输给巴西没有关系，但也应该进他们球，应该让这世界足坛的巨无霸知道知道，遥远的东方有一条龙。

　　顺便插一句，阎世铎离职后，他继任者名字里恰好有个龙字：谢亚龙。亚洲之龙，多吉利呀！绝望的球迷是孔孟之道的徒子徒孙，他们相信帝王能救世，他们对中国足球又充满信心，亲切地将谢亚龙称作龙王。以前球迷对阎世铎也亲切过，叫他阎王。阎王激动时脸色泛红嘴唇略歪，像个气性大的孩子；龙王稳重多了，目光深沉，天庭饱满，估计手头不止有一张博士文凭。我最早记住谢亚龙的面孔，是看二〇〇〇年悉尼奥运会。当时，中国有两人参加女子二十公里竞走比赛，其中我的辽宁老乡王丽萍，任务是辅佐我的另一个辽宁老乡刘宏宇冲击冠军。我听说有这样的安排。我不认为这样的比赛策略与假球黑哨是同一回事。我希望她俩有战术上的配合。可赛场风云瞬息万变，也如情场或者官场。

简单说吧，刘宏宇太倒霉，距终点不到四公里时被罚下场，王丽萍最后得了冠军。当场有记者采访中国官员，问这是不是一次战术上的胜利，刘宏宇是为掩护王丽萍被罚的吗？中国官员做了肯定的回答，还就刘宏宇的被罚做了道德引申。中国官员的说法让我困惑。我明白点体育。刘宏宇的成绩向来好于王丽萍，如果事先有战术安排，更应该选择我听说的那个丢王保刘计，而非相反，选择丢刘保王计无异于自杀。我想不好制定战术的教练为何要自杀，难道害怕中国拿冠军的人收买了他？好在中国夺了金牌，战不战术无所谓了。战术是为胜利服务的，胜利能够掩盖一切。事情没完。两个竞走好手一向情同姐妹，悉尼奥运会后，她们却生分了，分别接受采访时，她们对赛前战术安排的细节描述越来越不同。最初，她俩都延续中国官员的说法，自我牺牲的刘宏宇延续得别别扭扭，胜之不武的王丽萍延续得憋憋屈屈。后来，几乎被人视为水货的王丽萍忍不住了，她改口说，事先根本没制定过丢刘保王计，刘丢了，那是意外，那与王的胜利没有关系。她没说事先是否制定过丢王保刘计。几年后，刘宏宇退役了，心态平和的她，与王丽萍又成好姐妹了，面对记者旧话重提时，她坦然认同王丽萍的说法，但避免评价当时从团队精神讲到爱国主义的中国官员的任何论断。那个与两位运动员说法不一的官员，就是谢亚龙。

现在我要说的不是龙王，仍是阎王。阎世铎时代，中国队提前两轮打进世界杯的那场比赛，是在沈阳五里河体育场踢的。拿下阿曼后，沈城欢腾，国人激动，沈阳的一位领导，当即把个"五里河精神"的提法抛了出来，说五里河精神就是沈阳精神。那段时间，沈阳的大街小巷，到处悬挂"以五里河精神"如何如何和"发扬五里河精神"怎样怎样的大字标语，许多认识那发明了"五里河精神"的领导的人，都祝贺他为沈阳找到了灵魂。我也认识那位领导，还曾经同事加哥们，他约会时用过我房子，用过我的水杯拖鞋淋浴器电褥子。有次我们相遇在同一个饭局，他夸我作品多，我赞他作品大。他的夸奖出自真心，我的赞美含有揶揄。你小子可比那些光懂得修马路盖大楼的官强多了，你给了沈阳一个灵魂，千秋万代的沈阳人都会记得你呀。他能听出我的揶揄，就不好意思地小声解释，这个沈阳灵魂，不是我的发明，是余一卒的作品。

"操，老爷子都死好几年了，你这么谦虚不觉得矫情？"

我和他都算余一卒的忘年朋友。他在仕途上淘的第一桶金，离不开余一卒鼎力相助。他虽然早成了官场中人，但没彻底变成翻脸不认人的白眼狼。

"不是矫情，真这么回事。记得早先有女排精神吧？郎平那拨。从八十年代初，老爷子就说，有机会的话，沈阳应该借鉴这说法，把体育事件升华为公众灵魂，通俗易懂，方便接受，是件不费力就讨好的事。王魁带徐永久阎红她们成气候那会，他建议把竞走精神作为沈阳精神，马俊仁带王军霞曲云霞她们成气候那会，他又建议把中长跑精神作为沈阳精神。可王魁马俊仁分别来自阜新和鞍山，带的又都是省里的队伍，即使省里不说啥，阜新和鞍山也不会答应把他们的精神转让给沈阳。这回我的发明只在于，越过行政规范的那些东西，不提具体人和具体事，只提一个与人与事都有关的、属于咱沈阳的著名公共设施。嘿嘿，你看，这五里河精神，能说不是老爷子的大作品吗，我不敢掠美……"

他脸上那种憨厚的笑，只有老哥们还能看到。他叫邹晓昆，长我几岁。

顺便再插一句，转年夏天，在世界杯赛场，中国足球队只做了一件事，就是毫不含糊地向余一卒与邹晓昆合作的"五里河精神"连声说"不"。中国可以说"不"！

"进不了十六强光小组出线行吗？"

"不！"

"出不了线赢场球行吗？"

"不！"

"赢不了平一场行吗？"

"不！"

"进个球行吗？"

"不！"

有次开会，我见到邹晓昆，一时之间顽皮起来，忘了这不是个同事与哥们的场合。当时是会间休息，一群男人挤在厕所撒尿。我顺嘴说，中国足球这个德行，你和老爷子合作的五里河精神得作废了吧？他低着脑袋不正眼看我，目光冰冷地盯着热气腾腾的黄色尿线：

"不！"

性与政治

方正良坚信女人是"第二性"。他是妇产科医生，每天与阴道、卵巢、子宫、经血这些女性独有的东西打交道。"一生完孩子，它们就是垃圾。"还好，他没说作为女人标识的它们从出现之日起就是垃圾，他也没说女人是垃圾。那是他本意。

"你承认男女有别吗？"他问我。我犹豫着不敢吭声。男女当然有别，可方正良想由此导出什么结论，我心里没数。他不会指男女撒尿的姿势不同。

"男女的差别，在于两性间大脑处理信息的方式有别。"也许是这么回事吧？我哼哼哈哈，仍不正面回答。方正良小我十岁，指教我时像大我一百岁。

"是荷尔蒙规定了我们的行为特点，荷尔蒙与大脑间的相互作用，造成了两性差异，两性的大脑分别与不同的荷尔蒙互动，这预先就设定好了。"

"你想说什么？"

"你可以成为好作家，鲍尔吉·原野可以成为好作家，俞佳想成为好作家，即使想成为一般化的作家，也没门。"

方正良是俞佳的丈夫。俞佳总说东北男人无知、野蛮、霸道、粗鲁、原始，就因为她有个方正良这样的丈夫。我和原野应邀去他们家吃饭时，他们结婚的时间还不长。那天我去得早，比约定时间早一小时，电话里，我的早去理由是：我想在一个家庭那种私密环境里，尽量久一点与你共处。我的早去申请，是呈给俞佳的。俞佳没计较我的调情，也没呼应。你随便。她说。可我早去了，却只能在家庭那种私密环境里，听方正良上生理解剖课，解剖两性差别。原野是踩着饭点赶过来的。在那之前，我说了原野"搞女人"后，俞佳就不理我了。她倒没有保护原野声誉的意思。我觉得她过分，此前我玩笑风格的调情示好她都能接受。当然了，此前我没那么粗俗。我和她较劲，也不理她，像与她同年毕业的大学男生。但大家都在文学圈里，还时常见面。有天喝完酒，大家迷迷糊糊都走散了，往北陵方向走的只剩下我俩。我叫辆出租示意她上车，她说你只会哑语不会说话？我说你上不上？你不上我自己走。她微微一笑，继续缓步前行。我啪地关死车门让司机开车。三分钟后，我让司机调头，出租车又回到她身边。我没想到，她的反应会那么激烈，在天籁乐器行门旁的玻璃橱窗下，她正蹲在几把小提琴前大声哭泣。橱窗里的小提琴沉默无语，不为她伴奏。我很慌张。我咳了一声。她转过头，看到了我，敛声片刻，忽然起身，挥拳打我。但只打一下，就瘫在我怀里。不是她身体不适生了急病，是蹲久了，忽然起身，血流不畅导致了晕眩。我们讲和了。我答应"引见"原野去她家吃饭。其实，这时他们已经熟悉，在饭局上见过面了。另外，这时她已改"搞"小说，我还答应，她"搞"出小说我当第一读者。

俞佳记忆力好。记忆力好是聪明的标志之一。我喜欢聪明人。我喜欢俞佳。我仇恨方正良总用愚笨打压俞佳。方正良也聪明，念硕士那年才二十一岁，在他看来，学文科的人都愚笨，尤其女人。江泽民胡锦涛朱镕基温家宝……这个级别的名单，他一气能数十七八个，哪个学文的？依我分析，方正良并非认识不到俞佳的聪明，他总用愚笨打压俞佳，是对俞佳的聪明心存恐惧，他的本意，是让俞佳在他的心理暗示下丢掉聪明变得愚笨，好听任他的大男子主义横行肆虐。许多男人不认同聪明的女人，与女人，他们只愿身体碰撞，拒绝进行思想交流。他们怕唬不住女人，被女人看穿。东北男人更如此吗？还说俞佳。她记忆力好，其中最令人称奇的是，她抽象记忆好像比形象记忆还出色些，像名言警句那类短小的东西，她基本上过目不忘："艺术的真正职责就在于帮助人认识到心灵的最高旨趣"，"世界因缺少对超验真理的信仰而备受折磨"；如果某段语录较长，只要她感兴趣，溜两遍，叨咕叨咕，也能大体背得出来："人类的本性在于竭力解释他在其中生活的世界。这是人类与其他动物的不同之处。每个人，即使是最蠢笨、最低劣的人，也会从小就尝试着以某种方式去解释世界，并且根据这种解释，尽量使自己适应生活"，"科学，只有在不考虑任何实践目的而专门研究真理本身的范围内，体现的才是知识分子的真正价值。知识分子必须拒绝一切爱国的、政治的、宗教的和道德的说辞，因为这些说辞是为了达到实践目的，旨在歪曲事实"。

第一次领教俞佳的记忆力，余一就提个了让俞佳心动的建议，他让她去完成本雅明未竟的事业。

"瓦尔特·本雅明？我没读过他。他有什么未竟事业？"

"不好意思，我也没读过。可我知道，他最大的野心是写一部完全由引文组成的书。"

余一也聪明。

除了"五里河精神"的"精神"部分，余一卒也发表过别的作品，不含小说。有一年，邓刚的中篇《迷人的海》获全国奖，领奖归途路经沈阳，一些沈阳同行在家西餐厅为他接风庆祝。邓刚住大连。当时，大部分人还排斥红酒，也用不惯刀叉，吃罢西餐的第一反应，常常是喊饿。席间，面色酡然的余一卒问大家，你们说，我要写小说，有可能写哪样的作品？那时余一卒已官职不低，老革命兼文学家的身份让他德高望重，大家就说，《太阳照在桑干河上》那样的，《林海雪原》那样的，《布礼》那样的。余一卒飞速地切一块鸭肝塞进嘴里，含糊不清地说，我会写，施蛰存穆时英刘呐鸥那样的。众人无言，可能多半不知道施蛰存穆时英刘呐鸥何许人也，或听过他们名字，不清楚他们写哪样作品。那你小说，正埋头吞咽大块肉排的马原抬头说，会比《苦恋》死得还惨。那是马原进藏后第一次回沈阳探亲，至少在我们年轻人眼里，是个手握多篇未刊稿的小说大师。他的阅读量比胃口大。当时，由白桦编剧的电影《苦恋》正挨批判。余一卒冲马原举举酒杯呷了一口，明亮的眼睛暗了一下。不知是马原的话说到了他痛处，还是马原的口无遮拦让他不快。那时候，差几岁七十的余一卒身体好，精力足，枕边书是刚出到第二卷的《外国现代派作品选》，一叠书摞起来，只比高脚杯矮一小截。

从一九四一年八月二十日在延安《新华日报》发表新闻特写《仇恨的子弹》到一九八九年七月三十日在《辽宁日报》发表文艺评论《广场属于人民》，四十八年里，余一卒在二十七种报纸杂志上，以"余一卒"或"本报评论员"或"文化系统大批判组"等署名，公开发表消息、通讯、特写、社论、短评、散文、杂文、快板、相声、批判稿、编者按、讲话稿、读（观）后感、文艺评论、思想汇报、学习体会等不同文体的作品一百五十余篇，总字数已很难统计，估计不少于十三万字。

但余裕认为这些东西不算"作品"。

"我相信你有能力把老爷子写成生前没发表过作品的鲁迅传人。"余裕这样对余一说。

"你这活干得也太快了，三十多本日记呀，还有那么多采访。"

余一第二次来沈阳时，掂着他为余一卒编的年表谈写作构想。那年表丰富浓稠，像一锅烂炖。这意味着，他的基础性工作已做完了。他计划，先写小传后整理小说，让小说的旨趣服务于小传里的余一卒形象。这时沈阳的天气已经转暖，他还回了我的新皮夹克，穿走了我同样新买的耐克旅游鞋。打完折，那鞋也昂贵到六百多元。

"唉，不快不行呀，我又接了个写那英的活，我跟你们沈阳人干上了。"

"那英？唱歌的那英？她二线了吧？"

"是二线了。可功成身退后，才更容易爆出以前没法说不能说不敢说的猛料呀。你瞧着吧，这书出来就是流行歌坛的大地震。"

"是你给她写传，还是替她写自传？"

"这个还没最后谈好，得看价钱。但书名我想好了，《那只夜莺》，怎么样？"

我低头翻看厚厚的余一卒年表打字稿，见上边有许多红笔改写填补的字迹，有几处还注明：此部分可参考《史沫特莱传》中她初到延安的记录；此处应借用辽宁大学吉林大学黑龙江大学三校工农兵学员联合编写的《东北文学史》；我越看，越觉得那字迹熟悉。

"余一，这谁的字？"

"俞佳的呀。"

"俞佳？"

"嘿嘿，全沈阳最有才华的美少妇，现在是我秘书了。不瞒你老兄说，那些日记，我根本没看，我哪有闲心呀。这年表是俞佳拟的，她有热情搞任何与文学有关的事。"

"你可真会巧使唤人！"

"有钱难买愿意嘛。"

我认识俞佳超过五年，从没想过方正良倒班有什么规律，余一认识俞佳不足五天，就准确地推算出了方正良哪天夜班。他约俞佳聊天的那天晚上，医院里的方正良，正不情愿地与阴道、卵巢、子宫和经血打着交道。聊了大约三小时后，余一就也与这些东西打起了交道。与方正良不同，他情愿。本来，俞佳的月经应该迟两天来，可余一的出现，加速了俞佳生理周期的运转速度，那个晚上他们的第二次爱，是蘸着经血做的。

"不行余一，你不能这样……"

余一开始动手动脚时，俞佳满口拒绝，但表现并不慌乱。此前他们三小时的谈话，加上余一住处的暧昧气氛，已把慌乱这种反应稀释掉了。他们不可能三个小时只谈文学，即使只谈文学，其间也有宽阔的缝隙容纳别的：调情、挑逗、暗示、影射，激发性欲唤醒身体。作为艺术化的色情媒介，文学仅次于舞蹈和绘画。

"我们刚认识，让我再想想好吗……"

许多事情都有个规律，一旦开始，往前滑行就容易了。滑行甚至能产生加速度。余一动手动脚前，他们间始终有一米多距离。余一单臂伸展长度约六十七公分。但经过一番半真半假的动手动脚，手脚被冻结在一起就成了可能。俞佳"再想想"时，余一一直拉着她的手，紧贴着她的一侧身体，做自我批评。对不起俞佳，我太冲动了。余一轻柔的声音有催眠功效。你慢慢想，我会尊重你，就这么跟你相依相挨，我已知足……余一忽而攥紧俞佳的手，忽而理顺她一缕头发，忽而在说话时，伸出舌头舔她耳垂。

"余一我不是轻浮的女人，要这样了，我怎么面对方正良呀……"

余一把俞佳放到床上，搂抱亲吻，抚摸揉捏，一次次冲破形式主义的封锁线后，就把俞佳衣裳全剥净了。他们的身体交合之际，俞佳哭了，拉过枕巾蒙在脸上。俞佳的哭泣让余一发懵，他草草解决了自己的饥渴，再次展开自我批评，同时赞美俞佳，从她乳头的颜色歌颂到脚掌的形状，间或进行并不夸张的情感表白与未来憧憬。俞佳的自觉反应由此出现，从身体到语言，都松弛下来，不再僵硬，针对性，针对性事对自己的影响，她能像余一那样客观面对了。五十分钟后，他们开始了二度合作。

……

"'文革'是怎么搞起来的？是马连良的迂腐搞起来的。"

余一卒此话一出，众人皆惊："马连良？唱戏的马连良？"

"对，就是他。"

"怎么能是马连良的迂腐搞起来的，分明是姚文元的邪恶搞起来的。姚文元那篇文章，《评新编历史剧〈海瑞罢官〉》吧？是这篇文章引出了'文革'吗。"

"操，'文革'是江青搞起来的。这娘们歹毒，红颜祸水，狠毒莫过妇人心。"

"哎，你怎么说话呢？江青就代表所有女人啦？"

"哈，女士不高兴了，别打击面太大。"

余一卒一生混迹官场，还是文化官场，在外人看来，能基本顺畅没倒大霉，算他命大。我也这么认为。邹晓昆也这么认为。可余一卒的日记显示，如果他性格不那么活泼，思维不那么灵动，嘴巴不那么没把门的，也许能混得更好。

"这不是说'文革'起因吗，咱思考问题，得尽量上溯源头。在我看来，凡事的起因都有明暗两种。'文革'的暗起因是什么可能太复杂，中央不公布调查结果我不敢妄猜，我只能寻找明起因，从看得见摸得着的地方琢磨分析，而我觉得，这明起因，就是马连良……"

"哎余兄我明白你意思了，姚文元要批判什么得先有目标，他批的那出戏，是马连良演的。可还得先有写戏人呀。写《海瑞罢官》的是吴晗，要按你逻辑……"

"你这么说也行，那就吴马吧。"

"吴马……叫晗良多好，又'寒'又'凉'，像知识分子的心。"

"唔，是挺好，寒凉。"余一卒对朋友的命名十分满意，端起酒杯与身边人撞。都喝不少了，别人只象征性沾沾嘴唇，只有他仰脖全给干了。"这吴晗，不好好当他的明史专家，不专心当他的北京副市长，非瞎胡闹地往文艺上凑，写出戏出来贻害中国，说他惹来'文革'的火烧了全中国大部分人的身也不能算错。哈，寒凉……如果没《海瑞罢官》，能不能找个别的由头搞'文革'我说不好，但'文革'肯定是《海瑞罢官》引出来的，而引逗着吴晗写这出戏的，就是马连良，所以这事的老根在马连良那。他一个唱戏的，不懂政治，民盟开会时，乱提建议，见了副市长吴晗，就一遍遍地请人家写海瑞戏，人家不写，他就使劲夸人家那几篇关于海瑞的文章写得好。什么人让人那么一通夸能不飘起来呢？这吴晗，就飘了——哈，我是小人之心这么看的。他们俩，一个懂戏不懂政治，一个懂政治不懂戏，共同弄出一出政治戏来，就把中国拖进了深渊……"

"那，余部长，他俩为啥都对海瑞感兴趣呢？"

"这不怪他俩，那时候，全中国凡是跟风跟得紧的，都对海瑞有兴趣。这得往前推。一九五九年春天，针对'大跃进'浮夸风，动员大家讲真话，提倡海瑞精神，刚直不阿直言敢谏什么的，他们也是执行部署响应号召。"

"没执行好没响应对。"

"是呀，没执行好没响应对。像吴晗，一个学者能坐到副市长宝座上，至少能证明他挺精明，比如在他文章《论海瑞》后边，为防患未然，他就能想到加段骂右倾机会主义的话，意思是彭德怀那种提意见，是机会主义算不上海瑞。可不行，还是跟出了毛病，最后弄个自杀而死。"

"老余这意思是，遇事你喊喊口号帮帮腔行，一动真格的，就容易招麻烦。你们年轻人呀……"

"你老兄这么说好像吴晗马连良活该倒霉了，我不同意。"

"人家老余没有指责'寒凉'的意思，是吧老余？就是客观地说，'寒凉'的没跟好导致了他们的下场。"

"这也太虚无了，同样是紧跟，都想讨好，为什么姚文元就没跟出毛病？"

"余兄你说'文革'起因于'寒凉'的迂腐我不反对，可他们那戏，一九六一年演的，到一九六六年'文革'差好几年呢，这因起得太长了吧？你应该再找找别的起因。"

"折腾成'文革'这么大个事，总得有几年铺垫过渡吧。别忘了，'千万不要忘记阶级斗争'可是六二年就提了。像姚文元那文章，光写就七八个月，十易其稿呀。当时他在上海写，江青坐镇北京指挥，来回传递草稿都是秘密的，夹《智取威虎山》的录音带里。那文章是六五年十一月发出来的，半年后……"

"就有了十年浩劫。"

引文：日记

《狼来了》的故事流传广泛，它的本意，是教育孩子不要说谎。可它的实际效果，却是传达冷酷，扼杀童稚的游戏精神。为了实现小的教化，不惜以牺牲人的生命和人性中的良善为代价，得不偿失。首先，我认为这孩子是在与大人逗乐，只是他缺少花样翻新的能力，游戏玩得雷同乏味。其次，即使他不为游戏，他真想撒谎，那撒谎就该让狼吃吗？试想，一个弱小的放羊娃，孤零零地独行在有狼的山间，他和他的羊都是狼的美味佳肴，这时候，他疑神疑鬼不正常吗？他天天生活在恐惧中，一走进山里，稍有风吹草动，便会联想到狼的袭击，是恐怖的想象使他出现了判断错误，这无论如何也罪不该死。再次，进一步讲，谁又能证明放羊娃说的不是真话呢？大人怎能知道狼是否来袭击过呢？也许正是孩子一喊，把狼吓跑了，来救助的大人才扑了空。可这些大人除了刚愎还很邪恶，扑空后，不反省自己反应不及时行动不迅速，反怪孩子骗人说谎，孩子遇难后，他们几乎是幸灾乐祸地编出《狼来了》的故事对他鞭尸。这些大人，肯定不是孩子父母。

这段日记，记于一九三六年的上海，十九岁的余一卒正准备离开家乡奔赴延安。在这段日记后边，他对该以哪种体裁处理他的思考犹豫不决："杂文？小品文？讽刺小说？"

"以爱为旗"！

"我触摸到了你身体的静寂而和谐的真理"；

"爱情如此短暂，可负情却如此长久"……

爱情就像诗，爱情的结束就像诗句突兀的中断和转折，就像诗思的无以表达的省略与空白，就像诗情在纸笔之外的浮动与氤氲。必须记录它，用诗的语言和诗的激情及诗的无奈记录它！可怎么记录呢？精神和肉体，肉体和精神，感官快乐和心灵净化，淘洗心灵和愉悦感官，对它们我怎么表达？还有，爱情那么美好，那么美妙，那么无以形容地美轮美奂，可为什么，它又能像水渗沙漠一样，一瞬间便溜得无影无踪？女人，你究竟是什么？是魔鬼还是天使，你出现在男人生活里，是为拯救他还是毁灭他……

别了，女人；别了，爱情；别了，我没改造好的小资产阶级知识分子的肮脏灵魂！

冷静。不能意气用事。艺术是超越个人恩怨的东西。这是一部长篇小说，它的名字可以叫《此前曾活过》。对，爱情使人复活，爱情的失去则是人的死亡。

这段日记，记于一九四六年的锦州，二十九岁的余一卒与一批文化干部一道，继战斗部队之后，长途奔袭赶往东北。日本人统治时期，东北是伪满洲国，日本战败后，这里是政治上的真空地带。他从延安到哈尔滨，一路上，只在锦州做过短期休整，逗留三夜。也正是在锦州，这批文化干部兵分数路，前往东北的数个城市。

季新铭是战斗英雄，最后一批从朝鲜战场回国以后，领导派他去个每期半年的青干班进修深造。季新铭不喜欢学习只喜欢打仗，他要求去福建前线，要为攻打台湾充任尖兵。为此他与领导闹了矛盾，矛盾解决后，去附设在一所大学的青干班报到时，他比别人晚了一周。有人认为他拖延报到时间是素质低下，是傲慢，更多的人则认为，他不想来学习是傻，缺少对个人成长前景的预测能力。青干班全称青年干部培训班，成员皆是最优秀的军地青年干部。当初筹办这个班时，为给青年划年龄线，主管青干班的几位领导有过争论，他们把青年时段的上限，分别划定为三十五岁、三十三岁、三十岁、二十八岁、二十五岁。五个领导五种说法，只能去请示更大的领导。更大的领导沉吟片刻，跟大学那边的领导通了电话，问学校能为青干班解决多少床位。大学领导谨慎地说，你要多少？更大的领导不高兴了，说你就别转你那知识分子的小九九了，有多少你就说多少吧。大学领导试探着说，三四十张吧。三十四，确定吗？哦确哦定……大领导把三四十听成了三十四，大学领导就来个将错就错。两人都讲普通话，一个带广东腔一个有东北调。好！更大的领导撂了电话，对管青干班的几个领导说，三十四往下都算青年。知道了大领导的画线方法，大学领导懊悔不迭。他们学校，已为青干班腾出四十张床。他认识筹备青干班的几个小领导，知道他们计划把青干班人数定为四十，他顺着大领导的误会把床铺数少报六张，是希望上面能多拨经费。他弄巧成拙了。如果知道大领导是用床铺数为青年画线，宁可少得点钱，他也会把床铺数报在三十五张以上，原因在于，他三十五岁的儿子，已内定为青干班学员，如果他实话实说，大领导没准会以四十岁为青年画线，那他儿子入选青干班万无一失。可现在，他儿子不算青年了。第一期结业后，从第二期起，每期都接收四十位学员，但界定青年的年龄线，却一直卡在三十四岁。在这样一个学习班里，在季新铭这个不喜欢学习只喜欢打仗的军人学生身上，将会发生什么故事呢？

这段日记，记于一九五六年的哈尔滨，三十九岁的余一卒运交华盖，刚由正科长降为副股长。导致他降职的原因可能有二，但二者的分量孰轻孰重，他一辈子没打听清楚：一，胡风成为反革命前，他说过欣赏胡风的话；二，当年介绍他去延安的那个地下党员，后来查出曾被捕过，写过脱党声明。

舞剧《女娲》巡回演出，不必我亲自带队。可我喜欢这出戏，它倾注了我太多的心血。它每到一地，我至少要跑去看一两场。在松原，我去看的最后一场，演出结束，有个老头找到后台，说要见大领导，舞剧团团长把他推给了我。老头自称退休矿工，拿出一堆奖状证书，表明他不是骗子。他说要与我谈谈女娲。我相信他不是骗子，但认为他神经有点问题。第二天，全体演职人员去白城了，我没立刻回长春，而是与一大早就来找我的老头聊了起来。在招待所房间，老头说话时鬼鬼祟祟，好像担心隔墙有耳。他给我讲，当初女娲补天，共炼了十二丈高、二十四丈见方的大石头三万六千五百零一块，总共使用了三万六千五百块，剩下一块……老头说到这，我笑了，说大爷这事我知道，剩下那块，被刻上《石头记》了。老头白我一眼，说那是曹雪芹瞎编的，我要给你讲的是真事。老头这么一说，把我噎没话了。我只能听他讲，剩下的那块神石如何能帮人逢凶化吉，除病消灾。他的故事，陈腐老套，对修改《女娲》毫无价值。但我还是再三感谢，说大爷我得赶回长春，还有会呢。他倒没留我，只是小心地掏出个布包，打开层层包裹，露出里边一块鹌鹑蛋大小的黑灰色石头，说为感谢我带人传扬女娲美名，他替女娲祖宗送我件礼物。他说，可别小看这疙瘩丑石，它原本是留在人间的那块补天石身上的一块骨肉。我推让一下，只能接受，老头太热情了。我知道，松原地区出产一种石头叫麦饭石，含有多种有益人体的微量元素，像喝茶那样长期饮用泡麦饭石的水，相当于多吃水果蔬菜。麦饭石不是贵重东西。回到长春，忙这忙那，那丑石头放哪我都忘了。半年后，有一回重感冒，妻子翻装药的抽屉时发现了它。她听说那是来自松原的麦饭石，洗洗就扔我水碗里了。我当时病得挺重，打针吃药都不见效，可喝下几碗麦饭石水，很快就能下地了。这之后，我坚持喝麦饭石水，基本没再有过毛病。两年后，有一天，我和两个同事去通化，都坐上长途客车了，我忽然浑身发冷脸冒虚汗，两个同事只能陪我废了车票去医院。还没到医院，我就没事了，而那辆客车，刚到伊通就翻了，三十多乘客死了一半。又有一天，妻子要我陪她看《甲午风云》，下班时，我在她单位大门对面的水泥厂围墙外墙根下等她。那天风大，站墙根避风。可我忽然满脸虚汗打起了哆嗦，难受得蹲地上一个劲叫唤。一个骑三轮车的男人从我身边过，他把我抱上三轮，说要送我去人民医院。三轮车走出去没三十米，就听身后轰隆一声，只见刚才我待的地方，被倒下来的一大块围墙加上墙里傍墙码着的一大垛水泥给埋上了，有两个刚好路过那里的行人，只从红砖头和水泥袋子间露出半条胳膊一条腿。我身上的毛病，这一瞬间也全好了。这样的事，又发生过几件，我不敢不相信那麦饭石与女娲没关系了。

神话与封建迷信是不是一回事？是！要彻底批判！

这段日记，记于一九六六年的长春，四十九岁的余一卒被剃了阴阳头，正接受白天的游街示众与晚上的隔离审查。在这之前，他已毁掉了他以前的大部分日记，在这之后，他也多年没写日记。可隔离审查期间，在检查材料草稿背面，他却信笔写下过一些或像神话传说或像民间故事的非检查文字，它们中的一部分，和检查一起保留了下来。

题目：《背诵》或《认真》。

身为技术权威的某甲以前是领导，因技术人员某乙工作马虎经常出错，有一次，他要求某乙连续十天来他办公室，每次连续背十遍同一段毛主席语录：世界上怕就怕认真二字，共产党就最讲认真。后来某乙成了造反派头目，某甲成了走资派。大权在握的某乙对某甲提出要求，让他每天来自己面前背毛主席语录，某甲不服，说你这是报复。某乙说，我就是要报复你，我要十倍百倍地报复你，你不是让我背十遍吗？我要让你背一百遍，你不是让我背十天吗？我要让你背十年，你要不服，我就让你天天上老虎凳喝辣椒水。已经上过老虎凳喝过辣椒水的某甲不敢不服。从此以后，每周六天，每天都有一小段时间，某甲竖立于某乙面前，连背百遍"就怕认真"和"最讲认真"。这期间某甲也反抗过：

找借口拖延时间，假装忘了，哭咧咧地乞求，气哼哼地叫喊……可工作上马马虎虎的某乙，在这问题上毫不含糊，他让老虎凳和辣椒水给"认真"当后台。最初，某甲很沮丧，某乙很得意，某甲羞愧难当，某乙趾高气扬。有几次，某甲病了，向某乙告假某乙不准，他几乎是爬到厂里的，站不住，就在某乙面前半趴半坐地背诵。时间稍久，有一次某甲又半趴半坐在某乙面前时，某乙也不好意思了，说你有病，就免了吧。可没承想，病中的某甲竟愤怒起来。说你这种不认真的态度，完全违背了毛主席教导，再发展下去，你就像我一样是罪人了！随着时间一天天过去，某甲和某乙的状态颠倒了过来，再同处一处时，某乙很无奈，某甲很亢奋，某乙愁眉苦脸，某甲精神抖擞。这时已不时兴老虎凳和辣椒水了。某乙多次亲自开口或通过别人阻止某甲继续背诵，甚至以再背就斗他相威胁。可某甲已经矢志不渝，不管什么人以什么理由要求他停止背诵，他都会认真地说：我还得背九年整、背八年零三个月、背七年半……人人都说某甲疯了。这期间，某乙由造反派头子变成了被审查对象，又被结合进厂领导班子，再降职为车间级领导和复原为普通技术人员。不论他在什么岗位任职，又不论他正干什么身边有谁，某甲狂热的目光总能寻觅到他，来到他身边，某甲把捏只圆珠笔的右手有力地一挥，在捧个小本子的左手上打个拍子以示开始，然后，便口齿清楚地背诵起来。有无数好事者无数次地数过，每次某甲都能背足百遍，他一般一边背一边在手里的小本上以"正"字标记。后来，某乙每天最大的事就是躲避某甲，不惜旷工和泡病号；而某甲，坚持每周见六回某乙，宁可起早或贪晚去某乙家门口蹲坑守候，宁可被某乙的家人推推搡搡，宁可被警察一次次带走……某甲在某乙面前的背诵没坚持十年，他的背诵进行到第五年时，某乙不上班了。不是某乙不上班某甲就找不到他，那时更好找。不再上班的某乙，每天都去站前广场，站在苏联红军纪念塔的宽阔基座上，连续几小时地向来往旅客背毛主席语录：世界上怕就怕认真二字，共产党就最讲认真……

这段日记，记于一九七六年的沈阳，五十九岁的余一卒任沈阳重型机器厂工会干部。此前他是由长春下放东丰县农村的五七战士。许多同伴回长春时，上边无意也起用他，他慌了手脚，找到辽宁的老战友，请他们把他弄到沈阳。这很困难，五七战士是特殊农民，回城应该哪来哪去。但辽宁的老战友够意思，几经辗转，把他作为东丰县机修厂工人，调入沈重这家著名企业。当然，只是过渡一下，不久之后，老战友将把他调入文化部门。

雪柏啸风立，明月破云圆。倏然灯火斑驳，人道又更年。本欲挥毫泼墨，又恐词轻句拙，掷笔竟无言。多少不平事，婉转在心田。

少年志，能放浪，耻疏闲。而今方晓：人海沉浮赖机缘。想我庸常才具，敢诩丰衣足食，何苦枉寻烦？解得鱼之乐，自在即修禅。

——水调歌头·自言自语

这段日记——这首词，填于一九八六年的巴黎，六十九岁的余一卒平生第一次也是最后一次出了趟国。他还在任上。但好几年了，他屁股一直坐得不稳，总有人在背后鼓捣他回家。他身体好，干劲高，热情足，几次整党时都表示过，不论工作多忙多累，他也不在乎，他希望最后在岗位上死去。他也清楚，岗位对他的尸身没有兴趣。

我们每周三下午的麻将牌局，像以前单位周三下午的政治学习，雷打不动。我家在市中心，是当然的活动中心。最初我们中没有郎军，是胡中惠王滨我加上穆林风。我们都是文化口的。前几年老穆死了，以前做企业的老郎加入进来。他不认识老穆。我们一向都很守时，后加入的老郎尤其守时，还负责提供茶叶。可这天，牌局开始时间都过十分钟了，他们还一个都没上来。我就站在窗口张望，望了一会，见楼下马路对面每之购超市里走出个人，竟是老穆。马路不宽，我眼神也不坏，我认为我没看错。老穆还是光着秃头，穿件看不出新旧的灰夹克衫。我有点惊讶，但不特别惊讶，我只想，要是一会老穆也上来，五个人的麻将可怎么玩呢？这时老穆正昂起秃头往我家看。很快，他看见我了，把右胳膊冲我举起，晃着手里的什么东西。我买盒烟。他喊。他手里拿的是不是烟我看不清楚，可他的话我听清楚了。我回头告诉老伴，说老穆来了，不知是路过还是要上来。老伴说你老糊涂啦。我说真的，并拉她来窗口。可每之购门口，已经没了老穆的影子。

这时门铃响了，像往常那样，胡中惠和王滨搭伴来的。一进屋，他们就说见着穆林风了，是和穆林风说话耽误了时间。我笑了，好像忘了片刻之前我看到过什么，我说你俩老糊涂啦。老胡说真的，在华山路那个每之购超市里，我进去买烟他也在买，我俩聊了几句，王滨还怪我磨叽，进店叫我见老穆在那，就也和他聊了几句；老王也说真的，老穆的光头还那么亮，那件看不出新旧的灰夹克衫上有好多褶子。华山路在我家小区另一侧，我看不到，我窗下能看到的小街叫步云山路。每之购超市是小型连锁店，在沈阳，估计能有一两百家。这时门铃又响了，郎军到了。他边擦汗边致歉，解释说，他迟到是让我们的老哥们给耽误了。我和老胡老王都问他谁，他说穆林风。我们都笑了，说老穆都死好几年了，再说他也不认识你呀。老郎说真的，在天山路那个每之购超市门口，他和我走个顶头碰，我想绕过他，他却拉住我，问我是不是叫郎军，是不是要去余一卒家玩麻将，是不是还有老胡老王。我说你怎么知道？他拍着光头嘎嘎大笑，说他能掐会算，然后才正经起来。以前我和他们玩，他说，后来我不玩了，你才补了缺。我就知道他是谁了，说穆林风吧？他说正是在下。我说真巧，那一块去老余家吧。他说你先走，我得进去买点口粮。我问什么口粮。他说烟呀……老郎没讲完，我和老胡老王都说他老糊涂了，尽说疯话。这天，我们麻将的开战时间晚半个点。

　　这段日记，记于一九九六年的北戴河，七十九岁的余一卒刚死了老伴，大女儿一家三口陪他来北戴河休养。看不出他多么悲伤。他依然能吃能喝，能走能说，能看书能写日记，能下海游泳能玩麻将。

碎片

巴塞尔姆这个二十世纪下半叶的美国小说家，不是最早写出"碎片小说"的人，但我认为，他是最早有"碎片自觉"的人。

几十年里，只计长篇小说，我读过的有两千本了。它们大多像新闻报道的扩展与延伸，像电视剧的原始脚本：有头有尾，有始有终，有鼻子有眼，有高潮有戏剧性，有典型环境典型人物，有教化功效道德寓意。它们完整。它们扶老携幼地一路走来，一如由重视胎教开始到提倡火葬结束的《公民守则》。完整的小说有个好处，方便归纳"内容提要"或"故事梗概"，时间紧迫，有经验的读者溜它们几眼，去研讨会领红包就不至于脸红——我指的那种有经验的读者，是批评家与领导。在小说这个奥妙无穷的精神领域，敢通吃左右的，唯领导与批评家。那类小说，也曾让我如醉如痴。后来我不了。后来我迷恋另一路小说。另一路小说的最大特点，是挑战完整。它们也完整。它们当然完整。可在我眼里，它们又有种说不清道不明的不完整性。它们提炼不出"关键词"，还主题多义难下定评，故事不悲不喜，情节不跌不宕，结构不三不四，语言不阴不阳，不论从哪页读起，都能带给人莫名的不安，若忽略里边的人物与事件，并不影响阅读快感。它们是些奇异的碎片，其闪烁方式，与人意识的活动特点颇为相似。有些小说，说它们不完整没有异议，像《城堡》与《审判》，像《没有个性的人》，皆因作者亡故未能写完；可有些作品，不仅完成了，篇幅还长得像中国戏曲的拖腔或西洋歌剧的咏叹，却也并不似专卖店的商品那样属性统一，而如同杂货铺的物什那样种类各异，比如《追忆似水年华》，说它完整倒像亵渎。当然，天下没有绝对的事物，完整与零碎是相对的，齐眉举案叫夫妻恩爱，吵吵闹闹未必就不是恩爱夫妻。也许，完整的小说就像完整的人生，更存在于托尔斯泰以前，随着八旬托翁像十八少年那样，与波良纳庄园的安逸生活挥手诀别，这世界上，完整的历史就结束了，小说的与人生的完整历史都结束了。生活不再是凤首熊腰豹子尾巴，而是中断、休止、切换、变异、停顿、位移、间隔、偏离、扭曲、错失、混淆、延宕……是另起一行。

"碎片是我唯一信赖的形式。"这是在小长篇《白雪公主》的中间部分，巴塞尔姆通过他的小说人物发表的声明。

"与碎片有关的只是形式吗？"这是在创作札记《碎片》的结尾，我针对可能存在的商榷意见，为商榷者预留的讨论题目。

十岁前，余一卒和爷爷奶奶住在乡下。那年冬天，该回上海了，爷爷让他随自己上山学挖冬笋。爷爷奶奶家的活计既有长工干也有短工干，从来不用爷爷动手，更用不着年幼的余一卒出工效力。他的任务，是读历史写大字背诗文。可爷爷要求了，余一卒不敢违拗，只好边背诵"此地有崇山峻岭茂林修竹更有清流激湍映带左右"，边绊绊磕磕地爬崇山峻岭穿茂林修竹涉清流激湍。在山上，爷爷告诉他，挖冬笋有个诀窍，就是顺着竹鞭挖。他找到一根竹鞭，一路挖去，很快就挖到一篮子竹笋。这时他抬头，发现已挖了一百多米。他很惊讶，一根不起眼的竹鞭，竟那么长。爷爷就是要他有这种感受。爷爷说，正是有了这样发达的根系维持生命，山上的竹子才不会枯死。这之后，关于竹子，爷爷发表了长篇大论，说毛竹在笋期，遇雨就长，等到长成竹子，生长几乎就停止了。可过个三五年，会突然发力，再度以惊人的速度向上生长，如果夜深人静时来到竹林，都能听到拔节的声音。原来，在那不长个的三五年里，竹根在地底下并没闲着，而是发疯般地向远处延伸，最长时，竹子的根系能铺展出去好几里地，这样，在方圆数里的土地上，竹子就能随处获得营养和水分。

"是这样吗？"余一问俞佳，俞佳的家乡盛产竹子。

他们认识，我是介绍人。如果知道事情会发展成后来的样子，我不会为他们牵线搭桥。再说一遍，我喜欢俞佳。我恨方正良这个俞佳婚姻之内的压迫者，更恨余一这个花花公子，风流唐璜，俞佳婚姻之外的勾引者。我苦苦培植五年的果实，他五天就摘了下来。我承认，情场上竞争的公平程度，仅次于赌场，胜于官场以及商场。我知道俞佳不讨厌我，甚至喜欢——包括喜欢我的"轻浮"，可我最直白的表达，也伪装成玩笑，让她不解我什么意思。

我把俞佳看成天使，看成我的贝雅特丽齐与杜尔希内娅，我不愿想象天使也有阴道、卵巢、子宫和经血。在这点上，余一和方正良比我诚实，能看到贝雅特丽齐与杜尔希内娅也是女人，而叫个女人，就有阴道卵巢子宫经血。我的浪漫想象败给了余一的具体发现。余一向我炫耀猎艳收获时，我只能强扮色鬼嘴脸。这个时代放纵光荣，自律可耻。我批评他上手太快，容易惊飞猎物。你小子呀，我说，以后别那么急猴似的，好饭不怕晚嘛。可余一一句简单的回答，却让我有如梦中醒来。他羞赧地说，刁兄呀，你这逻辑根本不对，好饭就应该早吃，否则不馊了？骤然清醒，我对余一即怨消恨泯，包括后来知道了他欺骗我利用我，我也觉得错不在他。骗子的职业就是欺骗，无可指责；应该指责的，是被骗者的迂腐愚钝。俞佳随余一去北京后，有一天，方正良口气谦卑地打来电话，求我帮他找找俞佳，说要处理一件离婚时的遗留问题。俞佳去北京后没联系我。我打余一手机，他换了号码，我就找格非，要余一的新电话号。

"余一？谁是余　？"

"你学生呀，你到清华后带的第一拨研究生，在中国传记文学协会当副秘书长。"

"这，传记，秘书……他认识我？你记错了吧？"

我没提新版《欲望的旗帜》。

后来，我也没与中国传记文学协会联系。我很快就打听到了，在中国，类似名目的组织至少有六家，三家在北京，另三家分别在深圳上海西安。

当时，余一找到我，让我帮他介绍些沈阳地面上企业界的朋友与文学圈的同行。企业界的我不认识，认识也懒得做这种介绍。有钱人捉弄文化人和文化人糊弄有钱人的闹剧我没兴趣看，更不愿导演。我就喊来些文学朋友，共同陪余一吃了顿饭，其中有俞佳。

"刁斗，把你的《本雅明文选》借我好吗？"

那天饭后，与俞佳同路回家时，我已忘了饭桌上余一对她的建议，也忘了我接茬说过我有本雅明的书的事。俞佳没忘。

尹雪虹曾是邹晓昆女友，两人分手，是因为对"修养"一词有理解上的差异。学术问题成了他们爱情的粉碎机。

与邹晓昆一样，尹雪虹有家，有配偶孩子，她没想离婚嫁邹晓昆，她知道，邹晓昆也不会离婚娶她。他们的爱情不含杂质，像玻璃一样纯粹和易碎。俩人好上后，除了间或来我家约会，想多见面非常困难，他们不敢逛公园看电影，吃饭也只是买堆熟食在我家吃。邹晓昆说，他恨不得二十四小时和尹雪虹在一起，可他是官，事多倒在其次，更得考虑影响，他只能强化自己的自控能力，让熊熊爱火焚燃在心底。他是对尹雪虹这么说的。尹雪虹没怪他，只是自控能力没他强，偶尔的，熊熊爱火会烧得她脚心发痒，一痒，她就要跑到邹晓昆住的亚洲城，去看他的生活环境，看他家窗户，看他上下班，看他休息日陪妻子女儿在小区游乐园打羽毛球转呼啦圈。去过多少次她记不得了，但真看到邹晓昆的时候并不很多，偶尔看到了，即使邹晓昆独行，她也不会显形现身。她的自控力在这时候发挥作用。有一次约会，她没忍住，把她的行为对邹晓昆说了。她没想以此换取什么，只为表白心迹。出乎她意料，邹晓昆没做反表白，而是火了，说她这是变相监视。她没监视的意思，这很快就说清楚了。你和别人好不好我不关心，尹雪虹说，你和我好我就满足。尹雪虹的话让邹晓昆说不出别的，但尹雪虹女学生式的恋爱方式，还是让他生气。尹雪虹也明白这点，她只是希望，邹晓昆能先表示理解，然后再指责。邹晓昆不去理解，一味指责，说这种方式的根源是修养不够。你是想看我妻子，看她长得啥样气质如何，去跟她比较，邹晓昆说，你别反驳，即使你没明确想过，潜意识里也有这动机。你懂不懂，嫉妒、吃醋、占有欲、过分关注，统统都是修养问题。邹晓昆说尹雪虹别的，也许这事就过去了，但拿修养说事，等于毁尹雪虹的容。尹雪虹长得漂亮，穿着华贵，讲话时模仿邢质斌李瑞英，落座时不光腰板笔直，微偏向一侧的双腿还并得很拢，她每周两次请家教学钢琴，又两次去贵大人俱乐部做瑜伽以及美容美体，她在日记里写诗，经常把读到的好文章推荐给《读者》《意林》《青年文摘》，每次与邹晓昆约会，都带束鲜花，插在我床头柜上的广口瓶里——我家有不少空酒瓶子，她从来不用，那只丰乳肥臀般的柠檬色广口瓶，是她特意买的。她没说过，那瓶子是寄存我家还是送给我了。

"我爸是掌鞋的，我妈是家庭妇女，我的兄弟姐妹都是下岗工人，我丈夫是包工头起家的暴发户，我没读过大学十七岁当纺织女工……就为这，我的修养就不如你这个从清原大山沟里混到沈阳来的农民吗！"

邹晓昆知道他言重了，惹祸了，赶忙赔笑哄尹雪虹。他当惯了领导，他哄她，采用的是领导安抚下属的方式。就修养一词的定义，他与尹雪虹展开学术讨论，以刘少奇《论共产党员的修养》作判断标准。他以为平等交流与名人理论能帮他挽回局面。没挽回，从此尹雪虹不再理他。后来邹晓昆的几个女友，与尹雪虹比，出身都更好，学历都更高，有个电视台的主持人，更是民间公认的沈城十大名媛之一。但评价她们时，邹晓昆说她们比不上尹雪虹一个脚指头。邹晓昆是对我这么评价的，有的分手后这么评价，有的没分手就这么评价。我没问他拿她们与尹雪虹的哪个脚指头比。

有一天，邹晓昆给我打来电话，了解俞佳。俞佳进入沈阳文学圈时，他已转行官场。我不知道他什么意思，以为他要打俞佳主意。

"她找我聊余一卒，我就热情接待了她，可聊完才知道，她是要给老爷子写传。这事你知道吗？这俞佳怎么回事？"

"哦，知道，她也采访我了。"我不知道俞佳对邹晓昆怎么说的，但在余一那里，她已由义务帮工变合作者了，这显而易见。俞佳没采访过我，可余一从我嘴里了解不少余一卒逸事，也就等于采访我了，而他们干的是同一件事，说俞佳采访过我也说得通。"你干吗这么大惊小怪？"我尽量淡化邹晓昆的警惕。

"给老爷子写传，这事就大了。沈阳地面上，死的活的，比他够级被写的多去了，人家都没写，就写他，这怎么行。你了解什么背景吗？"

"咳，人家作者喜欢写谁就写谁呗，跟级别有屁关系，再说有关系他也死十来年了。现在的小商小贩小歌星小球星，被人写传的多了去了。你别疑神疑鬼草木皆兵。"

"你根本不懂政治。余一卒是小商小贩小歌星小球星吗？死了他也是盖着党报上的讣告死的。我必须跟上边汇报，有啥背景你不许瞒我。老爷子可是咱俩共同的朋友，咱不能让他躺骨灰盒里还惹组织操心。"

邹晓昆的这种思虑，和我不在一个语义系统里，我不知跟他怎么对话。"这事儿是余裕张罗的，你问他去——哎晓昆呀，我倒要问，你这么谨慎，为什么还要接待俞佳？"

"操，尹雪虹陪她来的。"

《文学大观》停刊以前，每期封底都发照片，清一色外国摄影师拍的人物写真。无须讳言，都是女性：年轻漂亮，轻衫薄饰，性感迷人。仍然无须讳言，都没版权属于盗用。有一期，上了美国摄影师罗·鲍斯威尔的《古巴少女》。那是一张全裸照片。照片上的少女，很像早年郎平时代古巴女排的主攻手露易斯，除了比露易斯矮半个头。矮半头的露易斯比驰骋球场的露易斯文静清秀，侧坐在花园里一把造型别致的白椅子上，好奇地望向镜头左侧。她乳房不大，正在发育，屁股也小，紧凑结实，她手里拿顶有彩色图案的草帽，很随意地搭在下腹处。没草帽也暴露不出什么，她侧身片腿的坐姿，足以保护隐私部位。这幅照片的构图用光都很讲究，那古巴少女给人的感觉，除了纯洁看不出别的。也许我还不下流吧。我担心有人比我下流，为慎重起见，就给那照片配了二百字说明，题目叫《卡彭铁尔笔下的古巴少女》，介绍卡彭铁尔这个古巴作家和他的小说，兼及他笔下的少女形象。我不知道卡彭铁尔笔下的少女与别的作家笔下的少女有什么区别。

"在自己杂志上发东西不好吧。"邹晓昆说。

"放屁！这也叫发东西？这是给照片穿防护衣。"我差点撕了我的说明文。

当时邹晓昆是《文学大观》主编，我是他兵。

问题还是来了，竟来自余一卒，他指责我们发色情照片。他是我们杂志编委。那时他已离休回家。以前有几幅女人照片，完全取自海外色情杂志，但她们身上至少有两条比基尼布带，余一卒就没说她们色情。他色情的标准是是否裸体。

"一定要发这光屁股的，"他说，"也应该说她是卡斯特罗手下的女战士呀。"余一卒的批评是为我们好。"你弄个卡彭铁尔，连我都不知道他老大贵姓，领导能知道吗？除了古巴女排，领导只知道卡斯特罗。"他仔细欣赏那幅照片，还偏头侧望，好像那照片是立体的，他那么看，就能看到草帽底下。"啧啧，还是美国人拍的，美国把古巴视为眼中钉，美国人只会丑化古巴人。"

如果事情至此为止，也就罢了。那期刊物出来不久，不知在个怎样的场合，余一卒碰到个管文教的市委副书记，而他手里，恰好有那期《文学大观》。他比副书记年长许多，可说话时，天真的表情与讨好的声调，仿佛孩子与大人撒娇。

"嘻嘻，李书记呀，你说这种艺术性的裸体照片，算淫秽下流不？"

好多年后，陈希我写了本小说叫《冒犯书》。我没读过那本小说，不知道它"冒犯"了什么。我只知道，那本书由大陆的人民文学出版社出版后，没有领导说它淫秽下流，估计人民文学出版社的人没拿它去请示领导，或请示了，领导没认为它淫秽下流。接下来，台湾宝瓶出版公司又出了它，给陈希我寄的样书，被福州海关扣了下来。陈希我居住福州。海关认定《冒犯书》淫秽下流，而淫秽下流的书，不光不能进入大陆图书市场，作者本人也没资格得到样书。身穿海蓝色职业装的海关工作人员成了兼职法官。这件事情可以证明，在《文学大观》停刊十多年后，群众也像领导一样，有了权力判断淫秽下流。当然，不包括陈希我这样的群众。我的书也在海外出过，也接到过海外样书，我还真不知道，寄我的书海关工作人员已浏览过。以前我只知道，往外寄书，邮局工作人员要替领导履行把关职责。数月前，我新出了长篇小说《我哥刁北年表》，去邮局给朋友寄书时，为图方便，除了留一本待查的没封信袋，其他二十几本是在家封的。我与身穿草绿色职业装的邮局工作人员也算半熟，他们知道我不会违规夹带信函钞票。与我半熟的邮局工作人员小伙子给书过完秤，撕邮票时，一个没穿草绿色职业装的妇女叫住了他。此前她在另一张桌子前拍打电脑，轻重适度像打孩子屁股。可能电脑也像孩子，不太听话。没穿草绿色职业装的妇女让我把书袋全部拆开，要逐本检查。以前我俩也打过交道，看来她对我没印象了。与我半熟的小伙子欲为我说情，妇女用目光制止了他。她有资格不穿职业装，估计是领导。我说我邮的是同一本书，检查一本就算都检查了。她说不行，为迎接奥运，检查要升级。她就做了升级检查，一袋袋拆开，一本本翻过，皱眉想出一个个问题：还有叫东西的？为什么叫鬼子？安卓玛睿是什么意思？鲍尔金娜是怎么回事……我一一作答，详加解释。排在我后边的人骚动不安，用眼睛骂我。

她仍然没完。"这书你写的？"

"啊，是我写的。"

"有颠覆政权的内容吗？"

"没有。"

"有淫秽下流的内容吗？"

"没有。"

"有法轮功吗？"

"没有。"

"有六合彩吗？"

"没有。"

"噢，你这是股票书呀？"

"唔？"我愣住了，我这小说二十五万字，涉及股票的文字不足一行，就是其中一个叫许明的人物，原来是大官，腐败以后，从监狱出来，不再当官炒起了股票。

"你早说股票书不就得了，非说小说，让我麻烦这么半天。"

我知道股票书已让许多人溺毙股市，没想到，小说比股票还要危险。

有一天，我和陈希我通电话，问他知不知道有一种叫炭疽杆菌的病菌能置人死地。

"好像……知道。"他问我提这个什么意思。

"哦，有些国外的恐怖分子，喜欢在邮件上做手脚，抹炭疽菌。如果海关人员在你之前拆看邮件，就等于替你尝饭菜酒里有无毒药。"

私生子

余一摆弄着宝石蓝色录音笔，希望我对《碎片》展开谈谈。我说几年前的即兴短文，没什么说的。他说他现在对"碎片小说"兴趣很大，急需获得理论支持。"说说吧刁兄，当年读你那篇札记，特有启发……"

"怎么，一个女秘书不够？还要招募男秘书？"我面带笑容，但口气尖酸。

"你看你老兄……"

"哦，玩笑。你先说说，你什么意思。"

"我意思是——"余一的聪明还在于，一旦他发现某一事实已无法掩盖，唬不住你，他就不唬，而让事实的主体部分诚实袒露。在主体的诚实面前，枝节的虚假容易被忽略。"这么回事刁兄，当时余裕只想让我给他爸写个传记小册子，可那么薄个东西挣不着钱呀，拿出去吹牛也唬不住人，我就不想接这个活。是闲说话时，他说到余一卒那些特殊日记，我一下就想到了你的《碎片》，灵机一动，我就用你观点，鼓动他把他爸塑造成在艺术探索上有超前意识的后现代主义小说家——这我小传也有话说呀。我还给过他一份你文章的复印件呢。他是在我动员下，在你理论影响下，才决定给他爸整理《往事与随想》的。可最近，也不知谁给他讲，后现代不时髦了，现实主义又回潮了，像余一卒这种饱经沧桑的知识分子老革命，要写书只能是史诗风格的自叙传，是长河体的《约翰·克利斯朵夫》。余裕就心活了，想把小说小传合为一体，弄个自传小说。刁兄，这么替他攒小说，还不如我自己写一本呢，他加钱我也不能干呀。我意思是，他毁约我不怕，钱上他能补偿我；可这阵子，我做了那么多准备，也找到'碎片式'和老爷子的贴合点了，不做下去挺可惜。我想在最后放弃之前，再用你的理论洗洗他脑子，更充分地证明一下，把'碎片式'小说大师的高帽子戴余一卒头上，多独特、多合适、多有价值、多有分量——"

在余一嘴里，小说和俞佳画的是等号，他轻薄地谈论小说，与此前轻薄地谈论俞佳没有区别，都如同向医生描述急性肠炎如何使他呕吐和排泄。我反感他这种轻薄的态度。在我嘴里，小说和俞佳也画等号，但对它／她们，我只有尊重。谁亵渎小说和俞佳谁就是我敌人。余一那张妩媚的脸像张靶盘，我很想挥拳打在上面。可我犹豫。大概与年龄有关，岁月消磨了我的暴力热情。但我相信，我的犹豫更与余一带给我的总体感觉有关，对他的欣赏让我下不了手。是的，我欣赏他，仍然欣赏，他那种由天真包裹着的睿智，那种玩世不恭中的诚恳和认真，那种感性地洞见事物本质的能力，那种聪慧的谈吐和羞涩的微笑，都充满魅力。我甚至愿意能成为他。人们总向往自己欠缺的魅力。更主要的是，他对小说和俞佳的态度越让我反感，也越能帮我自省和反思。我可以尊重小说和俞佳，但它／她们作为存在物，作为客观化的臧否对象，谁规定过不容轻薄呢？只要小说和俞佳愿意向余一袒露自己，余一就有权建立自己的观感，比如，只看重它／她们的工具性质。作为工具，厨师用皮尺扎围裙，裁缝拿饭锅当板凳，也都得允许。这样想来我无话可说，更没道理以拳脚发言。余一望向我的大眼睛纯净清澈，仿佛学生，正迷信地期待着老师的答案。他的肠炎传染了我，我似乎只有一种选择，就是像他那样呕吐和排泄。但我清楚，我的呕吐排泄与他无关，与余裕无关，与余一卒无关，只与俞佳有关。我不清楚的是，我呕吐排泄，是为帮俞佳呢，还是报复？我说，这类小说，确实方便你这种骗子唬人蒙市，在美学趣味相异的批评者那里，好坏的评价也会截然不同；我说，我个人之所以喜欢这类小说，是喜欢它"轻浮"的姿态，喜欢那种以非逻辑的心理真实对抗逻辑化的表象真实的反抗热情，它们对传统形式的颠覆，对僵化结构的动摇，能带给我全新的阅读快感；我说，这类小说看上去只与技术有关，但撬动无意识的那根杠杆，恰恰是技术，小说家只有避开意识的理性设计，找到无意识为感觉中那些琐碎的、不相干的事件建立的秩序，才能聚合起并发散出作品内在的思想力量……这样说着，我渐渐发现，我的呕吐和排泄似乎与俞佳也无关了，又似乎，我的呕吐排泄成了辩护和捍卫，成了针对余一对我"碎片理论"的歪曲篡改的辩护和捍卫。我没喝酒，却有些醉，是说醉的。我往门外驱赶余一。你走吧快走吧，我说，我想干活了，好像能为《碎片》写个续篇。余一也醉了，是听醉的，他说你写吧我猫那屋不吭声不影响你，你写出来我立刻看。当然了，我们都是理智的人，又各怀心腹事，不会醉也不能醉。最后，作为余一的工具，或者准确地说，作为俞佳的工具，我站在地中央，既悲壮又兴奋地帮他俩做出了概括总结：

"出身：鲁迅接见过的文学青年；经历：领导进步文化的革命老干部；作品：死后出版的'碎片风格'长篇小说；定位：现实主义时代里的后现代主义小说大师。这余一卒，基本就是萧红与丁玲的两合水了……"

余裕与余一卒一样，十岁前并不与父母生活在一起。是没与余一卒夫妇生活在一起。十岁前，他另有父母，一对体面的、风光的、美丽英俊的年轻父母。父亲画舞台布景，母亲在舞台上演话剧，他不知道还有父母之外的人也能成为他的父母。那时他与父母住哈尔滨，余一卒与妻子儿女住在长春。他十岁那年，父亲因为画毛泽东像成了反革命。父亲不承认自己反了革命，这就连累了作为反革命家属的母亲，革命者当着反革命的面折磨反革命家属。折磨女人比折磨男人更有乐趣。比如，把铁丝插入男人的尿道与插入女人的尿道，给被折磨者之外的人的感觉是不一样的，而拿女人乳头做文章与拿男人乳头做文章，其刺激程度，相差更不止千里万里。如此几个回合下来，反革命的态度不敢再强硬。反革命的转变让革命者满意，革命者允许反革命先回家休息，下一轮的批判过几天进行。反革命与家属商量一下，决定单方面拒绝再度挨批，双双把煤气胶管塞进了嘴里，而此前，他们已给了儿子一笔钱和一个长春地址。余裕只身一人在长春找余一卒时，活脱脱是漫画家张乐平笔下的三毛。这一点与余一卒当年回父母身边不太一样。余一卒由乡下回上海时，是体面的少爷。余裕从此有了养父养母。待他们家由长春下放东丰又搬来沈阳时，已没人认为余裕只是余家养子，在相貌性格上，他比兄姐更像父亲。后来长大了，他从不讳言自己的私生子身份。他练过书法，写过诗歌，贩过西瓜，倒过煤炭，去美国学过工商管理，留洋回来，很快成了沈阳两拨官宦后代中一拨的头头。他这拨人经商，另一拨人做官。最初他们平分秋色。一拨有钱，一拨有权，各自心中都算平衡。可很快，余裕他们不平衡了。有权的那拨也有了钱，而他们有钱的不仅仍然没权，想挣钱时，还得借助权力。余裕把那拨有权者称作干事业的，把自己这种有钱者称作玩心情的。聪敏英俊的余裕敢作敢当，没有婚史，与好几个沈阳地面上当权者的妻子情人都有一腿。余一四度来沈阳共计住了四十七天，除了穿我的新皮夹克和新旅游鞋，还常来吃我的粗茶淡饭，他拿诸多难辨真假的余裕事迹当我衣服和鞋的租赁费与茶饭钱。

　　孙惠芬当过她家乡那个县文化局的副局长，后来辞了，一时间，引来种种议论之声。余一卒不认识孙惠芬，但看好她的创作，有一回孙惠芬来沈阳开会，他特意让我陪他去孙惠芬房间登门看望。那时他离休刚一年多。孙惠芬不喜欢谈她辞官的话题，可在余一卒这个热心前辈面前，只能简单解释几句。她说，她更愿意以比较个人化和精神化的劳动赢得尊重，但做官不是这样的劳动，而写作是。余一卒再三玩味，觉得这话说得挺好，隔些日子，与他的继任者谈到尊重艺术家的特殊劳动时，后来被好几个大领导引用过的一句口号他张嘴就来：张扬个人才能自由艺术，活跃精神方可繁荣创作。当时正逢形势宽松。形势紧张时，大领导也引用过他发明的另一类口号：小我服从大我，个性靠拢共性。

　　"咱们省，当年我爸最看好的小说新人，就是孙惠芬。哈，你们是好朋友，你不会吃醋吧。当年你好像没写小说。"在我和余裕见面的饭桌上，他一张嘴就很坦率。我不好意思以设计过的矜持与他对峙。"那时你们还不到三十，那时我也年轻。"

我对余一卒的四点总结，余一立刻转达了余裕，余裕托余一捎话，希望和我一块坐坐。余一卒死时，我俩有过握手之交。我问余一，余裕见我想说什么，余一说不知道，但他恳求我，说如果聊天时余裕问我们何时认识的，一定要说他读研究生时，经格非介绍我们成的朋友，而这回，他接手余一卒这个活，我答应过幕后帮他。我猜得出他何以有此要求。他太热衷耍心眼玩心机了。他的可爱之处在于，他耍得真率玩得坦荡，好像为耍而耍为玩而玩。

我对余裕说，他频繁发表马雅可夫斯基体的抒情诗时，我也正在学习写诗。"叶文福曲有源，你们几个风格接近。"

余裕使劲摇头摆手，"刁斗你再说我得钻地缝了。人家是大诗人，我哪能比，我就是在《沈阳日报》《辽宁日报》上喊喊幼稚的青春期口号。不过当时倒真那么想的，以诗参与社会变革。"他望着酒店包房墙上一幅抽象风格的卡纸画说，"那时候，我反对朦胧诗的不知所云，还冒冒失失地给谢冕写信，指责他支持朦胧诗，批判他的《在新的崛起面前》……"他就这么说了下来，由诗的懂与不懂，说到小说的懂与不懂，又说到读者。

跟余裕吃饭挺自在的，他基本不让菜让酒，只偶尔以手势示意你吃喝，至于你是否吃喝怎么吃喝，他并不管。这样的饭局方便交流。我们仨就交流得挺好。说到读者问题，我们一致对总呼吁作家亲近读者而不是相反表示反感。我们都认为，说读者就是上帝，让小说家按读者喜好写作，那是无理要求，难道喜欢广东菜的食客进了四川馆，川菜厨师就得改手艺吗？我们说，武侠言情官场侦破，同样是公认的亲近读者之书，可它们之间，此类读者不买彼类小说账的情况非常普遍。指责某种小说疏离读者，完全是指责捆绑的夫妻感情不睦。我们都认为，小说可以有猎奇的情节，有典型的人物，有规范的格局，有严肃的教诲，但也可以还有别的，比如，陌生的故事形态，新颖的语言结构，怪异的表现方式，不确定的思想内容。如果阅读是好习惯，是精神生活的需要，那读者没这习惯没这需要能怪小说吗？我们都同意小说的功能主要是消遣，应该好玩有趣，应该易懂。可易与难是相对概念，不应该把军棋与围棋的好玩有趣放一块比。这里的关键是学习问题，读者应该学会阅读。我们说，高等数学难懂吧，天体物理难懂吧，不照样有人探究钻研，并从它们那里体验快乐。不能因为有些低能儿连加减法都学不会，连恒星行星都分不清，就说高等数学有毛病，说天体物理没意思。我们进一步激烈地指出，小说不是文件，必须按规定学习，小说是个体的内在养分，是在自身的需要之下渗入人体的。如果读者只需要流行读物的刺激，不需要艺术作品的影响，那可以是教育的问题，是社会的问题，是兴趣取向与智力结构的问题，却唯独与小说家没什么关系，有关系的话，也只是我们的小说太向社会新闻靠拢，没展示出小说独有的魅力……

我们的酒局变成了主题固定的文学研讨。当时我没多想什么，光顾白话了，事后才意识到，我们之所以有固定的主题，完全出于余一的牵引。这天的余一，比往日话少，但更机敏，很像个有经验的伐木工人，除了及时砍去主干之外的枝枝杈杈，还巧妙地诱导着我和余裕这两个前辈兄长，在他设定的位置上放倒我们的论说之树。两个半小时里，余裕没提一句与《往事与随想》和《余一卒小传》有关的话题，我和余一也不好提。但辞别余裕后，为这场交流，余一却打出了很高的分：刁兄，你打败了向余裕灌输现实主义回潮论的王八蛋。

有个周日，睡眼惺忪的俞佳刚钻出被窝，下夜班回家的方正良就爬到了床上。他们像两个换岗的哨兵，以床为岗楼。俞佳躺过的地方热乎乎的，方正良从温热中拈起两根长发。这怎么回事？他把长发举在空中，在窗口的光亮处左右移动，似乎它们是对鸽子，将被他放飞。俞佳是短发，方正良的头发比俞佳还短。

"我怎么知道。"俞佳的表现还算镇定。他没领余一到过她家，她家床上的长发，是余一的不假，但不是余一遗留下的，而是她的内衣内裤携带来的。"家里有了女人头发，应该做解释的是你而不是我。"

"嗬，'女人头发'？谁规定长头发就一定是女人的？"方正良继续审视那两根头发，好像从发质上能看出性别。

这天的争论到此为止，但几天后，方正良拿到了俞佳与余一的手机短信记录。手机短信是个人隐私，除了公安机关特殊需要，电信部门不会向一般人提供。方正良不是一般人。又过几天，俞佳和方正良办了离婚手续，紧接着，她随余一去了北京。我是听原野说俞佳随余一去北京的。

"我不是要打探你隐私，"电话里，原野的口吻少有地郑重，"但想知道，俞佳和你，是情人吗？"

"我和俞佳？胡扯……不是，我们没关系。"

"那就好，那我就不用瞎惦记了。我在北京呢。今早下车时，见俞佳和个冒牌披头士乐队的家伙搂在一起，不是方正良。他们和我坐一趟车。"

原野匆匆撂了电话，我没来得及问他是不是造谣。他以前从没见过余一。

雕像

二〇〇八年是改革开放三十周年。二〇〇七年初，沈阳市有关领导做出决定，下一年，要在浑河北岸五里河公园，为三十位名人立碑造像：他们应该是已故的、来自不同行业的、三十年来为沈阳发展建设做出过重大贡献的人。这个决定一举多得，至少三得。一，为刚由荒僻郊野建成休闲乐园的五里河公园丰富游览内容；二，增加沈阳的人文景观，提升沈阳的人文品位；三，激励后辈为青史留名努力工作。各界人士都拍手称好，也有点滴不和谐音。除了历史上的神话化人物，在中国，至少在沈阳，对未经神话化的真实人物，没有在公共场所造像的传统。据说，美术学院的雕塑系只出装修工头而不出艺术家，就与雕塑市场清冷有关。与雕塑的活又脏又累也有关系。艺术家愿意歌颂农民工，却不愿自己成为农民工。几十年里，沈阳的真人雕像只有很少几处，还只限于领袖和帝王，比如毛泽东挥手发号令的立像，比如清朝十二帝恭听号令声的坐像。不和谐音就出在这里。有人认为，改革开放的确离不开各界精英，但没有党的政策领导的决策，再优秀的精英也等于零，沈阳有今天，靠的不是几十个精英，而是几十位勇于开拓大胆创新的书记市长。他们建议，继领袖和帝王后，应该给历届书记市长立碑造像。这建议很快遭到了否决。沈阳的历届书记市长中，不乏一些犯错误的，错于政治、错于经济、错于两性关系，总之吧，对这些人不好评价。谁都知道，就一个林彪，已给中国的立碑造像业添了不少麻烦。另外，为书记市长立和造了，历届人大主任呢？历届政协主席呢？历届政法委书记呢？还有那些同样值得沈阳人民永世铭记的副书记、副市长、副人大主任、副政协主席、副政法委书记呢……

有一天，我接到个余裕电话，他异常的声调，既像刚中了五百万大奖，又像正被押赴刑场。我们两个半小时的文学研讨，已经过去七八个月，他的声音我已然陌生，可我仍记得，他说话时冷静平缓，激动时也只声调略高，与中大奖和赴刑场都差距较大。

"刁斗啊，刁斗老弟……"准确地说，他的激动更近于得奖。我放心一些。"我爸进入五十强了，你知道吗？五里河名人堂，他只差一步就迈进去了……"

我完全放心了。他说的事我有所耳闻，为确定将落户五里河公园的三十亡灵，市里领导对各界上报的精英名单反复筛选，最近确定了五十位候选者。但这五十强里有余一卒我不知道。我也不知道其他四十九强分别是谁。我呼应了余裕的兴奋，但还是含糊，余一卒入选五十强，算哪路神仙呢？我想问问余裕。幸好没问，余裕的致谢让我醒过腔来，余一卒死去十年之后，成了我同行。他是在小说艺术上取得斐然成绩的文学精英。

"刁斗啊，我一直记得余一的嘱咐，在我家老爷子这件事上，你只肯做幕后英雄，否则知道的是你在表达对老爷子的特殊感情，不知道的，还以为你也吃枪手饭呢。这事我懂，所以一年多了，我连个谢字都没认真说过——也是大恩不言谢了。"余裕的兴奋慢慢回落，语调逐渐恢复了正常。他的冷静平缓，能造成一种逼压的气势。我没法否定他，不能告诉他，在余一卒这件事上，我什么都没做，如果说做了，也是间接做的。我借过余一皮夹克和旅游鞋。我猜得出，在余裕那里，我成了余一的地下同党。我迟疑一下，没揭穿余一。毕竟他没骗余裕，没拿完首付款就从此蒸发。"可现在，步赶步地走到这了，不把这事做大都不行了。"余裕继续说，"当初想给老爷子出个小传，加上后来出本小说，我想的就是尽尽孝心——他一辈子，喜好这口，我把它们弄出来，他地下有知也算个安慰。可没想到，这节骨眼上，五里河公园这事冒出来了。你也知道，谁要能混进那三十精英，靠着政府给的荣誉，不说流芳百世吧，让后人念叨几天还有可能。我也就往那上努力了一把，把你们弄的小传和小说初稿打出来，找到上边争取了一下。开始我也没太当真，觉得一说一过就拉倒了。可老爷子命好呀，文学界的其他候选人，成绩再大影响再大的，也失过身。有搞过自由化的，有搞过精神污染的，有声援过'1989年春夏之交政治风暴'的，有练过法轮功的，就老爷子是处女呀。而且，他出手就是富有艺术探索精神的'碎片小说'，以另类风格的史诗之作记录时代——刁斗，我这是想强调，都折腾到这步了，我不想收脚。再过一个多月，书就印出来了，正好赶上老爷子去世十周年，我想到时候，请些专家学者，开个作品研讨会，给年底前上边最后确定的三十人名单施加点压力，一鼓作气，让老爷子尝尝'永生'的滋味……"

"哦余裕，给上边确定名单施加压力，我觉得，给余老开的更应该是纪念会而不是研讨会，请的也更应该是官员领导而不是专家学者。"

"这内容也有。开完研讨会，就是老爷子九十诞辰，我跟邹晓昆商量好了，他帮我张罗个官员领导会。可那帮家伙，都谨慎，所以我得先开好研讨会，用专家学者的学术声音左右他们，然后再用这一专一红的两个会，一块压市里的精英名单。这个研讨会，我计划专找大腕，找远来的和尚，北京上海南京广州的，有海外的更好。具体操作吧，我也想好了，要引导大家傍着余秋雨的《文化苦旅》吹《往事与随想》——我有数，那些官员领导都服余秋雨，都是他饭厮。哦，俩人都姓余，也方便上挂下连串一块吹。这两天我琢磨几个媒体宣传的主题口号，你听听行不：南有余秋雨，北有余一卒；南余大散文，北余新小说；读文化散文怎能错过余秋雨，看碎片小说当然首推余一卒……"

"余裕，这，余老的小说……"

"不好意思刁斗，为我爸，我还真得无赖加无耻一回。对那些大腕，你放心，我这边保证一流招待，红包加厚。"

"那，你这也是……对得起余老了。"我忍了几忍，才没问他，这些点子是谁出的。我想得出谁出了这些点子，真正的精英应该是余一。其实我更想知道的是，为余一卒的《往事与随想》，俞佳累成了什么样子。

"这个研讨会要开得成功，还得你出山哪。"

"我——哦，到时我一定去站脚助阵。"

"不光这个。老弟，我更要麻烦你的是，你得替我请林建法出山。"

"请林建法？干什么？"

"召集和主持这个高规格的研讨会呀。我听说，在最牛逼的评论家那里他也有面子。老弟，这地面上，你俩是哥们。"

二〇〇七年春夏之交，林建法在主编《当代作家评论》之余，又分身主持当代中国文学网。有一天，他责成手下编辑李桂玲做我的访谈，李桂玲提问时，有这么个问题：您认为现在的文学圈浮躁吗？最近，华夏中文网为纪念《在延安文艺座谈会上的讲话》发表六十五周年，邀集六十五位省级作协主席副主席举办小说擂台赛，对此事您怎么评价？

除了收发邮件，我不怎么上网，对网络事件不够了解。但那天与李桂玲聊得挺好，对小说擂台赛一事，我也就胡乱说了几句，大意是：只要功利存在，浮躁就不能取消。各个时代各个圈子表现的浮躁，可能形式不一，程度不同，但说浮躁是大部分时代和大部分圈子的主旋律不能算错。我不知道六十五位以打擂方式向公众昭告自己行政级别的"高干作家"都是谁，但"晒（赛）主席"这件事，我以为问题不是浮躁，而是有人混淆了作协主席和小说艺术的关系。作协和做鞋有关系吗？文学和蚊血有关系吗？据我估计，全国省级作协的主席副主席有四百人左右，其中三分之一强只会写会议发言稿和游山坑水记，有热情有能力从事文学写作的，不足三分之一。我希望六十五位"小说超女"出自这三分之一人里。至于网上小说擂台赛这一时尚娱乐秀家族的新成员，有了"高干作家"的高度，有了"小说超女"的超越，应该给读者带来些乐子。

没想到的是，这篇访谈发出的次日，就把余一勾了出来。那天在电话里，余一的声音一传过来，很奇怪，我感到的竟是亲切和温暖。半年多没有他音讯了。我在亲切温暖中陶醉十五秒，然后清醒起来。我不会指责他什么，但也不会再理睬他。我没立刻放下电话，是希望听到点俞佳的消息。没听到。

"刁兄好吗？真想你呀。这阵子忙，一直想问候，还想对我的一些幼稚做法道个歉，可计划着啥时去沈阳负荆请罪，又总没时间。好在我知道老兄不会真怪我的，哈，你大人不记小人过呀。过几天余裕要开《往事与随想》研讨会，到时见面我们细聊。眼下有这么个事刁兄，我现在在华夏中文网做文学总监，最近弄笔钱，搞了个作协主席小说擂台赛活动。从现在情况看，这活动反响挺大，效果挺好，老板对我相当满意。我找你，是想请你预备篇小说，短篇就行。十一建国五十八年，我要再搞个一级作家小说擂台赛，五十八个一级作家网上 PK，你是参与者之一。我计划设两档奖，奖金是一等两名各三万，二等五名各一万，我争取给你一等，保你二等，也算小弟一点心意吧。请老兄的稿子务必……"

"谢谢你余一。我不是一级作家，我职称是助理编辑。"

下午的考试地点在辽宁文学院。文学院地处沈阳北郊，偏于一隅，中午我们就没去市内的大饭店放量吃喝，只在文学院附近的小店聚会。酒半足饭半饱。我酒量不行，进考场时，半足的酒劲也让我晕乎，我就晕头晕脑地踏着软步子，随在原野孙惠芬他们身后，进了一楼的一级作家考场。是开始发考卷时，人事厅的监考官从我准考证上发现了问题，提醒我该去二楼的二级作家考场。我的酒劲一下没了，又羞又恨。羞的是我可能给人留下错攀高枝自不量力的印象，恨的是这么多年里，他们一直拿我外语不行和做编辑工作这两项理由卡我，害得我都半老徐爷了，还要混迹于小我十多岁的二级作家预备役中。我气咻咻地冲向二楼。可一踏进二级考场，我的羞恨全都没了。

"俞佳？"我吃惊地站住。她坐第一排。

俞佳也惊讶："你——"她惊讶，似乎不因为见到了我，而因为我也来二级考场。或者二者兼而有之，但后一惊讶掩盖了前一惊讶。随即，她的粲然一笑又掩盖了惊讶。"快找个座位先考试吧，考完再聊。"我十来个月没见她了，她一如从前，甜甜的微笑仍让我心醉。

我接下来的考试比较专注。专注能让我尽快达到及格标准，及格了我就算完成任务，就可以随时尾随俞佳退场。考试期间，唯一让我分心的是，平均三分钟我会抬一下头，用目光抚摸前面的俞佳。其实她有变化，她头发长了，长度可能都超过了余一。

作家职称考试由省作协张罗，不用考外语，这比人事厅统一考试容易过关。以前我也想考作家，但我是编辑，领导不让，我作品再多也得走编辑序列，得考外语。我就要求转成作家，可领导又说，一个只有助理编辑资质的人，怎么可以转作家呢？我便陷入一个怪圈：一方面，只有我评上副高以上职称了，领导才允许我转为作家，可我不会外语，我就永远转不成作家；另一方面，我只有转成作家，才可以免去外语考试，才能获得高级职称，可转不成作家，我又永远拿不到副高以上职称。没高级职称非常吃亏，主要是工资低和没面子，也还会吃些次要小亏：比如单位打着交流的旗号，多次组织作家编辑去国外旅游，但我连朝鲜都没去过，因为交流者得有高级职称；比如《辽宁社科报》隔周介绍一位省内人文学科的知识分子名人，一年里，编辑三度想介绍我，可报社领导说，一个等于没职称的人怎么能算知识分子，三度抹去了我的名字；比如我前妻非要与我离婚，理由之一就是我太不成功，给她丢脸，你当不上官挣不来钱也就罢了，可连白痴都能混来的职称你也没有……我的确比白痴还蠢，总不好意思通过打小抄雇枪手改试卷过外语关。不过这回好了，对外语之外的考试我都有自信，我终于有可能跻身于知识分子行列中了。这回作协的新领导说，大家都不容易，愿意考的就来考吧，发表过作品就行，毕竟评完职称，还有个所在单位的转评程序和聘任名额把着关呢。新领导的话，是面对省内数百位文学写作者说的。具体到我，新领导更开恩，还把我列入了创作成绩突出者名单，允许我迈过中级破格报副高。这次走作家序列的人，大部分与我一样——不是在破格这点上与我一样，而是说，他们原本没作家资质，只业余喜欢文学写作，但拿到一个作家职称，回所在单位，就有可能换来相应的职称。比如原野孙惠芬他们这种多年前就有二级作家职称的人，如果调到大学，或研究部门，或新闻出版单位，不经考试就能转评为副教授、副研究员与副编审。说到底，参评作家考试的人，多半只为逃避外语。也有人不在乎外语考试，考作家也不为转评什么，只想留个纪念稀罕着玩。他们是些多情的人，以为作家职称能寄托什么。我认为俞佳就是这种情况……

填空。古文。时事。语法。政治。改错。历史。作文。一份卷子，三小时时限，我两小时十分就答完了。我估计及格已经没有问题。我长吐口气，斜仰起脑袋去看俞佳。俞佳的座位已经空了。

尹雪虹提供的俞佳信息，是我一点点抠出来的，仍摆在我家的广口花瓶是我的挖掘机：她在沈阳；她与余一彻底断了；她没去过去的杂志社上班；她与方正良住在一起，还怀了他孩子……尹雪虹坚持不告诉我俞佳电话，但答应替我约她出来。

我担心俞佳不来。她来了。可桌上的菜她基本不动。我叫的都是她爱吃的辣口菜。我吃辣不行。她不许尹雪虹退场，说你有什么话都可以当雪虹说，她是我亲姐。然后，她就面无表情地干坐在那里，考职称那天对我的友善态度全没有了。她以简洁的短语和单词回答我提问，间或使用的长句子是：这个你别问，我个想说。在黔之春酒楼，她坐了大约一个小时，直到临走，才多少解除点自我压抑，让我看到一点过去的她。她让尹雪虹多陪我一会。是她态度的瞬间变化，给了我希望，我要她电话。她不给。你别找我，什么时候我想找你，会打你电话。她走后，我和尹雪虹又坐一小时。尹雪虹也看出来了，俞佳对我感情复杂，表面的冷漠完全是装的。她把她知道的情况就多说了些。可尽管俞佳称她亲姐，她对俞佳私生活的了解也非常有限。这我看得出来，看不出来我也想象得到，我对她俩都太熟悉了。这两个女人的友谊是这样的：尹雪虹是妈妈、姐姐、乐于操劳的监护人、毫无保留的关心者；俞佳是女儿、妹妹、可以耍赖使性的自私鬼、永远有权藏匿自己秘密的被保护者。

俞佳起身往外走时，我送她，我们独处了一两分钟。

"俞佳，还有几句话，我希望你正面回答。"

俞佳看我一眼，又溜一眼并不在我们视野之内的尹雪虹，点点头。

"你还喜欢余一吗？你心里对他怎么评价。"

"我——我不知道，还喜欢吧。我觉得他非常优秀。但我不会再和他在一起了，他和我不是一样的人，包括你，他和我们都不一样。"

"那——方正良以前都那么挤对你，有了这事儿，你再回来，他能容吗？他宽宏大量是暂时的吧？你想过你们以后……"

"两口子的事，别人可能无法理解。你想不到，经过这事，他变了个人，好像是他对不起我了，他对我好得，像以前我对他。"

"哦，那就好。可是——如果有一天，他不好了，或让你不满意了，而你觉得刁斗还让你有点兴趣，我随时愿意你来我身边。你知道，自从离婚，我就不打算再结婚了，和能白头偕老的人也不走那形式。可如果，你肯嫁我，我愿意和你走那形式。"

"谢谢你刁斗。这问题我不知道应该怎么明确回答。我只能说谢谢。但我相信，你也不希望我再走这么一步。我是女人，方正良也没大毛病，我没精力再折腾了。"

"我理解我知道，我希望你俩从此什么都好。可我们，还能来往吗？至少，还有小说是我们共同的……"

"小说？它差点搞死我……"俞佳按住她扁平的肚子，脸色倏然暗了下去。这时，一辆出租车滑到她面前，她用没按肚子那只手拉开车门。"现在我只有，宝宝……"

十八世纪中期，劳伦斯·斯特恩四十五岁，在英国约克郡一个教区担任牧师。这个早年读过剑桥基督学院的神职人员，思维灵动，幽默诙谐，博闻强记，脑子里充满奇思异想，他一边参与类似现在官场上那种拉帮结伙的权力游戏，一边践行他的享乐主义。可有一天，他忽然发现，对教会内外的政治斗争他已厌倦，在相互倾轧中展示机谋，小气不说，也不再让他有智力上的满足。他主动焚毁新出版的党派攻讦小册子《政治传奇》，信步踏上了另一种文体的肥沃土壤，去栽种他的语言才华。最初，他翻地点籽施肥浇水，只是跟着感觉走，自己也不清楚在耕耘什么，甚至芽破土了，苗泛绿了，他还误以为那只是杂草，还试图要毁芽弃苗。幸好有朋友阻止了他。收获的季节很快到了，这个永远对新鲜事物充满好奇的耕耘者惊讶地看到，他种在手稿上的杂交果实——应该说就是乱交的果实，果然是个有趣的怪物：它信口开河，胡说八道，东拉西扯，颠三倒四；它时时恶毒，常常下流，每每轻浮，处处冒犯；它亵渎神圣，戏谑严肃，调侃高贵，捉弄端庄……它嬉皮笑脸了两个半世纪，与这个越来越法衣飘飘神杖赫赫的正经世界，不正经地开着玩笑。

它是一部小说，名为《绅士特里斯舛·项狄的生平与见解》，简称《项狄传》。

发现

第一章

　　医生往下卷绷带时，小心翼翼的，好像工兵在排除地雷。绷带很长，厚厚地缠在金明鼻梁的上部。绷带底下，是十天前刚做过眼球移植手术的金明的眼睛。现在，金明的两手已经攥出了汗水，他希望一会绷带解开以后，好运能再一次降临他的身上。

　　当然好运只能相对而言。对于乞丐来说，出门能讨顿饱饭就算老天长眼；而一个领导干部下基层走走，光对付个四菜一汤只能怪他选错了地方。所以金明觉得，尽管遇上了车祸实在倒霉，可想想这事的前因后果，他还是庆幸自己摊上了好运。

　　这件事起因于几个月前。几个月前，出国开会的消息刚传来时，金明也没对自己抱什么指望。虽然大伙都说，这项名为"DDZ 计划"的研究成果，别人再也没理由抢了，可金明还是退避三舍。金明已经人届中年，不再凡事争强好胜。上回去新加坡开那个"DZ计划"会议，一共给了五个名额呢，都没他的份，这回才三个名额，又是去日本，他很清楚轮不上他。金明几乎能想象出来，只要他稍微往前一抢，领导就会拉下脸来。"怎么的，金明呀，研究成果都算在你个人名下了，还不满足？"金明不敢还不满足。领导已经暗示他了，下一年七一发展党员，轮到他了。所以，金明对出国的事情不闻不问，他只把心思用在"DDDZ计划"的研究试验上。

其实大伙认为这次该让金明去日本参加国际"DDZ计划"会议，也不过是说说而已。谁都清楚，一般情况下，这种时候的名额分配都实行"三一制"，即部里一个头头，局里一个头头，所里一个头头。再有余富了，别的头头也实在插不上手了，才能轮到一般技术人员。可这回，偏偏事有凑巧，日本方面点名要金明到会，而部里年底要搞廉政，于是金明便拣了个天大的便宜。在局里一位副局长和他们一四一四研究所的所长之外，他也就兴致勃勃地办起了出国护照。

金明的好运由此开始。

金明的第二个好运是准时离开日本。按计划，金明是应该和副局长所长一块离开日本的，可由于会议临时得到赞助，与会者便省出了一大笔开支。副局长和所长要用那省出来的钱在日本继续考察，本着关心下属的原则，他们让金明先启程回国。"你回家和老婆孩子团圆去吧，"所长拍着金明的肩膀关切地说，"我得陪老局长在这里过一个革命化的元旦了。"结果，金明在沈阳桃仙机场一下飞机，与所里通电话时，就听说日本那边传来了消息，副局长和所长乘飞机由东京飞往北海道时，因飞机失事，掉进了海里，尸首现在还没找着呢。金明闻听不免后怕，他哆哆嗦嗦地问单位管事的领导，谁的车子能来接他。可领导还没把话说完，他就怕烫似的扔下了话筒。

再后来，金明的第三个好运第四个好运接踵而至，当然那都是他在医院苏醒之后才听说的。听人说完了他不幸之中的一个个万幸，他才有了胆量，去向往第五个好运的联袂而来。

在桃仙机场的冰天雪地里，金明足足等了两个小时，可还不见司机小迟的桑塔纳出现。金明不觉后悔起来，不如坐民航的大客车回市里了。刚才之所以没坐民航的客车，是金明动了一个小小的心眼。他想的是，他家住在马路湾一带，而单位则在北陵附近。他若坐了民航的汽车，就不能先回单位而得先回家了，因为民航客车的终点站设在马路湾。但他还在日本时就已经想过，到沈阳后，他要先回单位。一方面是他从日本带回来的两大包子资料分量不轻，要是先带回家再拿往单位，就太麻烦了。另一方面，是作为一个党外积极分子，如果下了飞机不回家而直接去单位，在下一份思想汇报里，他就可以轻而易举地，为自己增加一条爱所胜家的大号优点。可是现在，金明开始为自己的小心眼感到不安了。他认为自己站在冰天雪地里傻等小迟，是老天对他的小小报应。他想到，也许在刚才的电话里，所里管事的领导并没说过让小迟来接他，而是他听错了。他不好意思再挂电话问问领导，只好在停车场上叫了辆拉达出租车送自己回市里。启车以后，出租车司机问他去哪，他犹豫一下，怄气似的扔过去一句："去北陵，到一四一四研究所。"结果，就在灰色的拉达车已经要顶上了他离别半月的单位那扇灰突突的铁大门时，出车祸了。

金明从昏迷中醒过来时，眼上勒着厚厚的绷带。他什么也看不见，但他听见了妻子说话的声音。他艰难地伸手摸索，"亚妮，"他惊恐地叫着妻子的名字。妻子亚妮听见他的叫声，一下子把他手紧紧握住，抽抽搭搭地哭了起来。"你到底活过来啦……"于是，在亚妮断断续续的哭泣声中，金明终于听明白了事情的原委。

按照所领导所发布的指示，司机小迟准时赶到了桃仙机场。可在见到金明之前，他先见到了两个做生意的朋友也刚下飞机。小迟很讲哥们义气，他当下自作主张地改了计划，决定先把朋友送回市里，然后再来接金明回所。可小迟这几天夜夜玩牌休息得不好，把车一开过环城高速公路的收费口，他晃晃荡荡地就一个劲打瞌睡，开车窗吹凉风都没啥作用。结果，路滑车快，桑塔纳跑到沈海高架桥时，方向盘在小迟手里忽然转动，一家伙就连车带人地冲出护栏，翻下了沟底。随之油箱破裂，大火骤起，车上的三个人两死一伤。而金明坐的这辆拉达出租，在驶近一四一四研究所时，虽然没一头顶上单位的大门，却由于煞车失灵，追尾撞到了前边一辆挎斗货车上。在出租车撞向挎斗车的那一瞬间，挎斗车上有两根细长的钢筋劈面刺来。那两根钢筋，就像两枚准确的飞镖，在径直穿过拉达车前边的挡风玻璃和司机的头颅后，又继续捅进了金明的双眼。当然肇事地点离单位很近，死去的司机和未死的金明，都被迅速送进了医院。可谁都认为，金明的小命即使能保住，他的眼睛也非瞎不可。然而事有凑巧，恰好在金明被送进医院时，有一个要出卖眼球的中年男人，就好像与金明约好了似的正等在医院。于是，接下来，几重赶在一起的因素就又成全了金明：亚妮匆匆赶到眼科病室时正好碰上了那个不期而至的出卖光明者；而单位虽然觉得那个卖眼球者要价太高，但因为金明是在距单位几十米之内的上班路上出的车祸，得算公伤，也就只好同意了拿出一笔钱来购买眼球；而最主要的是，年轻的眼科医生被眼球移植这样一门世上罕见的高精尖的手术刺激得热血沸腾，他对面无人色的亚妮说，即使你不塞给我那么丰厚的红包，我也不会放过这个千载难逢的实践机会。

就这样，金明从持续的昏迷中苏醒以后，首先听明白的是这样一件事情。从现在开始，在他的眼眶里，将有一对别人的眼球生根发芽。

"……你怎么这么倒霉呀！你瞎了可怎么办哪……"亚妮勉强讲完事情的经过，哭号之声又高了起来。

"我倒霉？"金明在妻子的哭声中沉默了一会，忽然叫道："不对，我不倒霉！我运气好！"

"你还……运气……好？"

"你想想呀亚妮，我要是继续在日本逗留，我是不是得掉海里淹死；我要是坐上了小迟的桑塔纳，我是不是得翻沟里烧死；

我要是在马路湾那边出车祸捅瞎眼睛，我是不是就遇不上卖眼球的人了……所以呀，我看我的眼睛……"

"能复明？"

"能复明！"

现在，金明的眼睛慢慢睁开了，室内柔和的亮光一点一点地漫进他眼眶。开始，他看到的只是一些虚影，随之那些虚影渐渐变实，渐渐清晰。他先看到了医生和护士，接着又看到了妻子亚妮，最后，他看到了所里的赵钱孙三位副所长。金明翕动着嘴唇流出了泪水，直瞪着眼睛不敢眨动。医生伸出一只巴掌，鬼鬼祟祟地推出又拉回，五根手指分别弯曲竖直地让金明辨认是几。"现在我伸出的是几根手指……现在呢……这回？"医生就像哄孩子一样。"我全能看到，我全能看到！"金明冲动地喊了起来，冒冒失失地伸出手去，抓住了医生痉挛的手指。"赵所长，钱所长，孙所长……"金明险些跳到地上。

赵钱孙三位副所长围拢过来，同时长长地吐了口气。金明知道，他们的压力实在太大。这一阵子，所里不光连续死了所长和司机小迟，又报废了一辆桑塔纳轿车，巨大的开支让人难以承受。而为金明眼球移植所花的费用，如果不能给金明换回光明，那非得让上级领导和下边群众挑出来决策失误的毛病不可。可现在好了，金明争气，一切顺利。三位如释重负的副所长当即决定，一会他们三人坐丰田面包车回所，而让所里现在剩下的唯一一辆皇冠轿车送金明回家。并且他们决定，在未来的日子里，不论金明去医院换药还是复查，这辆皇冠将随叫随到，直到金明的眼睛巩固住了。

金明和亚妮感激涕零，他们二重唱一样重复着"谢谢"。直到三位副所长起身告辞了，金明似乎才想起了什么。金明热泪盈眶地举起右手，攥成拳头，好像在做入党宣誓。"各位所长——我，我一定尽快把病养好，好好工作，好好研究'DDDZ 计划'，报答领导，报答医生，报答向我出卖眼球的人民群众……"

第二章

回家以后，金明遵照医嘱用药静养，坚持每两天去一次医院——当然他从未要过皇冠轿车。由于积极配合医生的治疗，他的视力恢复很快。

比较紧张的是最初的日子。因为医生也难打保票，这眼球移植怎样才算最后成功。所以，刚回家那几天，金明对自己是否已经真的复明了没有信心。那几天里，他只是躺在床上闭目养神，什么也不敢看。他总怕某一次的睁眼不够规范，使他在医院时已经出现的光明再倏忽消失，而眼前重现一片黑暗。可总那么闭着眼睛他也心有不甘，他又担心那些失而复得的宝贵的光明，由于放弃使用再自行湮灭。这样，金明在闭眼的时候想要睁开，睁开以后又想闭上，睁眼闭眼的简单行为，成了他的艰难抉择。每次他决定睁开眼睛，都会紧张万分，不厌其烦地把妻子亚妮或儿子金光叫到身边，让他们做好送他重返医院的充分准备。在那些日子，他家的窗帘白天也挡得严严实实，不让日光照进屋内；而到了晚上，不但不点日光灯不开电视机，连二十五瓦的白炽灯都一律不用。两间居室一间厨房一间厕所和一个过厅，点的全是舞场里那种十五瓦的暗调子彩灯，并且，都是老绿橙黄栗子皮颜色，搞得金光一写作业就叫苦不迭。

但毕竟小心谨慎利大于弊。经过这样一段精心养护，过完春节再复查时，那个已经写完了眼球移植手术学术论文的年轻医生，对金明眼睛的满意程度，一如满意自己的业务前景。"我觉得你这眼睛恢复得——噢，是生长得，简直无可挑剔。"于是这一天，金明与医生分手以后，头一次没用亚妮挽他的胳膊在前边引道，头一次不再紧闭双眼跌跌撞撞。他就像发生车祸以前那样，又开始用自己的眼睛去辨识方向。他高兴地看到，这个世界呈现给他的所有一切，全都一如既往地清晰准确详尽明了……

那天走出医院大门，金明简直目不暇接，都顾不上回答亚妮的问话。"要不你直接上班去吧，我想自己在街上走走。"金明眼花缭乱地四处打量，好像车水马龙的街道和高高低低的楼房，在他这里都是新鲜事物。"这些天，你为我耽误了不少时间。现在我没事了，我可以自由自在地到处走走了。"金明感受着眼球在眼眶里圆滑地滚动，不觉有点鼻孔发酸。"亚妮，晚上下班时你别买菜了。一会我把菜买好回家，晚上让你吃顿现成的。"

金明的温柔感染着亚妮。她什么也没说，只是满意地看着金明明亮的眼睛。

10路汽车驶进了车站。车门开处，下车的人流潮水一样落下，上车的人流又潮水一样涨起。金明站在站牌底下的人行道上，美滋滋地看着亚妮把腰臀一扭，款款汇入了涨潮的人流。

"金明，金明，快看——"

金明刚刚掉过头来，想离开车站，亚妮的叫声就在他身后响起。他急忙回头去看亚妮。只见亚妮正裹在拥挤的车门里，用力地向远处指指点点。

"什么？"金明朝车厢凑了过去。"怎么了？"

"快看，那个拄棍的盲人，卖眼球的……"

亚妮还没把话说完，车门就咣当一声关了起来。金明被车门骤然的关闭吓了一跳，他本能地紧紧闭上眼睛。本来车门一关，即使金明的眼睛仍然睁着，亚妮的面孔也会消失不见。可是，就在金明闭眼的刹那之间，他忽然感到眼前一亮，紧接着，亚妮在车门里边焦急而又失望的样子，就活灵活现地闯进了他的眼里。与此同时，他还发现，除了亚妮，车上那些姿态各异的男女乘客，以及男女乘客们衣服里边的肥身瘦体，也都映入了他的眼帘。金明让自己这种奇怪的幻觉搞得很不安。幸好，这时面前的汽车开动起来，金明得以迅速地睁开眼睛，使眼前的幻象转瞬即逝了。金明想着亚妮刚才说过的话，回过头去，寻找刚才亚妮手指的方向。可是，在那个方向，在那些迎面而来的脸孔和远他而去的背影中，他并没看到一个拄棍的盲人蹒跚而行。

金明感到有点遗憾，他怪自己错过了一个与自己眼球原主人结识的机会。这些天来，他曾几次跟医生打听，那个出卖眼球者有着怎样的背景。可医生说，本着保护出卖器官者利益的原则，对那人的任何情况都要严格保密。医生只是让金明放心，说那人的一切条件都符合要求。金明无法再穷追不舍。其实金明相信医院，他并不担心医院会不负责任地移植给他一对有问题的眼球。他之所以对那个出卖眼球者的情况很感兴趣，只是出于好奇心和亲近感。金明觉得，由于那同一副宝贵的眼球，由于那组合成了同一副宝贵眼球的玻璃体、晶状体、角膜、虹膜……他已经和一个陌生的男人建立了联系。

　　这天晚上，金明亲自下厨做饭。虽然白刀反光红火刺目，可对他的视力毫无影响。亚妮下班金光放学后，一家三口坐到桌前，以饮料代酒地共祝金明彻底康复，甚至饭后还破例地看了会电视。看过电视，洗漱完毕，金光刚一回到自己房间，金明和亚妮就爬到了床上。

　　已经整整两个月了，金明和亚妮没有亲近。先是金明去了日本，后是金明住了医院，两人想亲近也没有可能。可是出院以后，睡到了一起，卿卿我我的事仍让他们心有余悸。关于心理生理的诸多反应，医生曾有过含蓄的建议，金明和亚妮不能掉以轻心。他们不愿因小失大，他们不想前功尽弃。但是现在好了，一切忧虑都烟消云散，谁都无须再有顾忌。

　　金明和亚妮爬到床上，摸索着钻进了同一个被窝，迫不及待地找寻着对方。那种久违的抚摸，焦渴的欲念，很快就让他们把持不住了。他们把脸颊和胸腹紧贴在一起，唇舌相接，肌肤相合，几乎忘记了他们身外存在的世界。接下来，陈旧的老床吱呀作响，压抑的呻吟起伏跌宕，猛烈的撞击和大幅度的扭动，使他们身心的快乐水涨船高，一帆风顺地抵达了彼岸。于是，亚妮的四肢一阵抽搐，死死地将金明环扣在怀里，好像是要辗碎金明或被金明辗碎；而金明，随着身体不规则的一阵痉挛，低哑地咧嘴吼叫了一声，把在黑暗中始终微阖着的双眼又用力一闭，稀泥般地瘫在了亚妮身上……

奇迹在这个时候突然出现——应该是再度出现。

金明在一泄而快的最后时刻，面部出现了复杂的变化。随着一声低叫破喉而出，脸上的肌肉在瞬息间凝固，紧接着，或者更应该说是与此同时，他咧开了嘴巴，抽紧了鼻子，皱住了眉头，闭牢了眼睛。本来这个时候，在金明亚妮夫妇的卧室，即使睁着眼睛，看到的也只是一团漆黑。所以，在最后时刻之前的那一段时间，金明和亚妮都微阖着眼睛，专心致志地体会着快意。可是在最后时刻到来的时候，金明和亚妮由于兴奋，都习惯性地把双眼重又紧闭了一下。问题就出在这突然性很强的紧闭一下上。当然亚妮没事。亚妮紧闭双眼的突然性再强，也与她往常这种时候的表现无有二致，剩下的就光是呼呼喘息了。有事的是金明。金明在把双眼突然性很强地闭拢以后，只觉得眼前白光一闪，他一下子就看到了隔壁房间里的儿子金光。金明在像稀泥那样瘫向亚妮时，为了避免亚妮身体受力太大，他的脑袋顺势一偏，倚在了亚妮的肩胛左侧。也就是说，金明是以左耳左腮作为头部的支撑，从而使他脸部的正面袒露出来，别无选择地对准了隔开他们这屋与儿子金光那屋的那道墙壁。正面的脸部上有一双视力正常的眼睛，视力正常的眼睛在一次正常的紧紧闭拢后，却极不正常地骤然闪过了一道白光。于是在这之后，金明脸部正对着的墙壁，对视线就丧失了阻隔的作用，隔壁金光房间里所发生的事情，便栩栩如生地，上演在了金明的面前。金明被自己的发现惊得目瞪口呆，他一时之间，忘记了移动身体，忘记了调整呼吸，忘记了亚妮，也忘记了他自己……

金光那屋，也是黑得伸手不见五指。但此时的金明却清晰地看到，通体赤裸的儿子金光，正浑身抖颤地站在隔开两个房间的墙壁的旁边。金光把左耳左脸紧贴在墙上，把拿着一张白纸的左手挤到了身后，而他放在身体前边的那只右手，正握着自己的生殖器在熟练地手淫。就像方才的金明和亚妮那样，此刻的金光闭着眼睛，张着嘴巴，一边凝神谛听爸爸妈妈在墙壁另一侧所制造的音响，一边体会着持续的手淫带给他的强烈刺激。这时的金光，大概感觉到爸爸妈妈这边已经幕落曲终了，他在大刀阔斧地加快自己右手动作的同时，呼吸也开始变粗变重。他把左耳从墙上稍稍挪开，将左手拿着的白纸移到身体前面一个适中的部位。再接下来，随着他身子一挺，脑袋一昂，咬紧牙关吐口长气，在他右手力量均匀的控制之下，一串洁白的精液，就准确无误地落上了他左手的白纸……

"怎么样？你没事吧？"亚妮的声音梦呓般响起，却震得金明耳根发麻。同时，金明还感到，亚妮的一只手正开始了对他的又一轮抚弄。

"我没事……"金明渐渐醒悟过来，他疑惑不安地把眼睛睁开。"我——"金明的目光重落入黑暗，金光已经无影无踪。"金光他……"这时金明惊奇地发现，随着亚妮老练的抚弄，只间隔了这么短暂的工夫，他的身体就又强硬了。

"你又行了！"亚妮喜悦地呢呢喃喃，"如果你想再来一回，我不反对。"

"算了吧！"金明忽然感到恶心，他挤压着舌根以防呕吐。"睡吧，我，我困了……"他说着从亚妮身上撤退下来。

躺好以后，好像是为了安抚余兴未尽的热情妻子，金明把一只手努力展开，轻轻覆上了亚妮的双眼。其实，亚妮的眼睛始终闭着。

第三章

按照原来的计划，第二天金明想正式上班。可是第二天早晨，亚妮和金光出门以后，金明又擅自改了主意："我想在家再休息一天。"他对亚妮说，同时也是强调着提醒自己。

人去屋空，金明趴在阳台上，目送着亚妮和金光逐渐远去。

金明的心里有点紧张，就像是新兵初上战场。他返身回屋，犄角旮旯地看了一遍，又警惕性很高地把房门锁死。然后，他才站到穿衣镜前打量自己。

镜子很大，反照效果无可挑剔，金明从镜子里边看到的自己，与以往没有任何不同。不过金明主要是端详眼球。可他的眼球，也依然如故，还是移植之前的那种样子：不大不小，不黑不白，不清不浊，不招人喜欢也不让人讨厌。反正不知底细的人，谁也不能说那双眼球不是他那对眼眶里的原装产品。然而，金明仍然感到不适。或许并不仅仅因为它们曾是别人的器官，这对非同寻常的特殊玩意，让金明又想到了昨天白天的 10 路汽车，想到了昨天深夜金光的屋里……

事实上，昨晚金明猫在被窝，已经反复地对他的眼睛做过了试验。虽然还没找到原因，但已经基本上掌握了规律。现在他面对镜子的再度检测，更主要的目的已不是印证规律；在改善了试验环境试验条件后，他希望，自己能对身体上这离奇的变故适应起来。

现在，面对墙上宽大的镜子，就像一般情况下人们经常做的那样，金明闭上了眼睛。这时的金明，与一般情况下的人们没有区别，由于闭上了眼睛，眼前立刻一片漆黑，身外的世界悄然远去。养神也好，睡眠也好，在这种状态下都很适宜。金明重新把眼睛睁开，镜中的一切，又回到眼里：穿了身黑色西服的他这个人，他身后漆皮剥落的铁架双人床，床后边灰突突的墙壁……金明缓缓地抚胸运气，为他即将开始的又一轮试验做心理准备。片刻以后，自觉内心的紧张感略有平复了，金明双手握拳，猛然把眼睛紧闭起来。一切奇迹，都包含在了这个简单的动作之中。金明这个突然性极强的闭眼动作，就如同打开了一个藏在眼眶里的透视开关，随着眼皮的用力合拢，他的眼前顿时一亮。于是，面前那些五花八门的各种东西，都层次分明地显现了出来。其实，那些投射到金明视网膜上的景况物器，是以纷纭而至那么一种态势一并呈现的。它们在金明眼里之所以能够杂而不乱，是因为金明的视点聚焦异常灵敏，选择什么放弃什么，他的取舍能在瞬间完成。这种情形，就好像在一条人来车往的大街上，我们既可以只看面前的名牌轿车而忽略远处的高大楼房，也可以光盯住大街尽头的妖娆女郎而无视身边的交通警察。轿车楼房女郎警察，这些都是我们可视的实在物，我们关注一方冷落一方，这与我们的眼睛没有关系，与之相关的，只是我们中枢神经对眼睛的支配。现在，金明就是凭着他内心的意愿，借助意识对中枢神经的指挥与影响，慢慢地欣赏着他眼前的一切。

他先透过镜子向前看去。镜子的背面有浓厚的积垢，与镜子背面紧紧相挨的墙壁上，飘动着缕缕轻浮的灰吊。他的视线进而穿过墙壁，厨房的一切也都尽收眼底了：锅碗瓢盆，油盐酱醋。在厨房另一面墙壁的外边，他还看到了走廊的楼梯和楼梯另一侧的走廊壁，但由于阻隔太多，走廊壁另一侧的影像就比较模糊。金明把目光收拢回来，通过调整视焦，使镜子恢复了本来的功能。这样，从镜子里，他就再次看到了自己。这时的金明正泰然起来，握拳的双手已经松开，但他自己还是感觉到了，他在镜子里的形象有点滑稽：因为惶遽而面孔苍白，又因为好奇而兴味盎然。接下来，金明的目光更加自如灵动，他一下子就穿透了自己身上的西服毛衫衬衣和背心，使里边的皮肤一览无余。并不饱满的胸大肌上，有两枚男人的乳头如同赘疣；松弛而鼓凸的肚腹的正中，深陷着的肚脐眼又圆又黑；而在大腿根部的三角区域，则是杂乱的阴毛枝枝蔓蔓，和欲盖弥彰地垂挂在阴毛之中的男性生殖器……

　　一切都是那么昭然若揭，一切都是那么原汁原味。只是有一点与金明的期待略有出入，那就是，他的目光虽然犀利，却无法透过皮肤深入内脏。金明对此感到遗憾。但他认为，内脏是一些更丑陋的东西，也许无法看到它们，倒是眼睛对于感觉的一种自洁手段。金明不愿意过久地注视自己的裸体，那上面的每个褶皱每个毛孔，他都熟悉到腻味的程度。可是，就在金明想放弃自己时，他的目光，却被自己身上一种奇怪的东西吸引住了。那种东西并不能被他从皮肤上看到，那种东西，需要他从毫无特色的肌纹腠理上感应出来。显然，那不是一种物化的东西。那是种无形无状、无痕无迹的特殊语言。金明对那种特殊的语言分辨解析，良久之后，他忽然就无师自通地读明白了。那些语言不是别的，而是此时他心中正活跃着的纷纭思想。这样的发现更为重大，金明不由又紧张起来。他无论如何也想象不到，他不光获得了穿物透视的特殊本领，而且，还具有了洞悉思想的超常能力。金明让目光不再移动，就紧盯住自己的肌肤。然后，他不断变幻心中的思绪，以反复验证自己识别肌肤语言的准确程度。好一会后，他平静了下来，他知道自己的本领货真价实。他吁了口长气，挪开目光，去看他身后的床和墙壁。对于自己每天睡觉的双人铁床，金明的眼睛一掠而过，他的视焦，更迫不及待地投射到了床后的墙上。他知道，墙的另一侧是另一户人家，而尽快走进另一户人家，这念头本身就让他兴奋不已。金明的目光长驱直入，毫无阻碍地通过了床后的墙壁和墙壁另一侧的一个凌乱衣柜。他用目光在那个有着大衣柜的房间里慢慢扫描，津津有味地打量着一目了然的其他物器：电视柜、梳妆台、双人床、儿童床、沙发、音响……他看得出来，这个此时无人的狭小房间，属于一个一室一厅的三口之家。

金明疲乏地睁开眼睛，一切重又正常起来。刚才的经历，就像一次梦中的奇遇。可是这种奇怪的事情，毕竟不是发生在梦里，这让金明的心态无法正常。面对自己这种特殊的本领，他想不好到底该喜该忧。最关键的是，他不知道，如此下去，他的眼睛会不会在失而复明后又明而再盲。他很想打电话叫回亚妮，与她商量一下该怎么办；他还想去找医生，或去请教那些呼风唤雨的超人大师，让他们给说说是怎么回事……

金明四肢朝天地仰躺在床上，脑袋里乱成了一锅糨糊。他知道，曾经有过不少号称可以耳朵认字眼睛透视的人，可到头来，他们的本领不过是魔术。他还读过柯云路的书，也听过严新的带功报告，但最近，他看到柯云路严新他们已经没有了市场，许多报纸都把他们描绘成了可笑的小丑。金明不想与小丑为伍。尽管他知道，他的本领千真万确。但想到自己这么轻而易举地就成了一个特异之人，他还是对这种蹊跷之事不寒而栗。同时，金明也有点担心，如果把发生在自己身上的变故泄露出去，别人要来测试检验时，他这突如其来的透视能力，会不会又要突如其来地离他而去。

　　想不出头绪的事情不要硬想，金明这样告诫自己。反正把一件可以密不示人的奇迹深藏起来，这也算是一种隐秘的快乐。金明从床上爬了起来，再一次轻闭双目，以手相抚。隔着眼皮，他能敏感地体会到眼球那种质感很强的鼓凸圆润与潮湿脆弱。这时候，他发现，他心中的重重疑虑与阵阵不安，正在悄悄地退居次席，而渐次活跃起来占据主导的，则是神秘诱惑带给他的激动与好奇。此时让他最害怕的，似乎已不是这种奇异本领有可能给他眼睛带来的不良影响，倒是这种本领从他身上突然消失的可能性，更让他感到忧心忡忡。金明产生了一种时不我待的强烈感觉。他一会走上阳台，一会钻进金光的房间，一会又下楼站在户外的阳光里，从不同的方向不同的角度，一次次突然性很强地闭紧眼睛，去透视他目力所及的一幢幢楼房，一辆辆汽车，一个个人，以及一个个人的所思所想……

　　就这样，基于一种特殊的机缘，金明拥有了一种特殊的能力。

接下来的几天，经过反复演习认真操练，金明使用起眼睛的透视开关来已经驾轻就熟。而且他还惊喜地发现，虽然现在他眼睛的利用率很高，可他的视力不仅没受影响，反倒显示出愈用愈精的良好势头。为了谨慎起见，正式上班前，他又去医院复查了一次。可医生只粗粗地草草地检查了一下，就嘻嘻哈哈地对他开起了玩笑。"你要是再这么不信任我，我可要把它取出来移植给别人了。"医生说，"我觉得，现在你这双眼睛呀，比 X 光机还要好使。"

第二天，金明开始正式上班了。走进研究所大门，面对纷纷拥来问长问短的男女同事，金明一边左右逢源地打着招呼，一边将双眼时闭时睁。他已经两个多月没上班了。两个多月前，他只是这座大院里一个普普通通的研究人员，与人交往性格随和，工作起来兢兢业业。可是在这两个多月后，他却成了个独具异禀的特殊人物。一想到从此之后，对他而言，所里的同事都将再无秘密可言，他就有些掩饰不住地得意和激动。

"今年是你的本命年吧小黄。"与去年分来的女大学生小黄说话时，金明很有把握地加上了一句。

"对呀，你怎么知道的？"小黄妩媚地面露惊诧。

金明笑而不答，他不能说我看见了你的红裤衩和红腰带。

"老方，对新处的对象还满意吗？"跟资料室的老方打招呼时，金明也悄悄地关心他一句。

"谁说我新处对象了，没有的事……"老方敏感地否定着金明。

金明只是拍拍老方的肩膀。他不能说你老伴尸骨未寒就被你忘了，现在你心里装的是别的女人。

上班铃声响过以后，金明快步爬上五楼，走向了三位副所长集体办公的副所长室。副所长室的对面是正所长室，金明想到死在日本的正所长，便首先对着正所长室闭上了眼睛。挂着锁头的正所长室里，宽敞寂寥冷气森森，一盆冬青已经死去，桌椅地面都积满了灰尘。金明的心中有点沉重。他急忙移动目光，去看拥挤凌乱的副所长室。副所长室里，赵钱孙都在，他们正各抱地势地向隅办公。

金明睁开眼睛轻轻敲门，听到距门最近的孙喊了声请进。金明推门进屋，不免有点拘谨。

"三位所长好呀，"金明站在门口大声说道，"我上班来了。"

这时赵钱也从他们的办公桌上抬起了脑袋，见进来的是金明，忙像已经迎向金明的孙那样，也上前与金明热情握手，亲切慰问。

"怎么样怎么样……"

"挺好吧挺好吧……"

"不错嘛不错嘛……"

金明的眼睛有点模糊，他想到了那天在医院里重见光明的难忘时刻。他一边回答着赵钱孙的详细询问，一边在三位副所长指给他的长沙发上坐了下来。这时的金明过于激动，他没理会，三个副所长都只分别对他说话，而互相之间没有交流。直到许久之后，每个人都把客套话说光倒尽，只能张口结舌地面面相觑了，金明才发现这个小小的问题。金明看到，由于赵钱孙之间没有交流，大家分别落座后，他们便只能以一个平面的伞状朝他围拢。金明和他落座的那张沙发如同伞柄，他的视线和语言从他这个点上散射出去，就好像是撑开伞面的鱼骨支架；而赵钱孙和他们的写字台皮转椅，则构成了对于金明这个点而言，距离大体相等的另外三点。他们的视线和语言，从另外三个点朝金明这里集中起来，就恰似伞面给予伞柄的支撑反馈……金明没继续往下再想，他觉得，自己这种并不幽默的联想亵渎了领导，为了掩饰，他便在伞柄的位置上闭紧了眼睛。他面对伞面慢转脖颈，以头为轴地画了个半圆，对赵钱孙，依次逐个地扫描了一遍。

"我，我得告辞了……"金明的扫描还没彻底结束，他说话的情绪就低落了下去。

"着什么急。再坐一会，再坐一会……"三位副所长礼貌地挽留。

"我的图纸，"金明说，"我得去看看，我的图纸……"

第四章

金明度过了他眼睛康复后上班的头一天，所有同事都惊叹他眼睛恢复得好。"一点也看不出来，"许多人都说，"那眼球——哈——"当然所有的同事也都发现了，金明的眼睛新添个毛病。

现在金明的那双眼睛，除了下意识的轻微眨巴外，还要经常突然性很强地闭严挤紧，好像是为了让眼皮用力地按摩眼球。这样的习惯出现以后，使金明的面相也发生了变化。本来金明一向是面相和善眼泛笑意的，可是现在，看上去他总像怒气冲冲。不过眼睛复明是天大的好事，新添的毛病只是美中不足。所以，这一天里，包括以后的日子里，没有人对金明眼睛落下的这个小小后遗症说三道四。"一点也看不出来，"人们只是这样说，"那眼球——哈——"

这天晚上，金明回家后，亚妮对他头一天上班的情况问长问短。

"怎么样，三位领导对你这业务尖子的重返岗位都挺高兴吧。"

金明已经活跃了一天，这时显得有点疲惫。"当然高兴。"金明勉强应了一句。"其实人与人哪，除了自己，能真心实意的，还得是两口子。"

"怎么了你？"亚妮愣愣地看着金明，"讽刺我吗？"

金明连忙笑着解释。"哪的话，我是夸你。"见亚妮还是将信将疑，金明又说，"我是说赵钱孙他们，对我的好坏根本不放在心上。"

但亚妮对金明的态度还是反感。"我看你是在家养娇贵了。领导不把你放在心上？你还想让他们打个板把你供起来吗？"

"我的意思是……"

"赵钱孙怎么你了？"

金明一时无言以对。他想不好该怎样向亚妮证明，他对赵钱孙的看法并非空穴来风。他这才意识到，由于经验不足，他还不善于把心灵透视的真凭实据迅速转化成逻辑推理的分析判断。如果一旦言多语失，他很有可能因无法自圆其说而掉进自设的陷阱。金明便只能犹犹豫豫，吞吞吐吐。亚妮见金明总是欲言又止，以为他刚上班就遇到了麻烦，就更是东鳞西爪地问个不停。可亚妮越问，金明的回答就越漏洞百出，越含混暧昧，让人听去，好像他是心怀鬼胎，搞得亚妮很不高兴。亚妮的不高兴让金明更加不安，他既为对亚妮隐瞒眼睛的事情感到不安，也为担心由于表述失当而露出破绽感到不安。所以，上床以后，他冒着被金光听到声音的风险，倾尽全力地哄亚妮高兴。

金明和亚妮这对夫妻，与大部分的夫妻没什么两样，互相间的交流不少也不多。由于共同生活得时间久了，什么时候有兴致说话，什么时候没情绪搭腔，彼此都已心照不宣。可是现在与以往有所不同，现在金明有了变化，这变化破坏了他们约定俗成的内心感应。有时需要正常对话，金明却会毫无来由地中断思路。有时并无交流的必要，金明又要不合时宜地鼓噪唇舌。这样一来，发生在金明身上的种种变化，在一段为期不短的时间里，导致了金明和亚妮的频繁冲突。

随着金明对周围世界的了解与介入，他知道的事情越来越多。一个人心里边藏多了东西，也有点像吃得太饱。吃得太饱需要排泄，知道得太多了就很难守口如瓶。可是既不想泄露天机，又难以守口如瓶，金明与亚妮的许多对话，便都要因语义含混和表述暧昧而不得善终。不过一般的对话无法善终，亚妮也不会过多介意，像单位里的逸闻趣事，邻居间的家长里短，说多说少说重说轻，原本也是无所谓的。金明与亚妮的纷争冲突，更多的起因于另一个话题，即金明对亚妮娘家亲人的不恭不敬。

金明的老家在西丰农村。从打他和亚妮恋爱开始，对沈阳城里亚妮的娘家，他就像对自己的老家那么亲近。同时金明认为，亚妮的父母，也是一直把他这大女婿当儿子待的。亚妮的父母，是一对老知识分子，可他们的两女一儿，最高学历才是个中专，这让他们耿耿于怀。而金明不光早就是个挺出类拔萃的工农兵大学生，结婚以后，还考上研究生，有了一个硕士文凭。这自然让亚妮的父母高看一眼。可现在有了透视的本领，金明却于不经意间发现，原来自己在岳父母眼里的高贵地位，其实只是一种假象。至少他们现在更看重的，是他们的儿子亚力和二女婿大壮。亚力这边，靠做买卖成了个财大气粗的社会知名人士；大壮那边，一步步地熬上了个权重一方的区工商局局长；而他，作为一个平淡乏味的"DZ"专家，已经再没有了什么硬通资本供老人炫耀。金明的内心失去了平衡，有一种上当受骗的感觉将他时时缠绕。可他的委屈与气愤又无由宣泄，毕竟表面上，岳父岳母一视同仁。

如果这样的问题出现在别的家庭或别人身上，大概也只能不了了之。可这样的问题出现在亚妮的家里金明的身上，事情的结果便与众不同。在亚妮娘家，有一种传统保持了多年。那就是，不光父母与子女的接触格外频繁，即使姐妹姐弟间，彼此的来往也特别经常。一家有事，众人插手，一人有事，多家过问。过多的接触也就等于过多的暴露，金明凭借他的所长，对四个家庭中十多口人的隐情秘事，很快就都了如指掌了。这样，一旦他想把这些东西作为石头投掷出去，完全可以信手拈来。

好多事情就是这样，不知就里也就罢了，可一旦外表的包装不复存在，原本的平静便无法维持。

"我一向把你爸你妈当亲爹妈待的。可是，他们也都年岁不小了，怎么一下子变得势利起来……"

"为什么人越有钱越抠门呢！亚力表面上对大壮那么好，背地里却跟人家玩心眼。要知道，他做生意之初可全凭大壮了……"

"亚娟明显是骗你妈呢，她说的根本就不是实话……"

亚妮在家里作为长女，一向把维护家庭的荣誉看得很重，这一点金明一清二楚。以前对于亚妮娘家的大事小情，金明只是善意地出主意想办法，从不说三道四含沙射影。可是现在，忽然之间，金明这里冷枪四起，暗箭纷飞，没法不让亚妮如坠雾中。亚妮经过了短暂的惊愕，就当仁不让地充当起了娘家人的盾牌。

"你怎么了金明？我告诉你，我家的事情不用你管！"亚妮面对金明的攻势，做出的反应异常激烈。

"你把话给我说清楚喽，你什么意思？"亚妮把金明的犹疑踌躇作为打击要点，她以为金明真的只是凭空玄想，无事生非。

"我妈是故意这么说的，我爸不是成心那么干的。"亚妮宁可口不对心，也要对金明的指责进行证伪。

当然了，在愈演愈烈的纷争冲突中，金明总是点到为止。他情愿亚妮说他是捕风捉影。他心里清楚，夫妻间的感情也娇嫩脆弱，就如同眼球，经受不起锐器的触碰。况且，家庭中的事情也没什么对错，也争不出高低。他找个由头发发牢骚，只不过就是自我安慰，图上一个嘴巴痛快。可亚妮跟他想的则不同。亚妮不允许自己失败。亚妮把自己看成家族的代表，她认为让金明得势便是她全家的耻辱。所以，一旦亚妮理屈词穷，她都不惜动用人身攻击的撒手锏来对付金明。

"越是没钱没权没能耐的人才越爱嫉妒！"

"读多少书你也是个自私狭隘的农村土老帽！"

"你这种从小就缺少教养的人永远也不会有大出息！"

亚妮这样的言辞真是刀刀见血，尽管金明看得出她是有口无心，可还是感到备受伤害。

有一天，一家私营饮料厂送给大壮一套电脑多媒体，大壮请金明帮助调试。金明从大壮家回来以后，感触良多，忍了几忍，还是酸溜溜地对亚妮议论起来。一般情况下，金明与亚妮的唇枪舌剑，总是在晚饭后上演。那时候，金光回屋写作业去了，金明和亚妮边看电视边展开对攻，半真半假，时气时恼，直到熄灯上床睡觉。而上床以后，金明会立刻嬉皮笑脸地挂出免战牌，想方设法让亚妮火灭气消。就好像他那些信口开河的挑衅滋事，只是为了换来亚妮的一顿教训。甚至有时候，他们的争斗还会发展成一出猫戏老鼠的热闹喜剧。当金明让亚妮在他的告饶声中大获全胜后，亚妮就能半推半就地在他面前展示出来一个成熟妇人的万方仪态千种风情。当然了，唤醒亚妮得有前提条件，那就是金光已经在隔壁沉沉入梦。

可是这一回，亚妮却拒绝像以往那么半真半假，时气时恼。这一回，亚妮听着金明关于大壮的议论，既无表情又无反应，只是像审视一头怪物那么睨视着金明。金明感到有点心虚。"你怎么了？"金明问。金明边问边紧闭一下眼睛。亚妮的身体裸露出来，写在亚妮皮肤上的思想语言异常清晰。金明大惊失色地睁开了眼睛。可还没等他做出表示，亚妮那声轻蔑的低骂已经脱口而出：

"贱货！"

第五章

一四一四研究所正所长的位置空缺了半年多之后，上边终于有了态度，本着精兵简政的原则，研究所的新领导班子拟由赵钱孙组成。也就是说，新所长将不再外派，而是要产生在他们中间。照理说，这样的消息传来以后，赵钱孙都该高兴才是，毕竟他们每人都获得了一次撅升的可能性。可金明发现，赵钱孙反倒更加忧郁，互相间的明争暗斗也愈演愈烈。

不过金明对权势之争没有兴趣，关于赵钱孙的重重矛盾，他都懒得去透视了解。在那个"贱货"以后的日子里，金明已经变成了个沉默寡言的人，他逐渐疏远了熟悉的人群和与己有关的事情。在家里，他养成了晚饭后和休息日出门散步的习惯；而在单位，他也更热衷于外出开会一类的事情。现在他所进入的世界，大多都是陌生人的世界，而对陌生人的隐情秘事，即使他很想议论也没法找到对手。这样，客观条件又反过来强化了他的主观意向。如果他再需要对所闻所见唏嘘感慨，那么，他只对一个最知心的体己敞开心扉。那个人不会给他带来麻烦。那个人就是他金明自己。

但有些事情就是别扭，你不找它，它却找你。尽管金明对赵钱孙的升迁荣辱漠不关心，可赵钱孙的升迁之事，偏偏就与他发生了关系。原来，这回选干部与以往不同，局里边别出心裁地成立了一个考核小组，还要有群众代表参与其中。而金明作为业务骨干和党外积极分子，被任命为所里的两个群众代表之一，似乎也算顺理成章。金明当然也感到光荣，但更强烈的感觉却是压力和责任。尤其是听说，这回的群众代表不作摆设，到时候，新所长真的就由局里的三个处长和所里的两个群众投票产生。这更让金明诚惶诚恐。

在赵钱孙三位副所长中，金明倾向于让第二副所长钱或第三副所长孙升任所长。原因很简单，第一副所长赵还有两年就该退了，又不懂业务，而钱孙都年富力强，又都是从研究人员中提上去的。可事实上，三个人中，与金明关系好些的倒是赵。当然赵与金明的关系并不特殊，这个随和开朗的矮个子老头，和所里人的关系都很融洽。但金明知道，如果他的意见去倾向赵，别人就有可能认为他是嫉妒钱和孙这两个同龄人。金明回家把这层意思对亚妮说了，亚妮也说是这么回事，然后亚妮还想到了另一个问题。亚妮说，即使最后真任命了赵为正所长，金明也不会受太大损失，因为赵还没来得及报复呢，就得退了。而对钱和孙，亚妮说，一旦这回你得罪了他们，下半辈子你都难过。

身不由己地掌握了领导的生杀大权，这让金明左右为难。他当然比亚妮还要清楚，不论在哪个环节上稍有不慎，对他来说都后患无穷。可是，考核小组的会议遥遥无期，他的苦恼便被不断地延长。有几回夜里在床上做梦，他想的都是在钱与孙间如何选择。

有一天下班后金明骑车回家，虽然一路上双眼时睁时闭地东瞧西看，可心里还在比较着钱孙的优劣。快到北市场的大戏院时，他肩膀被人拍了一下，扭脸一看，见是赵骑着车从后边赶了上来。金明有点不好意思。他意识到，赵已经在后边跟了他一会，而在这段时间里，他心里只有钱孙却没有赵。幸好赵谈吐表情都很自然，这才让金明摆脱了愧疚。他知道，并不是每个人都能像他一样看到别人的内心活动。两人并肩同行地说了几句闲话，赵即兴似的邀金明去他家坐坐，他说他家就在大戏院边上。赵的热情质朴真诚，让金明根本无法拒绝，他只好下车来到了赵家。可进门之后，还没等坐定，金明就看出来赵的邀请早有预谋。他赶忙重新起身想托词告辞，可赵对他的理由已经了然于胸。他一面打发儿子跑趟马路湾，去找亚妮通报一声，一面说，这回班子定完以后，首先得给你这个业务骨干家装上电话。

金明坐在赵家的饭桌前，心中阵阵忐忑不安，他害怕谈话被引入正题。可谈话必然要进入正题，这不依金明的意志为转移。果然，主人关于他眼睛的慰问结束以后，这次正所长的选拔问题，便和酒菜一齐摆上了桌面。

"金明，喝——咳，你还不敢喝酒。"赵自己干掉了一盅白酒，泰然自若地望着金明。"我想跟你说说这回任命所长的事，你要是觉得我说的不合适，就当没听着。"

"你说赵所长，有什么话你就说……"金明小心翼翼地赔着笑脸，倒好像是他在乞求什么。

"打开天窗说亮话吧，这回呀，我是想争取你这票了。"

"我——"

"你不用表态金明，先听我说说我的道理。照理说我也这么大岁数了，虽然有多年的领导经验，可毕竟在业务上是个白帽子，不该去跟年轻人争什么高下。可我的实际困难，又让我不能不厚着老脸要争争这个正处级。这么说吧，我就是为了房子。我这回要是弄上了正处，年底调房我就能改善到三间，我老儿子也就能结上婚了，不用再跟我和老伴挤在这一间屋里。不然的话，两年以后，我要是从现在这个副处的位置上退下来，就还得这么六七口人挤在一起，老两口小两口的，到了夏天门都不敢开……"

金明听着赵的话，频频点头表示同情，他看出赵的住房条件的确太差。现在他们吃饭这屋是赵和老伴的卧室，双人床上架着单人床，想必是赵的老儿子的住处。而旁边房门紧闭的另一间屋子，也住着三口人，那是赵的大儿子和妻子及他们的孩子。金明冲那间屋子闭了下眼睛，他看到，那间屋比这屋还要狭小，挤挤压压地没个转身的地方。此时赵的大儿子和大儿媳，正光着上身只穿了短裤，坐在床上逗孩子玩呢。金明多看了赵的儿媳妇几眼，一时忽略了赵的表白。直到赵说了句"对吧？"他才急忙答应着扭回头来。

"……其实在工作上，虽然我是外行，可这么多年里你们有目共睹……"赵这时说得有点激动。

"赵所长，我非常理解你。"金明忽然想到了金光，光着身子，贴在墙边，谛听着他和亚妮的声音。"赵所长，你，你不用说了，我心里有数。"金明举起了手中的雪碧，和赵的酒盅碰在一起。"请你放心，即使只为了你的房子，我这一票，也投给你……"

此后的谈话轻松起来，赵对金明已经无所顾忌。同样不用再绷紧自己的金明也觉得自己去了块心病，整个一晚上喋喋不休，就好像，这一段时间里他积攒的语言，都是为了向赵倾吐。

这一天，金明与赵皆大欢喜，可是没过几天，金明就发现了，他在这类问题上是何等幼稚。紧接着，还没等他找到更充分的根据来支持自己做出的选择，钱和孙就也都偷偷摸摸地分别与他进行了接触。面对钱孙的促膝恳谈，金明感到束手无策。钱与孙不光竞争的理由要比赵充分，他们那赤裸裸的表白与直截了当的要求，也让金明含糊不得。金明不想对赵食言，从诚实的角度，他也不便再做承诺。当然对钱孙他也不敢回绝，他只能避实就虚敷衍塞责。可在这样的问题上，钱孙全都经验丰富，他们那意味深长的目光与饱含深情的紧握，像笼子一样，囚得金明无路可逃。到最后，金明只能败下阵来，信誓旦旦地做出保证，要把自己那庄严的一票投给他们。

金明的苦恼又加深了一重，万般无奈，他只得再向亚妮倾诉苦衷。"他们都让我投他们的票，你说我该怎么办呢？"

"怎么办？闭着眼睛投上一票就得呗。"亚妮倒把事情看得简单。

"可是他们三个我都答应了，我不能说话不算话呀。"

"瞧你笨的！答应了能怎么着，说话不算话能怎么着——还没当官呢，混个考核小组成员就把你难成这样了。"

"可是——投完票他们问我呢？找能撒谎吗？"

"这种事情不叫撒谎，这叫安慰。谁问你你都说投他了……"

亚妮的主意等于没出，金明还是一筹莫展，连续多日，他连瞧光景看热闹的兴致都淡了许多。可是偏偏考核小组的会议迟迟不开，使他不得不频繁地面对赵钱孙，并频繁地在赵钱孙的叮嘱中重复那些让他心魂不安的郑重许诺。作为考核小组的成员之一，金明懂得，要上对领导负责，下对群众负责，同时更对考核对象及自己的良心负责。可是现在，金明丧失了判断的能力，他已经搞不清楚怎样才算对上下左右都负了责。在重重叠叠的苦恼之中，金明最后再次决定，还是要选择一项能让他苦恼最轻的办法来对待此事。那就是，利用自己的透视功能，通过对赵钱孙进一步的深入了解与细致观察，凭着自己的良心投出一票。可是，几天以后，当亚妮顺嘴问他在赵钱孙之间是否做出了最终取舍时，他的回答让自己都吃惊。

"我想退出考核小组。"

"什么？退出？你疯啦？领导头一次这么信任你……"

"我想，正是因为我不该辜负领导和大伙的信任，我才……"

"你真是一摊糊不上墙的泥巴……"

"我觉得他们都不行，他们当副所长都不合格。甚至，他们甚至都不比我更胜任所长。"

"行了行了，你连党还没入上呢就有野心了？不过呀，你终于也看出当官好了，也是进步。"

"我不是那意思……"

"我知道你还不敢那么贪，往上爬也得慢慢来，一步步的。所以嘛，你不能放弃这个靠近领导买好同事的天赐良机。"

"咳，我说的不是你那想法——先不说这个。我这么给你讲吧，你说自己在外边搞个工厂，把所里的技术、工具、材料都偷用到自己的工厂里去，这样的人能当所长吗？"

"谁呀？"

"顺我者昌逆我者亡，还没走马上任呢，因为和上边的关系好，就认准了自己可以坐上所长的交椅，已经开始和亲信拟名单分位置，并且也设计好了怎么收拾与自己有矛盾的人，这样的人能当所长吗？"

"都是谁呀，你把话说明白了。"

"一个是钱，一个是孙，你说我能投他们票吗？"

"你怎么知道的？"

"调查研究呗。"

"这——咳，现在的官不都这样。没告诉你吗，到时候，你就胡投一票。"

"那哪行，我可不想昧着良心。"

"那——不是还有赵嘛，你选赵就行了呗。"

"可是赵，在业务上，他也实在太不行了。以前我还没觉得他差那么多——这么说吧，就是你现在调我们所去顶赵的位置，至少也不会比他更差。"

第六章

窥视别人的秘事私情，这肯定能获得一种隐秘的乐趣。但掌握别人的秘事私情，这也同样是一种沉重的负担。金明眼睛的特殊本领，把他带入了一个奥妙无穷的奇异世界，可是最初几个月的新鲜过去以后，他终于发现，他的心理承受能力已经达到了极限。

有一天，金明收到一个日本同行的来信，与他讨论关于
"DDDZ 计划"的技术问题。金明读罢来信，方才蓦然醒悟，如
今作为一个"DZ"专家，他与"DZ"已经形同陌路。仅仅过了
半年的时间，他就被世界上最先进的"DZ"研究抛到了后面。
他记得，在眼睛康复前，他时刻想的都是"DDDZ 计划"；在
眼睛康复后，他刚刚具有透视功能时，他还曾想把自己的特殊本
领用于自己的工作中呢。可是现在，他成了一个低级趣味的人，
甚至成了一个卑鄙下流的人，成了一个玩忽职守虚掷光阴的人。
他不仅无法做到夜以继日地伏在图纸上计算和勾画，待在实验室
里成千上万遍地演示操作，他甚至都无暇去想一想与他的研究有
关的事了。他的心灵大脑以及眼睛，全被一根无形的线绳牵拉了
过去，去看那些本不该被他看到的东西，去进入那些本不该让他
进入的灵魂。早晨上班时，他会像等人那样倚着自行车站在一幢
楼前，看一间屋子里一个慵懒的姑娘钻出被窝梳洗打扮的整个过
程，以至于上班迟到；白天到另一个单位办事，他会坐在楼后的
花坛上，看一间办公室里一个脑满肠肥的男人独坐桌前的纷纭思
绪，搞得他直到该离开那个单位时正事还没有办成；晚上散步时，
他会选择酒店的包厢宾馆的客房医院的医生值班室作为观察目
标……如果说现在还有什么正事能拴住他的心的话，那就是他每
月必交一份思想汇报，等待着七一宣誓入党。

然而，当七一和炎热同时到来时，发展新党员的事情却无人

问津。

金明要求入党已有二十年历史，如今好容易万事俱备了，可他的希望却再度落空，而且都没人对他做出解释表示安慰。金明沮丧的程度可想而知。另外，炎热的天气也使人烦躁，面对"DDDZ计划"却无所适从，这也加剧了金明的萎靡不振。七一一过，亚妮见金明依然垂头丧气，就明白入党的事情成了泡影。你呀你，亚妮说，连掉到嘴边的馅饼都吃不上口，你说你还能干什么。亚妮又恢复了数落金明的旧日习惯，这让金明的心里倒好受一些，毕竟亚妮又关注他了。金明也很想借题发挥地泄泄怨气，他心中的憋闷积得太多。可一来他怕再激怒亚妮，再一个，他也知道，亚妮跟着他的确委屈，很少能摊上什么让人羡慕的事情。当初他读研究生拿了个硕士学位，后来他接受日本邀请出了趟国，多少年里，也就这么两件事能让亚妮的虚荣心得到点满足。可亚妮是个过分要强好胜的人。这半年来，在娘家，当大壮和亚力自吹自擂时，她只能以七一入党和入选五人考核小组来为金明遮遮面子。但金明这边也太不争气了，党没入上不说，自己还想主动退出考核小组。

七一以后的金明心灰意冷，他唯一可以约束自己做到的，只是别再惹亚妮生气。现在一想起亚妮的那一句"贱货"，他还感到心有余悸。可好像是屋漏偏逢阴雨天，金明遇到的麻烦苦恼，一个一个地接连不断。在金光学校放暑假时，因为苗苗，金明对亚妮委曲求全的安抚谦让，到底还是毁于一旦了。

亚娟与大壮的孩子苗苗，是个开学将要升入初中的十三岁姑娘。苗苗的各科学习成绩都平平常常，这让亚娟和大壮都很着急。连续两年了，他们不惜丰厚的报酬，陆续为苗苗找过好几个家庭教师，但哪一个都是乘兴而来扫兴而去。至于苗苗，除了身体的发育日新月异，并且像她妈妈那样对各种化妆术烂熟于胸，学习上则总无起色。一个时期以来，在亚妮父母家周末聚餐时，大家议论的中心话题总是苗苗的学习。大壮曾让金明帮忙分析分析，苗苗是不是天生就笨。可还没等金明回话，亚娟就说，苗苗才不笨呢，你看那套电脑，咱俩摆弄这么长时间了，才光会看个影碟；可苗苗呢，她都能打五笔字型了。听亚娟这么一说，金明忙应道，对对，苗苗不笨，只是兴趣问题，老师问题。结果金明的敷衍事与愿违，他提出的问题等于引火烧身。金明话音刚落，亚娟立刻就接了上来。我看也是老师问题。这样吧姐夫，我看苗苗很敬重她哥，干脆利用假期，让金光辅导她得了。金明一时有点语塞，可金光和亚妮在一旁满口答应，连苗苗都说，我哥教我就好好学习。金明只好也苦笑着点头。他知道苗苗天生就不是学习的材料，他只能私下里提醒金光，别影响了自己的正常学习。

　　暑假之初的一段时间，金明并不知道苗苗到他家来过几回，他也没想到要去询问。但暑假中期的有一天傍晚，吃饭时金光和亚妮提到了苗苗，听那意思，金明才知道，整个假期的前半截里，苗苗基本长在了他家。

　　"这是不是太耽误你自己的时间了。"金明的心里老大不快，可为了避免亚妮反感，他的语气漫不经心。

但亚妮对金明充满警惕，她的反感招之即来。

"你别那么自私好不好，苗苗那点简单问题，金光玩似的就帮她解决了。"

"我是觉得，趁暑假有时间，金光也该多做一些户外活动。"金明始终满脸堆笑。金明一点也不操心儿子的学习，自从那天晚上他隔墙透视出金光的行为，他操心的，只是金光那种封闭的性格。有一回，他在书摊上看到一本杂志叫《卫生与生活》，里边有篇文章叫《克服手淫的九种方法》，他如获至宝地把杂志买下来，假装随意地扔在了金光床上。他记得，那九种方法里，就有多参加户外活动这一条。

"像金光这么大的男孩子，还是少出去为好。不是打架就是上舞厅，还学抽烟喝酒，太不像话了。"亚妮对金光的不招灾不惹祸非常满意，她常对别人说，我儿子比个姑娘还听话。

"那你觉得辅导个小孩子功课有意思吗？"金明还是去诱导金光。

"还行，"金光像平素说话时那么表情简单，"我也是温习一下学过的知识嘛。"

就是这时，金明也不知因为什么，他下意识地闭一下眼睛。结果，金光皮肤上呈现出来的思想语言，吓得金明目瞪口呆。他愣愣地看着自己那个一向品学兼优的宝贝儿子，连亚妮阴阳怪气地指责他自私自利六亲不认对她家亲戚漠不关心抱有成见之类的话都没听进去。他想立刻与金光谈谈。可亚妮的在场，使他不敢贸然行事。

"我们单位一个同事的邻居，"金明憋了半天，突然打断了亚妮的话头。"是个男孩儿，高中生，他和一个小学生谈恋爱，"金明知道，他这没头没脑的突兀发言，肯定让亚妮更加生气。可别无选择，他只能如此。"后来他们发生了哦，关系。虽然他们是两厢情愿，可那个男孩子，还是，被判了强奸罪。"金明的语速越来越快，他并不管亚妮和金光用什么眼神看他。"原因是，与不满十四岁的女孩子一好，不管有什么理由，都要算强奸……"

"金明你这当爹的是不是有毛病！"亚妮厉声截住了金明的话头。

金光无动于衷地把饭吃完，起身回到了自己的房间。

第二天，金明在班上只待了一会，就感到心慌意乱神不守舍。他找个由头，请假回家，在路上把自行车骑得飞快。站到了自己家的房门外头，金明不顾气喘吁吁，立刻让视线越墙穿壁，朝金光的房间使劲望去。虽然有着几道阻隔，室内的影像模模糊糊，可金明看到的大体轮廓，还是让他触目惊心。大概苗苗刚来不久，身旁写字台上的书包还没有打开，而写字台旁的长沙发上，金光和苗苗这表兄妹二人，正紧紧搂抱着抚摸亲吻。苗苗的裙子被卷到了腰上，弯曲的双腿白皙明亮……金明一时张皇失措，他一边使劲擂门，一边用一种变了调的声音喊叫金光。他不敢掏钥匙自己开门，他怕在金光和苗苗毫无思想准备的情况下径直闯进屋去，会让这一对孩子无地自容。

房门很快被金光打开,两个面色苍白的孩子都紧张到了极点。金明也是面色苍白极度紧张,可是在两个六神无主的孩子面前,他是大人。他的心一点点地软了下来。"我,我有份图纸找不到了。"金明夸张地笑了一下,转身钻进自己的房间。

时间过得很慢很慢,苗苗告辞时,金明的心脏都快要爆炸了。他假装若无其事地出来送苗苗,可脑门子上的细汗却一层层渗出。苗苗已经跨出门槛了,金明又把她叫了回来。金明知道他很难开口,可他又实在无法不说,否则他会憋爆炸的。"苗苗——"金明不敢去看苗苗,他低头摆弄手里的图纸,努力让语气亲切平淡。"苗苗,我看以后,你最好别再找金光了。我觉得,辅导你,有点耽误金光自己……"苗苗顺从地答应了一声,垂着脑袋向楼下走去。而金光,木木地站在小过厅里,一言不发,一动不动,好像舞台上的一件道具。

金明长长地叹了口气。

"金光。"

"爸……"

"金光……"金明一时又无话可说。"你,陪我去中山公园,走走咋样?"金明忽然灵机一动,顺嘴说出来这么一句。"这样吧,金光,中午咱俩在外边吃饭,下饭馆去。"随着苗苗身影的消失,金明的神经也松弛下来。同时他还隐约感到,他有点没来由地可怜儿子。"咱俩呀,就像好朋友那样,出去散步聊天吃饭,无忧无虑地玩它一天。"金明张张罗罗地扔下图纸，从兜里掏出几张钞票，十分滑稽地数数点点。"让你妈看看，她总跟我耍脾气使性子呀，我根本就不在乎，我还有个大儿子呢……"

第七章

经过金明的再三动员，金光虽然很不情愿，但由于他心虚气短，还是同意了金明的建议，离开沈阳，去西丰奶奶家住些日子。亚妮对此大感不解，她想不明白，金明金光父子为何会忽然做出个这样的决定，并且意见一致得十分可疑。但对金光的要求她不能回绝。她只能扭过头来威胁金明说，如果金光开学后学习成绩掉下来了，你就别想再有好日子过。

金明只是一笑置之，他知道，金光是个上进的孩子，学习成绩掉不下来。

然而，金光的学习成绩掉不下来，金明也别想有好日子过，这并不用等金光从农村回来。

金明将亚妮彻底激怒，起源于一个普通的周末。按照惯例，那天亚妮一家亚娟一家亚力一家，都来到父母家周末聚餐。当时，亚妮的妈妈见大孙子没来，就责问亚妮，为什么假期都过一半了，还要把金光送到农村。可亚妮的解释还没出口，亚娟就从旁插了一句。

"妈哟，这还不明白嘛，让咱家苗苗给搅的呗。我姐我姐夫怕辅导咱苗苗影响金光，就把金光给转移走了。"

"哪的话，春节金明养病，金光也就没去看看他奶，他这是补春节……"亚妮申明的，的确是金明金光的理由。

"得了吧，这事谁心里都清楚的。"亚娟的脸色越来越难看，她不看亚妮，去看苗苗。苗苗正聚精会神地看电视里一对外国男女在游泳池里接吻。

大壮在一旁也话里带刺。"你看你亚娟，提这个干啥，我不又给苗苗找着家庭教师了嘛。"

亚力也煽风点火地凑了上来。"对了，二姐夫你那家庭教师要是好就再引见给我。明年我儿子也上学了，原来我还指望让金光帮他一把呢，现在看来，还是别找那二皮脸的好。我可先把苗苗的老师号下来啦。"

"人家金光是研究生的料子，像我姐夫。"亚娟说，"哪像咱们，一群没文化的人。亚力呀，以后你儿子要是去讨他哥的嫌，你可得管着点。"

"对对，不能去影响人家……"

"亚娟你阴阳怪气的什么意思！"亚妮知道弟弟是有嘴无心，妹妹妹夫则是有意发难。"你问问苗苗金光帮助她温习功课是不是尽心尽力，我没看出金光有一点怨言。"

"要真是金光有怨言，我还啥也不说了呢。"亚娟撇着嘴巴甩开了大壮拉她的手。"金光是实实惠惠地把他妹妹当妹妹待的，看他妹妹有点进步，可高兴了——可惜呀，金光是小胳膊拗不过大腿，爹妈不高兴他只能……"

"你怎么这么歪亚娟，我怎么不高兴了？"

"苗苗影响金光学习了嘛。"

"神经过敏，我什么时候说苗苗影响金光了？"

"你是我姐，还用你亲自说吗！我姐夫说就行呗……"

亚妮一下子哑口无言了，忙扭过头去寻找金明。她这才发现，始终坐在墙角的金明，早就满脸通红惊慌失措了。

"我的意思是，我的意思是……"金明晃着脑袋张口结舌，连一句完整的话都说不出来。

这天晚上的周末家宴，大伙吃得闷闷不乐。回到家里，没等金明开始解释，亚妮就撂下脸子吵了起来。

"你怎么能这么干金明！别说苗苗还没影响金光，就是影响着了，难道不应该吗？苗苗可是我妹妹的孩子。"亚妮使劲摔打着门窗，眼睛里边流出了泪水。"我们姐妹手足情深，我真不明白，你为什么要这么暗下毒手破坏我们的关系制造我们的矛盾？你说说你什么意思！"

金明的回答自然苍白无力，他找不出任何因辅导苗苗而影响了金光学习的证据来说服亚妮。最后，实在被逼无奈，他才嗫嚅着申辩起来："我觉得，大夏天的，穿得那么少，他们一个男孩一个女孩关在家里，我是怕……"

亚妮被金明这样的理由气得发疯。"金明你，你这么说话恶不恶心，缺不缺德！我儿子有什么把柄被你抓住了你这么看他，他在学校跟女生说话都脸红，他都很少和女生说话……"

"我，我不是说金光。"金明愈加语无伦次了。"是苗苗那孩子，她，她发育得……她好像欲望……"

"金明，你变态呀！"亚妮咬牙切齿地扑了上来，"你这话要是让亚娟大壮听见了，他们都能来撕你的嘴！你现在一天天不务正业的都想些什么乱七八糟的事呀？苗苗发育怎么了，苗苗怎么就欲望了，你那双贼眼睛又看见什么了！她和金光可是亲表兄妹！天哪，人家苗苗还不足十四岁，你怎么能这么说人家呀……"

面对喊声震天的亚妮，金明只能仓皇出逃。"苗苗要是超过了十四岁，我还不担心了呢……"金明一边向门口靠拢，一边忍无可忍地咕哝着。只是在冲出房门之前，他的下半句话没咽进肚里，而是留给了屋里的亚妮。"反正金光是男的……"

"金明你是个王八蛋下流胚臭流氓！"

……夜色很好。在灯火通明的大街上走了一会，金明的情绪平静了一些。他认为这样的局面尚可满意。不管亚妮怎么闹腾，不管亚娟大壮岳父岳母他们怎么不高兴，反正他已经把金光和苗苗给拆开了，这就等于，把一次有可能出现的祸端给控制住了。这就算胜利！金明在心里给自己叫好。那天，在中山公园的父子恳谈，虽然半遮半掩，旁敲侧击，但他认为，金光是听明白了他的意思，而且往心里去了。金光是一个懂事的孩子，这他心里有数。他想，只要金光能顺利地度过这段意志薄弱的青春发育期，他受点误解挨点埋怨也无关紧要。金明走走停停地穿街过巷，从和平广场光荣街那边绕了一圈,回到马路湾自己家楼下时,已经半夜了。他觉得,这一晚上逃难般的散步很有收益,让他想通了许多问题。他决定,不能再和亚妮这么捉迷藏打哑谜了,现在他的当务之急,是回家以后,试探性地、由浅入深地、毫无保留地,对亚妮说说自己的眼睛……

可是,随着家门口的遥遥在望,又有一个新的问题缠住了金明。他想不好,一旦把天机泄露出去,此后的他将会变成什么样子。也许从明天开始,至迟在后天,随着特异功能大师的光圈罩到他头上,就会有两股人流向他涌来。在那两股狂热的人流中,这一股把他当成超人神灵顶礼膜拜,那一股却把他看作江湖骗子唾骂嘲弄。而最让他悲哀和委屈的是,崇敬他的人皆愚昧无知,蔑视他的人倒个个科学理性……金明站到了自家门口,心中的底气一点点泄去。他妈的,他忽然出声地叨念了一句,那个该死的家伙,他为什么要出卖光明?

不过这天夜里,即使金明下定了决心,他对亚妮的倾诉也未能实现。这天夜里,忘记带上门钥匙的金明虽然耐性很好地敲门不止,可怒不可遏的亚妮却对门外丈夫的轻呼低唤充耳不闻。由于天黑,金明眼睛所发出的透视之光更加明亮,越过几道墙壁的阻隔,他能比较真切地看到,睡在床上的亚妮还在辗转反侧。可亚妮对他不理不睬,这让他也毫无办法。金明不想让邻居知道他们又吵架了。当他看到亚妮用手堵住了耳朵,表现出一种执意不来应门的态度后,他只得悻悻地由家门口重新出走。

这时午夜已过，天气微凉了。金明站在远处的街道上举头高望自家的窗口，已经平息下去的火气又涨了起来。尽管他不习惯骂人，可这会在心里，他还是把亚妮痛骂了一通。并且骂完亚妮骂亚妮的家人，骂完亚妮的家人骂那个卖眼球的中年男人，甚至把赵钱孙都捎带着骂了一遍。骂完之后，他才好受一点，思谋着该去哪里度过他这无家可归的半个夜晚。这时，金明往日散步时对周围环境的观察了解被派上了用场，他径直来到了马路湾北侧的福府宾馆。当然了，他不是为了到福府宾馆登记住宿。他知道，在福府后院，有一些报废的沙发可供利用。他想要避免流落街头，只能到那里去露天睡眠。

这天夜里，总共睡了多长时间，金明自己也搞不清楚。反正当他突然醒来，发现天色正在蒙蒙发灰。他蜷起身子，抱紧了两臂。他想他可能是被冻醒的。可时间尚早，睡意仍浓，金明不想起身离去。他把身体翻转过来，试图接着再睡一会。沙发的宽度不够理想，金明的翻身有点困难。于是他在小心翼翼地摆放身体时，就有了一个皱眉闭眼的下意识行为。本来此时他只需要睡眠，眼睛里透视开关的随意开启，那更多的只是一件顺带的事情。可是他的视线一旦穿过了面前的墙壁，他就一下子什么都明白了，原来，他刚才的突然苏醒，与天气的冷热并无关系。

照理说，在凌晨这样一个死寂的时间，任何地方都该平淡无奇，即使是做贼的偷儿也要困乏了。可是，随着金明打开眼睛的透视开关，他忽然就看到了一种贼的行径。在他视野之中的墙壁里边，有一间豪华的套间办公室宽宽大大。威风的大班台和漂亮的真皮沙发可以证明，在这个宾馆里，这间办公室的主人应该位高权重。金明的目光穿墙而过时，他首先看到，办公室的房门正被人推开，紧接着，一个身穿服务员衣裙的小姑娘溜了进来。不过，金明认为这个服务员是贼的念头已然一闪即逝了。因为他看到，这个二十岁上下的年轻姑娘虽然鬼鬼祟祟，但进屋以后，她并没走向那有可能装钱的庞大班台，而是熟练地拐进了里边的套间小屋。金明把目光追进套间小屋，他知道了这个女贼要偷什么。

这时的金明睡意全无。他坐起身来，伸长了脖子。

套间小屋的单人床上，有一个老头被小姑娘摇醒。那秃顶的老头虽然肥胖却也壮硕，所以动作起来，同样能敏捷得如同老鹰。他惊醒之后，眉开眼笑，双手一提，就把小姑娘拎到了他的床上。老头身上的毯子滑落下来，露出满身难看的赘肉。他一边手忙脚乱地去为小姑娘脱衣解裙。金明的心里不是滋味。他看到，小姑娘的身体纤嫩柔美，而老头子的身体却丑陋粗鄙。那种美丑混淆所产生的效果，就像一处伤口正开始溃烂，既流鲜血，也流黄脓。金明被自己的联想搞得很恶心，他张开了嘴巴试图呕吐。当然金明没有呕吐，甚至转瞬之间，他便发现，那种恶心的感觉经过发酵，竟在心中生成为一种强烈而又反常的古怪欲念。初始时，那欲念还让金明不敢正视，可很快，就变成了他体内一种凌驾于一切之上的主宰力量，使得金明的心理和生理一齐做出了强烈的反应。金明对自己也感到不可思议，他不明白他为什么会莫名其妙地喜欢上那个血脓交流的溃烂的伤口。他扑向前去，嘤嘤有声，就如同闻风而动的一只苍蝇。于是在这样的时候，金明已经不想去分清，他究竟是墙外的旁观者呢，还是墙里的当事人。金明贪婪地望着单人床上的老男幼女，一下一下地抽动着喉结。而且不知为了什么，从面前那蛆虫般的纠缠蠕动中，他还看到了夹杂其间的苗苗的身影。他感到，此时苗苗那个早熟的身体妖冶放纵，正在水一样向他浸漫而来。那种浸漫，酥心蚀骨，裹挟着一股畅达的快意，慢慢地将他淹没覆盖。苗苗的出现让金明清醒，同时也让他更加晕眩，他不知怎样才能驱走眼前的幻影。他眼睛紧闭，脖颈不动，把身体一点点地缩小团紧，然后又一点点地展开拉长。但所有的办法都无济于事，到后来，他竟与墙内那种起伏的节律呼应起来……

就这样，金明这个已到中年的体面男人，在把一种年轻时的习惯禁绝多年以后，又旧业重操，复制起了儿子金光某天夜里贴着墙壁所做的事情。

第八章

新所长考核小组碰头会议的忽然召开，给金明来了个措手不及。他原来以为，这件事情，也已经像单位里组织上曾打算做的许多事情那样不了了之了，所以，要退出考核小组的那个请求，便一直没能说给领导。正像考核小组组建之初领导曾经再三申明的那样，没有更多的人来介入此事。现在，和金明一样如约出现在局机关的小会议室里的，除了局里一位主管人事的副局长主持会议，再就是他们三个局里的处长代表和两个所里的群众代表了。金明的神经绷紧起来。想到一四一四研究所的新所长就要通过包括他在内的五人之手产生出来，不觉有一种庄严神圣之感从心底升起。只是在赵钱孙之间，他还尚未确定合适的人选，这不免又让他无所适从。这时，主管人事的副局长正在宣布会议开始，他指示五位考核小组的成员先发表意见，把自己这一段时间来所掌握的情况都摆上桌面。"大伙先议一议，"副局长面色和蔼地说，"咱们不是早就宣布过纪律了嘛，考核会议的发言情况，绝对不许外传。所以，各位别有什么顾虑，畅所欲言，帮助组织做出更正确的选择。"

副局长的开场白说完以后，那三位处长级的考核小组成员略作观望，就争先恐后地发起言来。金明觉得，这种场面不够正常，照理说，这个时候该谨慎才是。金明一边假装闭目洗耳恭听，一边去观察其他四个人的所思所想。其实，其他四个人的思想并不复杂，金明一看就心中有数了。那三位处长，分别是赵钱孙三个人的鼎力推荐者；而另一个烦躁不安的群众代表，则和他一样，心里依然还没个准谱，似乎是在谋划着投一张空白的选票应付差事。那三位处长代表大概是摸清了此时金明与另一个群众代表的茫然心态，他们抢先发言，一来是为了制造声势占据主动，再一个更主要的，也是为了争取两位不知所终者的关键选票。显而易见的是，在赵钱孙三人里，不会有人能得四票以上。如果另一个群众代表真的投了空白票，那么金明的一票就真是至关重要了。也许一会能得两票的人，也就是得票最多的人了。

把眼前的局面看明白以后，金明先是愁眉苦脸，但很快他又松弛下来：这回你们每人只能得一票了。金明在心里对赵钱孙说。反正也没人知道哪张选票是属于谁的。金明很感激另一个群众代表给他的启示。我也要交上一张不画圆圈的空白票了。

这时候，三位处长组员都已经慷慨激昂地发言完毕了，另一个群众代表正结结巴巴地对赵钱孙平均分配着溢美之词，让人一点也猜不出来他的好恶倾向。金明又一次受到了启示。我也要像他这么发言，金明埋头喝水时告诫自己，就说赵钱孙一个是雷锋一个是焦裕禄一个是孔繁森。

另一个群众代表的发言结束以后，金明胸有成竹地清了清嗓子。"我——"金明放下水杯张开嘴巴，调动着心里的佳词丽句。"我——首先，感谢组织上的信任，当上了一名，光荣的，所长考核小组的，成员。这一段时间来，我找到了学习的榜样，看到了自身的不足，我觉得……"刚说到这里，金明发现，有一只飞虫正向他扑来。飞虫很小，但速度奇快，眨眼就要撞到他的脸上。金明想躲避已不可能，他急忙闭紧眼睛绷住面颊，等待着飞虫有力的冲刺。可飞虫仿佛心明眼亮。在与金明相撞的刹那，它忽然收翅改变了方向，从金明的耳畔一掠而过。金明尴尬地咧咧嘴角，想睁开眼睛自嘲两句。因为他那个本能的闭眼动作，早变成了虚惊一场的滑稽表演。可就在这时，随着眼前蓦然一亮，金明眼里的透视开关自动打开了，与他相对而坐的副局长猛地撞入了他的眼帘。刚才金明透视别人时，几次也都像飞虫那样，让目光在副局长的身上只是一掠而过。可是现在，当他把目光固定在副局长身上时，他不仅看到了此时副局长的一脸不快，还洞穿了副局长身上的层层衣裳。

"我觉得……"金明的发言乱了阵脚，他几乎怀疑起自己的眼睛。"我觉得……"没想到写在副局长皮肤上的思想语言，居然会是那样的内容。"我觉得……"金明慢慢睁开了眼睛，可怜巴巴地去看另几位考核小组成员的表情。"我觉得……"金明的声音微微颤抖，似乎将要冲出他嘴唇的每个字眼都重敌千钧。"我觉得——赵钱孙，这三位副所长，都不是，都不是合适的，所长人选……"

接下来金明还说了些什么，连他自己都没有印象。他只是记得，管人事的副局长做会议总结时，脸上的笑容重又和蔼可亲了。他高度赞扬了金明的襟怀坦白大胆直率和对组织负责的态度，同时，也尖锐地批评了其他四个考核小组成员的私心太重杂念太多不实事求是。最后他宣布，根据组织需要，投票选举所长的原方案取消，五人考核小组的工作到此结束。"赵钱孙三位嘛，暂时都不作正所长的人选考虑。"副局长说，"经组织上研究决定，一四一四研究所的正所长，将外派安排。"

金明的脸上保持平静，但心中未免有几分得意。倒不是赵钱孙的全部落选让他得意，他得意的是，作为一名党外积极分子，他的优点又多了一条，而且是进入了局组织的眼里。

可金明万万没有想到，多日以来，他这唯一一次小小的得意，给他带来的灾难却如天塌地陷。距局里会议结束的时间还不足两个小时，在研究所里，他就成了一只人人喊打的过街老鼠。金明先是惊讶，继而痛苦，最后几乎有些绝望。即使把目光扎根在人们的心里，他也无法想个明白，为什么他会犯了众怒。在这天中午之前，在局里关于所长任命的决定传来之前，全所职工在背后的议论，都把赵钱孙贬得一无是处。可眨眼之间，他们就变了，变得唐突但却彻底，他们一下子就都成了赵钱孙的坚定拥护者和强大后盾。他们对局组织的决定同仇敌忾。当然没人能奈何得了局组织的决定，但有人却可以奈何他金明。快到下班的那个时候，义愤填膺的人们已经对他构成了围攻之势。

"金明你有点太过分了吧，出风头也不是这么个出法。你也算咱一四一四的老人儿了，赵所长有哪点对不住你！"

"金明你也是业务尖子这不假，可钱所长不光业务行，管理上也是一把好手呀，你就是再嫉妒，也不能拿所里的工作当儿戏吧。"

"金明你这么一来可让大伙都怕你了。谁都知道你和孙所长是老乡，是他的人，可关键时刻对他你都使绊子，想想吧，以后谁还敢跟你当朋友来往。"

"为了给你换眼睛，孙所长可是……。"

"为了争取你的出国名额，钱所长可是……"

"为了让你当上党外积极分子，赵所长可是……"

"金明你是不是自己太想当所长了……"

"金明你大概受人操纵了……"

"金明你……"

"金……"

连续多日，金明在同事们的批评指责挖苦开导中痛不欲生，他所有的解释辩白都言不及义。事情闹到了这样一个地步，金明实在始料不及。他曾想过要向局组织反映一下，对所长考核小组中有人违纪泄密提出抗议。可是思之再三，他放弃了这种愚蠢的打算。他意识到，如果他还想在这一四一四研究所待下去，挽救残局的办法便只能有一个：无条件地向赵钱孙三位做出诚恳的检讨和深刻的自我批评。我哗众取宠信口开河了，金明准备这样对赵钱孙说，我鬼迷心窍不知天高地厚了，我以为，我也有希望当所长呢。金明认为，把责任推到官瘾上去，相对容易被人接受。现在的人，理解不了诚实，理解不了责任，但对自私自利敷衍塞责撒谎作假倒常常可以认同包容。是你们让我出国培养我当我党党外积极分子给我换眼睛可我却这样做我对不起你们我不是人我王八蛋呀……这回轮到金明偷偷摸摸地分别去找赵钱孙了，就好像考核小组成立之初，他们三人分别偷偷摸摸地找他一样。可是，同样的偷偷摸摸却不可同日而语，金明的偷偷摸摸无论怎么真诚，也达不到当初赵钱孙那种偷偷摸摸所具有的感召效果。面对金明的忏悔，现在已经没有了矛盾的赵钱孙，就好像事先商量好了那样一概拒绝。不管金明找到他们谁，谁都是面无表情地冲他连连摆手：没什么没什么，不必解释不必解释。几个人的态度如出一辙。就这样，在工作了二十来年的一四一四研究所里，只是几天的工夫，金明就成了一条孤立无援的丧家之犬。

金明很想把他心中的委屈说给亚妮。可思来想去，他觉得除了让亚妮跟着着急上火外，毫无意义。况且，亚妮这边要是再火上浇油，他的日子就更难过了。现在新学期虽然早已开始，可暑假里，金光辅导苗苗那件事，还在让亚妮耿耿于怀。亚妮曾让金明主动去找亚娟和大壮，就说每周可以让金光给苗苗辅导两次，因为苗苗的新家庭教师已经又被辞退了。可金明不干。现在金明硕果仅存的一点气力，只能体现在保护儿子金光上面。他说他可以去对亚娟大壮包括苗苗负荆请罪，他说他甚至每周都可以专门备课去亲自辅导苗苗，但就是不能允许苗苗和金光再单独接触。金明态度的固执强硬，自然不能让亚妮尽释前嫌，亚妮持之以恒地拒绝着金明在其他方面的讨好邀宠。一向热情的亚妮，现在即使偶尔允许金明爬上她的身体，也只是无精打采地应付差事："差不多了差不多了"，"完事吧完事吧"。以前亚妮那种留恋的呢喃声，已经变成了厌倦的驱逐，以至于那种半途而废无功而返的现象，会越来越经常地出现在金明身上。

第九章

在一段并不很长的时间里，金明明显地瘦削、憔悴、衰老了。现在常常与他那种独来独往的生活习性相伴而生的，是他麻木迟缓的表情特征。

金明也想重新拣起他的"DDDZ 计划"研究。可一方面，将近一年对"DDDZ 计划"的荒疏遗忘有点让他不知从何入手，再一个主要原因是，一笔早该兑现的科研经费迟迟不能拨到他名下，这也让他无米下锅。金明曾经去找新所长，希望他能对这项部级重点科研项目给予支持。可新所长明明知道这笔经费的不能到位是赵钱孙对金明的蓄意报复，却还是装聋作哑地把金明往赵钱孙那里推。这事是他们具体分管，新所长说，我实在不好越权过问。金明说，他们说我是你的人，是有意刁难我。新所长说，你最好不要这么评价领导，我们整个国家的经济都还比较落后，咱所也一样。再说他们都说你是我的人了，我还越权照顾你，这不是更要授人以柄嘛，这不是更要影响我与他们的团结嘛。金明说，我并不是要你照顾，"DDDZ 计划"是……新所长不高兴了，说，金明你不要这么目中无人，虽然我是学历史的，虽然我一直在机关工作没管过科研，虽然……

当然金明也可以帮助金光或亚妮做一点事情排遣孤独。可金光的确是个省心的孩子，经历了与苗苗的那一段插曲，他似乎成熟了不少。不用爹妈操一点心，在重点高中的重点班里，他的学业也名列前茅。这让金明高兴。但也有一点遗憾。这意味着对金光的学习他是插不上手的。至于在亚妮那里，金明就更没市场了，连每个周末到岳父岳母家的例行聚餐，他都渐渐地被排挤了出去。

于是，在家里在单位同样无所事事而又无地自容的金明，成了一个彻头彻尾的孤家寡人。他现在唯一能做的事情，只是通过观风望景去消耗他那些过剩的时间和过剩的精力。他发现，只有在对那些陌生世界的进入和了解时，他才会回到一种荣辱俱忘忧解愁消的状态里，哪怕那样的时间十分短暂。现在金明对他这双奇异的眼睛恨爱交织。它们给他惹来了麻烦带来了苦恼；可恰恰又是它们，也使他找到了乐趣得到了安慰。

天气已经很冷了，大部分沈阳人在更多的时间里都龟缩家中。可金明却甘愿栉风沐雪，把滞留户外的时间尽可能延长。实践经验已告诉他，天气寒冷，有助于提高他的观察效率。打个比方说吧，如果在夏天的晚上九点左右，去观察一栋住宅大楼里毗邻而居的十户人家，没准只能在一户人家那里看到点实质性内容。因为在那十户人家中，肯定会有四户是全家集体在室外纳凉，有三户的男人在路灯下玩牌下棋而家中只有枯对电视的女人孩子，有两户虽然男人女人都在家中，但他们却要与黉夜无事的来客海阔天空地神侃闲聊。但冬天晚上的九点左右就是又一回事了。在那毗邻而居的十户人家里，即使有两家无人，有四家看电视或者闲聊天，可肯定还会有四家的男人和女人正在同一床被子里颠鸾倒凤。而这样的情形，正是金明最关注的实质性内容。金明已经适应了自己那些阴暗鄙俗的心理需要，他不再指望自己能有什么更为高雅的观赏情趣。他发现，现在还可以把他吸引使他兴奋的，只能是同一床被子里男人女人的颠鸾倒凤。而且，如果那样的场景比较精彩，如果观赏的地点比较隐蔽，金明还会不失时机地以手相助，在自己的身体上做出相应的反应。现在，那种聊以自慰的反应手段，金明已重又驾轻就熟了。虽然那是禁忌多年的陈旧技法，可自从有了那天凌晨在福府宾馆后院的复习，仍然能给他带来旧梦重温般的安抚和快乐。甚至那种历险似的新鲜刺激，本身即是一种别具韵致的满足与幸福，让他觉得，连亚妮在他身下的无精打采都无所谓了。

有一个周末的晚上，沈阳落下了一场大雪。金明一吃完晚饭，就兴冲冲地锁门出屋，开始了他的例行散步。亚妮带着金光回娘家了，并且说好了要在娘家住一晚上。亚妮和金光不回家住的晚上，也是金明的散步格外长久的晚上。

地上的清雪积有一寸来厚，走在上面，吱吱的声响非常悦耳。街上的行人十分稀少，许多人迹罕至的墙角胡同，白雪的覆盖均匀舒缓，反射出来的光晕莹洁柔和。金明的心情安详静谧，就像雪夜一样，他慢慢地行走在墙角胡同，几乎忘记了要去观察透视。他一会凝望孤高的寒星，一会又谛听啸叫的风声，觉得自己这个幽灵般的独行者，与此时的气氛正相吻合……后来，也不知走了多长时间，当一幢大楼挡住去路时，他的双脚才一下子收住。抬起头来，他注意到，挡在他面前的那幢大楼，正是岳父岳母家住的大楼。金明望着一个熟悉的窗口，一时有点进退维谷。他知道，他不会主动去登门造访，可他又不想就这么轻易离开。这时他想到了儿子金光。金光已经是个大小伙子了，却总愿意和他妈妈一道在姥姥家留宿，有什么意思呢？金明这样想着，没有立刻向回折返，而是继续向楼门洞里走去。

金明蹑手蹑脚地爬上五楼，一边喘息，一边心怀好奇地紧闭上眼睛，朝岳父岳母家看了过去。映入金明视界之内的，是一个热热闹闹的和睦家庭，这边是岳母正带着孙子看电视，那边是岳父正率领二女一儿玩麻将，而在几个房间里穿梭往返的亚力媳妇，一会为玩麻将的人端茶倒水，一会又去陪婆婆和儿子看几眼电视……几间屋子里，到处人丁兴旺，一片灯火通明。可是，在这其乐融融的气氛之中，金明却发现了一个致命的问题：在哪个角落里，他都没看到大壮金光还有苗苗。金明知道，几天前大壮出差去了广州。那么金光和苗苗呢？为什么独有这一对孩子不见踪影？

一种不祥的预感袭上心头，金明立刻周身寒彻。他气急败坏地跑下楼来，叫上一辆出租车，朝亚娟大壮和苗苗家住的三好小区疾驶而去。

雪夜的三好小区死气沉沉，在二十二号楼的三一一号窗外站定，金明很希望墙壁里边能空无一人。然而，虽然窗口黝黑，窗内寂静，但金明只要闭牢眼睛，还是能把一切都尽收眼底。在严实遮挡着的窗帘里边，没有点灯，只有电脑显示屏上的微光在明暗交错。从金明这个角度纵向看去，电脑显示屏略显歪斜。但即使是这样，显示屏里正上演的内容，依然能让金明一目了然。金明感到心惊肉跳。金明仓促地举起右手，差一点就砸上了结冰的窗户。好多年前，金明听说，有可以用录像机播放的黄色录像带流行于市。这一两年，金明又知道，黄色录像带已经落伍，那种通过电脑多媒体看的黄色影碟更为走俏。金明也够得上半个电脑专家了，但不管是已经过时的黄色录像，还是方兴未艾的黄色影碟，此前他都无缘目睹。金明让自己冷静一下，把高举的右手放了下来。屋里这台正工作的电脑，本来是他亲手调试的，可他现在却要站在窗外大开眼界，这简直是个莫大的讽刺。当然此时的金明心乱如麻，他没闲心多看电脑显示屏上的人欲横流。他现在更想看也更怕看到的，是电脑显示屏对面的那张双人大床——

一切都在预料之中。

不该发生的事情终于发生了，不该发生的事情肯定发生了。金明犹如挨了兜头一棒，几乎瘫倒在雪地之上。金明让自己保持镇定，他知道，事已至此，挽回恶果已经没有可能。当然也可以说，虽然已经发生的事情无法挽救了，但毕竟最为恶劣的后果还尚未出现，因而还有挽救的余地。现在，金明所要面对的，是如何解决这天晚上以后将长期存在的其他问题。他很清楚，对他的儿子金光来讲，其他问题才更为可怕。这个时候，屋里床上的金光翻了下身子，在睡梦中，把一只手搭上了苗苗的乳房。金明不忍再看下去。他睁开眼睛，蹲到地上，捧了把雪涂抹在脸上。他脸上的燥热得到了冷却。他不知自己该做什么。是敲窗问门地叫醒金光苗苗呢，还是把电话挂到岳父岳母家，编个由头把亚妮找来？金明这时望着白雪，想起了自己的儿子和妻妹的女儿都有多么年轻。他知道，他们的心灵都白璧无瑕，而他们的肉体都鲜嫩欲滴……金明的鼻孔有点发酸，他的心中泛起了柔情。他既不愿亲手破坏孩子们的美梦，又不愿把孩子们的隐私经他之手公之于众。

如果他们不是亲表兄妹，金明想，我甚至会对他们充满羡慕。

金明想着站起身来，冲着屋里又闭紧了眼睛。这一回，他的观察不光细致还很宽容。他能看到，墙壁的里边，桌椅柜橱，吊灯壁挂，沙发茶几，电脑主机和电脑显示屏，豪华的床铺以及床铺上那两个高枕无忧的男孩女孩都洋溢着一派日常生活的平凡魅力。金明觉得，一切都开始正常起来，甚至金光和苗苗，他们的行为也已无可指责。金明默默地笑了一下。他没想到，他现在的思维方式竟会变得如此稀奇古怪，有些可怕，可也颇为可爱。接下来，金明体察到了他的内心活动有点异样，除了紧张忧虑和无可奈何，还添加了一些别的成分。金明不再去限制自己，他任自己重新穿越了墙壁的目光，充满好奇也充满贪婪。渐渐地，他的双眼停止移动，固定在那个有些歪斜的电脑显示屏上，津津有味地看了起来。照理说，对于生活中男人女人的交欢媾和，金明已经司空见惯。可是现在，金明发现，这些白种男女在镜头面前，那些不知餍足的夸张的表情，那些花样翻新的离奇的动作，给予他的唤醒却非比寻常……金明迅速地冲动起来，他好像忘记了他身处的环境。于是，室内与室外，屏中事与雪中人，群居之欢与独处之乐，所有的一切都像白雪与黑夜那样，变得泾渭分明而又珠联璧合……

意外在这一瞬间突然而至。金明的动作尚未完成，一阵杂沓的脚步声就传了过来，金明的肩臂被人死死揪住。金明感到很不舒服。那种未及完全释放的战栗与激动，由于受到了突然的干扰，把他置于一种上不着天下不着地的悬挂状态。金明需要一个支点，因而他无法停止下来。他不顾一切地挣扎扭动，坚持把自己的事情做完。后来，他的事情终于完结了。他仿佛能够清楚地看到，快感落到实处以后，就像一缕沁脾的空气，顷刻之间，就自由自在地走通了他身体的每一片皮肉、每一条血管、每一环骨节和每一根经……

"这流氓——把他铐起来！"

第十章

赵钱孙三位副所长和亚妮一块到"社会治安综合整顿治理办公室"来接金明时，已经是第三天中午了。这时的金明，衣衫破烂，伤痕累累，腕上的铐子刚刚摘去。他躺在一张漆木长椅上，战战兢兢地睁开眼睛，那样子有点像一年前被医生刚刚揭去脸上的纱布。在他面前，先模模糊糊地出现了亚妮的身影，随后，他又看到了赵钱孙三位副所长板结的面孔。

金明感到羞愧难当。一年以前，面对赵钱孙三位副所长，金明曾热泪盈眶地举起右手，攥成拳头，好像在做入党宣誓：各位所长——我，我一定尽快把病养好，好好工作，好好研究"DDDZ计划"，报答领导，报答医生，报答向我出卖眼球的人民群众……可是现在，他虽然也是举起了右手，但没有握拳，也没说话，而是把举起的右手打向了右脸。没人劝他停止自虐。这时的亚妮和赵钱孙，都在房间的另一侧专注地听"社会治安综合整顿治理办公室"那几个戴黄袖标的人历数他的种种劣行。金明的自我谴责显得无趣。他只好把打脸的右手粘在脸上，立起耳朵去听另一侧的对话。他听到亚妮抗议了一句，说不该把人折磨成这样。可那几个黄袖标立刻抬高了声音，问是不是不服。他又听到亚妮低声下气地连称服服。过了一会，金明看到亚妮与那几个黄袖标结束了交谈，分外诚恳地再三致谢，也有点像一年前在医院时对待赵钱孙三位副所长那样。

陪着金明回到家里，赵钱孙表情木然地什么也不说。亚妮也只是唉声叹气，偶尔对赵钱孙苦涩地笑笑，那只是为了收买赵钱孙，希望他们别把金明这件丢人的丑事泄露出去。金明看出了亚妮的心思，金明也看出了赵钱孙的心思。但他知道，一切努力都是枉然，亚妮的期望只是一厢情愿。金明被亚妮扶坐进沙发，将身子抽紧缩成一团，把脸深埋到两腿之间。他觉得他现在的大脑里一片空白，就像被告在等候法庭的宣判。后来，赵钱孙说了几句什么匆匆告辞了，他才逐渐恢复了神志。因为他隐约听到，亚妮的哭声正由弱到强。

"亚妮……"金明怯怯地抬起头来，细小的声音如同耳语。他感到，亚妮若能大哭一场，倒会让他好受一点。

亚妮的身体伏在床上，起起落落剧烈地抖动。

"亚妮，"金明浑身酸疼地站了起来，一点一点向床边挪去。"你骂我吧，你打我吧！亚妮……"

亚妮的哭声戛然停止了，身体也结冰了似的纹丝不动。

金明被亚妮突如其来的变化吓了一跳，他担心亚妮被噎住了喉管。"你怎么了亚妮，亚妮你……"金明伸手，轻轻抚上亚妮的肩膀。

亚妮的身体猛然一抖，好像被针刺蜇了一下。她麻利地躲开金明的手掌，翻身下床，顺手操起一块半湿的毛巾，遮掩住了脸上的泪水。

"你，你能不能听我解释……"

"不必了。"亚妮的声音十分苍白，像雪花从远天冷冷地飘来。"你赶紧洗把脸换身衣服，我陪你去医院看看，别被打出什么毛病来。"

金明站开一点去看亚妮，可亚妮只是埋头替他找脱换的衣服。"算了吧，"金明觉得身上的血液也凉了下去。"就是一些硬伤外伤，养养就好了。"

亚妮说："身上也许没什么大事，可你照照镜子，你那眼睛，都给打成啥模样了，惨不忍睹。"

金明说："打坏才好呢，打瞎才好呢。它把我害成了这个样子，留着它也早晚还是祸害。"

这时，金明已经站到了镜前，用眼角偷偷地觑着亚妮，他希望亚妮对他那两句莫名其妙的回话能有所反应。其实对自己的眼睛他已早有感觉，每次开合，眼眶眼球全都疼得钻心。可现在，他对眼睛的好坏真无所谓了，他更关心的，只是亚妮对他的态度。但亚妮的态度依然冷漠，似乎对他那两句意味深长的回话充耳未闻。这让金明不知所终。金明一边心存侥幸地期待着亚妮的进一步询问，一边心不在焉地去打量自己。他从镜子里能够看到，他的双眼已经走形，就像两只成熟的核桃，坠落以后埋进了泥里。浮肿的眼睑乌黑龟裂，呆板的眼球瘀血斑驳，其形其状，的确惨不忍睹。金明下意识地闭紧了眼睛。随着一阵剧烈的疼痛，一道白光在眼前闪亮，金明的目光，霎时穿透了面前的镜子，紧接着，又由镜子折射回来，打在了身后亚妮的身上。这时候，亚妮已经找好了衣服，无所事事地站在床旁。她的表情如同在提醒金明，她的任务只是陪同金明走一趟医院，而不是与金明进行任何意义上的语言交流。

金明惊讶地睁开眼睛，转过身子面向亚妮，他想起了亚妮那句轻蔑的低骂：贱货！他觉得，现在的亚妮和骂他"贱货"时的亚妮一模一样，让他感到陌生又害怕。亚妮回避着金明的目光，她见金明转过身来，便垂下眼睑，侧立到窗口，去伫望户外凋敝的秃树与肮脏的积雪。金明的脑子里一片混乱，他的心脏好像停止了跳动。他让自己的视线紧追着亚妮，千言万语都涌到了唇边。他吃力地张嘴叫了声"亚妮"，可接下去该如何表述，他一时又感到词枯句穷。亚妮仍然无动于衷。金明轻轻地叹了口气，重新紧紧闭住了眼睛。金明知道，他已无须再去验证，他的预感不会有误，一切全都不言自明。亚妮是与他朝夕相处的至爱亲人，她的举手投足一颦一笑，都具有一种广告的效能。但这时，意识在金明这里已不发挥作用，麻木之中，他唯一能够做得到的，只是用目光去抚摸亚妮的身体。这时金明的心态异常平静，并且目光和煦，充满柔情。他看到，亚妮的身体裸露以后，宛如一脉垂泻的水流。皮肤明洁，线条流畅，那种妇人的优美，就像成熟的果实，摇曳在她身体的每一个部位。金明的心脏开始了颤动，爱情从体内分泌出来，他的性欲，有如掠过田野的熏醉秋风。金明感觉到了身体的膨胀，他继续使用目光，去浸润亚妮的每一寸肌肤。这时候，亚妮侧对着金明的半边身体，已经成为金明眼里心里最珍贵的财宝和最美丽的奇迹，让金明不忍放弃须臾。金明觉得，亚妮另外那半片肩臂，半只乳房，半抹腰臀，半……这时亚妮的身体动了一下，金明随之心中一悸，他恍如从大梦之中突然苏醒。他睁开了眼睛，回到现实。他知道，他是不敢再看下去了，他所面对着的妻子亚妮，虽然只是有限的一半，但那半边身体上所呈现出来的肌肤语言，依然如同烙刻过的文字——

　　"亚妮——"金明绝望地叫了一声。这回亚妮一惊，回过身来，脸上的表情满是疑惑，好像在问金明有什么事情。金明知道他已不会再有事情。他不由对自己这种古怪的发声方式感到羞怯。他不好意思地垂下了脑袋。

"我是说，我们现在就走吧，到医院去。"金明退到床边脱换衣服。他发现他那伤痕累累的身体和眼睛，都已经不再难受不再疼痛。

"你先下楼把出租车叫来，我锁门……"

亚妮还是什么也没说，拎上小包向门外走去。因为她没有看一眼金明，所以她根本无法想象，此时的金明会有怎样的眼神。金明目送着亚妮的背影，他的眼睛有些湿润。这时他已穿好干净的衣服，重新站在了镜子前边。这一次，他没让眼睛紧紧闭拢，而是就那么普普通通地正常睁开。他看到，他的眼球依然如故，还是移植之前的那么种样子：不大不小，不黑不白，不清不浊，不招人喜欢也不让人讨厌。金明的心跳开始加快。他就用这双正常睁着的眼睛冲自己正常地微微一笑，然后，慢慢将双手提起，分别触上了两只眼球。十根手指，尖细若钩；而一对眼球，脆弱如卵……

公务

前边

前边的立式穿衣镜镶在墙上，细、窄、瘦、陡，高度与宽度不合比例，有违人们感觉习惯中的恰当尺码，像因陋就简的残次产品。它不残次。它那种无视黄金分割率的比例误差，是刻意的追求，与镜面主体的构成风格不仅协调，其失当的比例，还是构成镜面主体风格的元素之一。作为一面设计考究的时尚穿衣镜，它的工艺价值不逊于使用价值。从镜子边际往内里看，它并非一个浑然的整体，而是重叠着上下两个层次，这多少让人有点惊异；可从内里往边际看，它那两块摞在一起的双色玻璃，竟啮咬得那么自然，仿佛过渡都不存在，彼此交错时必然生成的凸凹痕迹，只是一抹可以忽略不计的乌有线条，这更令人惊异。似乎唯有颜色区分得了它们。下层衬底大出一圈，是块标准的长方体玻璃，黝黑、厚重，被特意打磨出一种拙朴的粗糙。也能照人，但得细看，并且细看时，它也只反映人的大体轮廓，还得光线充足角度适宜。而微微起鼓的上层镜片，则剔透得仿佛并非实体，光感强亮度柔，映照效果深入确切，对于映照物，还有种紧致其形态的美化功能。它呈现为舒展的 S 造型，像条扭曲的蟒蛇匍匐前行时，被截取了身体最浑圆的一段。这时，那段不完整的蟒蛇正缓缓蠕动，大概不甘心身体残缺，欲找回已然丢失的其他部分，再连缀起来。这样的发现让王法吃惊，他纵身坐起屏住呼吸，一个劲地眨巴眼睛。还连得上吗？竟连上了。在他的注视中，那"S"的上边有了脖子和头，"S"的下边有了大腿和脚，片断的蟒蛇，蠕动成了全须全尾的完整的女人，蠕动成了小凤。

你吓死我了。王法嘟哝一声，翻身下床大口喘息，像一气爬了二十层楼梯。他现在就身处于二十层楼上，三小时前，他乘首班公交车来这里时，是坐电梯上二十楼的。他穿扔在床角椅子上的裤衩袜子。

怎么了？小凤扭头，目光离开镜子里的自己，向床边移。转移目光，她动动脖子就可以了，不必破坏身体的 S 造型。也破坏不了，身体的形状天然生成。她双手仍然倒勾在背后，扣系胸罩上密集的金属挂钩，问话时她手指停了下来，像威胁王法，他不解释清楚什么吓到了他，她就不再演示灵活的指法。王法对小凤指法的灵活深有心得，甚至依恋。不论干什么，小凤的指法都快慢适度，都娴熟轻巧，像鸟的羽毛抚摸空气。王法喜欢飞鸟掠过身体的感觉，喜欢作为空气，接受羽毛抚摸。他肌肤的酥痒，他神经的欣快，他心脏和血脉的欢乐舒畅，都离不开小凤灵活的指法，与指法的灵活。他自己也有指法，但不够灵活，即使灵活，施加于自身时也味同嚼蜡。小凤正在对付的挂钩超过十个，王法曾多次施展指法帮她扣系，或者解开——主要是解开，但没数过它们具体有多少。小凤下身的三角裤也刚穿上，有一半还没完全拉好，蕾丝边缘被卷得鼓溜溜的，很像一条纤细的小蛇，正沿着鼓溜溜的屁股斜向攀爬。哼，笑话我胖？

小凤的确偏胖，但颀长的穿衣镜让她匀称健美。

又敏感了。王法上前，从后边搂小凤。我说一百遍了，我搂我的女人时，是搂生机勃勃的肉，不是搂嶙峋的骨头。王法把头埋进小凤肩窝，抵住她肩头摩擦牙齿，没与镜子里的眼睛对视，也就没能知道——也是不想知道，那眼睛里眨动的是满意还是怀疑。

王法的搂抱有固定作用。蟒蛇般的穿衣镜不蠕动了，不再试图连缀已然丢失的身体段落，只安静地，攀附在房门和挂衣架间青草茵茵的墙壁纸上，像等待蜕皮。它右侧的房门计有两道，外边是铁质防盗门，深栗子皮色，里边的普通木门刷奶白油漆。金属挂衣架只有一条，黑色，但从中又探出几条长短不一的可伸缩挂钩，那种参差的造型不仅美观，还很实用，能替不同重量的衣物分别服务。此时里外两道房门都死死地关着，隔音，给人以安全感；而挂满衣服的衣架则错落开枝杈，花花绿绿地，搭建成一面华而不实的装饰性屏风，对于镜子所折射的情趣情调以及情感情欲，有催情作用。

我眯瞪着了，你在我梦里变成了蟒蛇。王法没说他不是在梦中看到了蟒蛇，也没说镜子。他让身体所有能靠住小凤身体的部位都贴紧小凤，以腰为轴顺时针擦蹭。他自己也成了一条蠕动的蟒蛇。

我就是蛇，是缠你一辈子的大蟒蛇。小凤背在后边的手沿背部下滑，在屁股与腰交接的地方，握住了王法裤衩前端的尖锐与强硬。羞，还没满足？

王法把横向的身体擦蹭修改为前后的身体撞击。你不让我真放进去，我就永远没法满足。

再坚持几天老公。下礼拜你就正式上班了，一上班你就能办上工作证了。我要把你拿到工作证的日子，作为咱俩第一次的日子，以后纪念起来……

王法的热情开始回落。你呀——好像你的做爱对象，只能是某个日子，或某个证件，而不是我这个鲜活的人……

老公——

没事没事我不怪你，我理解。人嘛，尤其女人，总会有点荒谬的念头或者逻辑。我不明白的是，要是这回我又没考上，明年后年，总考不上，总没个公务员的工作证当金字招牌，那是不是，我们就永远不能做爱——是正式的，王法松开小凤去穿裤子。但他口气轻松，脸带微笑，看不出他翻检陈年老账是为了清算。你设定的我们分手的期限是什么时候？

我也说过一百遍了。小凤仔细观察过王法，口气声调也都轻松，但轻松之外还有郑重。我会等到你三十岁，逼到你三十岁，折磨到你三十岁，如果三十岁了你还没考上，我就破釜沉舟跟爸妈摊牌，跟他们断绝关系也嫁给你。我永远不会跟你分手，如果你想分手——哼，我就跟你拼命。小凤的最后一句是玩笑话，至少玩笑的成分占三分之二，另三分之一是认真的。王法的感觉不会有误，小凤虽然不肯与他正式做爱，但爱他爱得死心塌地。

你可真狠！我要一直考不上，从现在算，也还得禁欲两年半呢——你是要憋死我呀。

嘻嘻，不会的，你那么有才华，去年没考上只是命不好，赶上了后台那么硬的竞争对手。

哼，今年没考上我也不等三十岁，我强奸你！

哇，那我一定先预备上贞操带，铁裤衩，护阴锁……

真是奇了怪了，你从小到大生活的环境，难道是修道院尼姑庵？可修女尼姑也从来都不乏养孩子的呀。你到底受的是什么教育？你这么扭曲异化，像你爸还是像你妈……

小凤不再回话，重新模仿蟒蛇，让 S 形的身体在穿衣镜里抽搐般蠕动。她的表情和动作都舞台化，性感、风骚、妖媚、淫荡，像主营卖身业余卖艺的草台班子演员跳脱衣舞。她跳的是"穿衣舞"。

别臭美了，快穿！王法在厨房嚼着什么喊，九点半了，蔡猛的车马上到了。

中间

中间那条小路是隐蔽的陷阱，掉进去后才能知道。现在他们就掉了进去，想原路回返已不可能。首先，这是单行道，进口处高悬着监视探头，那只傻愣愣地大睁着的独眼固执而迂腐，一旦成了它眼中钉，倒不是没法更改它忠诚的记录，但麻烦的程度会让人宁可挨罚；其次，好几辆跟在他们后边的车也进了圈套，已封死了陷阱入口，还封得乱七八糟毫无规矩，即使他们敢挑战监视探头，也没法擂响挑战的鼙鼓。

也有声音响成一片。几乎所有掉进陷阱的汽车都在鸣笛，长腔短调像哭天抢地，但明显的，这不是挑战的鼙鼓声而是告饶的哀求声：放我们过去吧。蔡猛没鸣笛，既没挑战也没哀求。他摘下安全带，点支烟，下车去看前边的情形。其实不下车，只把脑袋探出车窗，前边的情形也能了然。王法就是这么干的，坐在副驾驶位置上的他只把脑袋伸出车窗往前张望，没开门下车。他不是嫌摘安全带麻烦。他没系安全带。

要不你下车往单位走吧，反正不远了。看这阵势，一时半会不能放行。王法没回头，像对窗外说话，顶多算是自言自语。整条小路不算很长，他们的黑奥迪又处于壅塞车流的中间位置，陷阱出口处那几个截道的警察，和帮警察截道的一条横向拉开的黄色禁行标志带，一直在王法眼前飞蝇般跳动。

对不起，小凤在后边说，我不是为了让蔡哥送我，我是想和你多待一会。

我没怨你。又不是你非要上来，是他非送你。他又不走两边的大道非走这小道，他是自找。

王法你这么快就有变化了？

变化？我变什么化？

昨天之前，也就是你的公示期截止之前，你说话并不阴阳怪气。可从今早开始，你就官升脾气长了……

瞎说！王法这回回头看小凤了，但眼神闪烁。你拿我开心……小凤没接纳他闪烁的眼神，和和解的意向，已把视线转向车外。王法尴尬，把眼神和声音一并收回，迟疑一下，坐正了身子，再迟疑一下，打开车门片腿下车。他的一只脚刚刚落地，就多少有点困惑地看到，在杂沓车流的缝隙之中，有两个警察正凶巴巴地看他，并以他为目标迂回前行，深一脚浅一脚好像蹚河，左一腿右一腿如同练功的人跳跃在梅花桩上。王法不是因警察而困惑，是困惑警察与蔡猛的关系。他能明显看出，那两个警察是蔡猛的尾巴。

警察也有尊严，同样明显的，是他们不希望有人看出他们是蔡猛的尾巴。他们刻意与蔡猛拉开些距离，时走时停，骂骂咧咧，不断夸张地拔出警棍，冲身旁颜色不同造型各异的障碍物们比比画画。就好像，他们的任务不只是在陷阱出口处布哨设卡，也包括潜入这混乱的车流中整肃秩序。这不可能。如果他们也想到过这条小马路上的堵塞问题，数分钟前，也就是布设哨卡之初，就应该把禁行区域的进口边界前移七八十米，让此时抛锚在这里的倒霉车辆，能在掉进这个本来可以不成为陷阱的陷阱里之前，提早驶上小马路两侧的宽阔大道。可这时陷阱已经竣工，再行拆除太困难了。如此，那两个怒气冲冲的警察也就成了两个平庸的乐队指挥，对乐队演奏中的荒腔走板无计可施，只能疯狂地挥舞着指挥棒发泄不满；又成了两个驾驭能力低下的牧人，被受惊马群的狼奔豕突搞得手足无措，只能徒劳地甩动着套马杆虚应故事。

这时蔡猛来到了车边，示意王法上车。王法想问句什么没敢开口。蔡猛像那两个警察一样怒气冲冲，还把手里的方向盘当成警棍，当成对付乐队的指挥棒和对付马群的套马杆。蔡猛竟如警察般怒气冲冲，这让王法更困惑了。王法顺从地关好车门，像为讨好蔡猛，还模仿着他，把自己也捆进安全带里。副驾驶一侧的安全带肯定没人用过，王法拽它，使了挺大的劲。黑色奥迪缓缓启动，在两个警察的引导下，前蹭后拱左辗右磨。最初，它前后左右的其他车辆都吃醋、眼气、不合作，通过车鸣笛和人叫喊发表意见，意思是：既然大家一块落难，就该一块同生共死，凭什么让你先得解放，还搬来警察狐假虎威。平均主义思想让他们狭隘，陷阱制造者警察的保驾护航让他们嫉妒。但他们终究顺从惯了，尤其在警察面前。很快，他们就成为划一的乐队和驯良的马了。非常神奇，转瞬的工夫，两个警察就在没有空间的空间里拓出了空间，引着黑奥迪蹒跚过关，一点点挪上人行道，再一点点挪下人行道，最终抵达了陷阱出口。在陷阱出口，所有截道警察和帮警察截道的黄色禁行标志带以及硬塑隔离墩都没找麻烦。蔡猛没停车表示谢意，只短促地按两下喇叭，就驶上了宽阔但没有行人和车辆的中央大街。王法愣了一下，认为蔡猛失礼，觉得就这么走了有点对不住那两个解放了他们的辛苦警察。他忙按下车窗回头摆手。两个警察站得不远，一副心事重重的样子望着这边，似乎正回味他们解放黑奥迪的千辛万苦。王法大声说谢谢再见。两个警察能看见王法手势，也能听到他说什么，但他们像没看见没听到那样毫无反应。他们僵硬，与他们脚下设置障碍的硬塑隔离墩仿若同类。

甭搭理这些蠢货，是蔡猛对王法的礼貌做出了反应，领导飞机顶多刚落地，路过这里总得十一点吧，可他们现在就封道，还把人封死在胡同里。

对不起蔡大哥，小凤说，不送我就好了，你们直接出城就不能被堵。

别这么说小凤，跟你无关，是没有他们这么干的。蔡猛骂一句，又笑了，把四个车窗都打开一半。也挺好，检阅一样，那么多人傻呵呵地夹道看你，爽呀！哈，挥手致意，假装他们在欢迎咱。

警察怎么就放咱走了呢？蔡大哥认识他们头头？

不认识，连蒙带唬呗。我拿工作证给他们看，说我有重要任务，就跟今天接的领导有关——这是机密，他们除了头，根本不知道为什么封道。

是来领导了不是开两会呀？静场好一会后，一直检阅车窗外被截行人的王法突然扭头，接着蔡猛小凤的前一节对话插了一句，那种滞后的惊讶特别突兀，像领带扎在了毛线衣上。要开两会，就得一个礼拜天天封道……王法的话，被从后边悄悄捅他的小凤打断了。他看小凤，见小凤皱眉。唔？他满脸疑惑地问，把小凤秘密的不满公开化了。

从前边那个红绿灯往左拐，停哪都行。小凤不理王法对蔡猛说话。

我知道，岐山路吗。蔡猛把车开下清静的中央大街，拐到挤满人车的岐山路上，挣扎着靠边停了下来。你们单位我来过。同时看道边的一个大院和大院里的大楼。王法也慢半拍地扭头去看。

小凤下车，招手，说谢谢再见麻烦你了。是冲蔡猛招和说的。对王法她只看一眼，还似看非看，然后转身融入被堵在中央大街之外的人群之中。所有被堵的人都无所事事，包括堵人的警察，因无所事事，他们就特别整齐和认真地，看仿佛从天而降到他们中间的他们，看黑奥迪的前后车牌，看脸色羞红步态妖娆的小凤，看茶色车窗里模模糊糊的王法和蔡猛。车又往前走了一段，走到怒江街没往北拐，没往出城的方向拐，而是拐向了与出城方向相反的南侧。王法看蔡猛，蔡猛解释道，先去汇宝花园，接个记者朋友，顿一下，又补充解释，他／她昨晚忽然找我，要搭咱车去尚德采访。王法"唔"一声，虽然没什么过硬的理由，但觉得，那搭车的记者一定是女人，是"她"。他进而想到，如果蔡猛以英语解释，"she"和"he"就不会混淆"她"与"他"了。那么，他继续想，一种语言分男女时，是含糊"她""他"好一点呢，还是明确"she""he"更妥当些?

　　蔡猛介绍罗盈盈时,王法已坐到方向盘前,正别扭地翘起一半屁股,绑牢凉爽的麻布坐垫。此前,他刚把朝南的车头调过来面北。罗盈盈是个爽朗的姑娘,动作利落,王法想起身下车,她没让,不光使劲按住车门,还通过开着的车窗按王法肩膀。按王法肩膀的是她左手,无名指上戴枚戒指,戒指中间,亮晶晶地镶了个东西,那东西牵引着一束阳光。阳光、戒指、罗盈盈,都精致小巧。

　　你别动别动,我们也算老朋友呢,他常提你。罗盈盈说"他"时没看蔡猛。他对你评价可高了,说你是他历届研究生师兄弟里,最有才的。

　　哪里哪里。不是不是。王法急扯白脸地加以否认,像在辩诬。

　　他说你是80后里,为数极少的有社会责任感的理想主义者。

　　蔡哥,王法回头看蔡猛,一副欲哭无泪的样子,这年头,说谁有社会责任感是笑话谁,再加上理想主义,就骂人啦!蔡猛已把罗盈盈的拉杆包放后备箱里,笑吟吟地坐到后排座上,好像罗盈盈夸王法和王法不好意思都与他无关。蔡哥才真有才,他们那代人,至少能读到研究生的,差不多个个才华横溢。去年我们导师过六十五岁生日,我们师兄弟去了近三十人。导师说,你们呀,即使考上博士的,与蔡猛他们比也就算本科毕业。对不蔡哥?

　　哈,老爷子那是激将你们年轻人呢。蔡猛叫罗盈盈上车。其实哪代人都有有才的也有笨蛋，还与学历基本无关——像盈盈，念中学时就发表过小说，崇拜张爱玲，要一直写呀……

王法说那可哎呀真是，同时把车开下便道，汇入怒江街的车流之中。他听到身后蔡猛嘻嘻地笑，小声说服了，好像还躲闪。可能罗盈盈为阻止他提小说和张爱玲掐了他胳膊，或者腰，或者大腿，或者身体的其他部位。前边十字路口黄灯跳动，王法踩油门赶在信号变红前闯了过去。这是他这次出任驾驶员以来，抢的第一个信号。他有些紧张，需要精力集中，就没多想身后的罗盈盈可能掐了蔡猛的什么部位。

越往北开路面越清静，车也越规矩，待绕个转盘往西去时，基本就没车乱变道了。这中间，小凤来过一个短信，王法利用等红灯时溜了一眼。小凤说，老公上路了吧？请再次为因送我而挨堵一事向蔡哥致歉，下边是个括号，说如你开车就不用回，注意安全。王法还是回了，回个"好开车呢"。这一早上，他与小凤两度小小地摩擦，他觉得应该往回找找。他还想，一会有空，要再写个短信，告诉小凤不必歉疚，因为蔡猛要去汇宝花园接个记者，不能不走中央大街，而送她只是顺道的事。王法没想好的是，是否该暗示甚至明示小凤，蔡猛有个当记者的情人叫罗盈盈，与他俩同龄。他初步决定不提这茬。他把车速控制在五六十迈，超了一辆车也被另一辆超了过去。蔡猛问他没问题吧，要水不，他答不渴没有问题。蔡猛就自己悠闲地抽烟。他身旁的罗盈盈，继王法之后，也接个短信再回短信，然后又接一个又回一个又接一个。是她看信回信期间，蔡猛与王法说话并点烟的。而继蔡猛说话以后，罗盈盈也开了次口，说晏阳初。声音不大，但也足以让王法听到。王法就又打算回句什么，因为他认为，像蔡猛一样，罗盈盈的话也是对他说的，可能，为避免因她存在他有所不适，她想引他说点什么。王法挺感动。倒不是一个可爱的姑娘与他说话他就拿捏不住自己，而是罗盈盈选择的这个话题，让他心里比较暖和：它证明罗盈盈不仅懂尊重人，也会尊重人。同时罗盈盈的话还能证明，她说蔡猛对她"常提"他不光是客套，也确是实情。一般人是不知道晏阳初的，没理由知道，但罗盈盈却知道，这肯定是听蔡猛说的。蔡猛对晏阳初没特殊兴趣，他给罗盈盈讲晏阳初，唯一的可能，是他为王法的社会责任感与理想主义找论据时，说了王法是晏阳初的信徒，说当初那个打算出钱助教的山西煤老板如果没进监狱，那王法就不会把研究生读完，而早钻进太行山里办小学去了。显然，是罗盈盈记住了闲聊天时蔡猛嘲笑或者赞美王法的片言只语，这会才信手拈来了这个交流的由头。激动之余，王法认为，如果真以晏阳初作交流由头，他也应该掩饰激动，先以自嘲的口吻说，他早看明白了，不光他，包括晏阳初，对启蒙的理解都太天真幼稚。之后，视罗盈盈尤其是蔡猛的反馈态度，再决定是否陈述他的教育理念……这样略微地设计一下，王法才又慢半拍地，对罗盈盈做出呼应。他无声地淡淡一笑，随便地说，啊，你是说那个平民教育家——但王法的话没变成声音。他张嘴之前的最后一瞬，猛然意识到，罗盈盈其实是自言自语。可晏阳初，这名字适合私下叨咕？刚和小凤好上那会，他倒常私下叨咕小凤的名字。他忙瞟后视镜。瞟完他心里咚咚直跳，直视前方专心开车。他庆幸他没草率接话，更庆幸的是，后边的两个人都没看他，也没看横在他脑袋右上方的扁长后视镜。他险些被人视为无聊。后边的俩人倒没亲热，可没亲热，通过镜子看人也不礼貌呀，也像偷窥呀。蔡猛正盯着窗外认真抽烟，没拿烟的左手支着前座靠背，搭出一条悬空的横梁；罗盈盈的头有些歪斜，枕着那横梁，随着汽车的间或颠簸，异常松懈地微微摇晃。可是，那头上眼睛里的视线并不摇晃，而是固定地压向前座椅背偏下的地方——她视线尽头，肯定有她的双手和手机，它们及她的大部分身体，没能收入后视镜里。王法为自己自作多情的激动感到羞愧，他已意识到，刚才罗盈盈那句潦草的、含糊的、不标准也不端庄的"晏阳初"，与晏阳初的读音一点不像，而像——像严养书？他猜对了。很快他将明确地知道，罗盈盈叨咕的正是严养书，还不是叨咕给他而是给蔡猛的。因为，罗盈盈叨咕过晏阳初／严养书后，蔡猛曾潦草地、含糊地、不标准也不端庄地，通过鼻孔"唔"了一声。

从八岁到十八岁，她印象中，爸妈只热衷十两件事情：日复一日地吵架，夜复一夜地性交。肯定不光这两件事，也干别的，但她印象中，除了下地干活，除了去村里开会，除了家里有邻居做客或他们去邻居家串门，除了爸爸打麻将或妈妈回娘家，他们的确只做这两件事情。他们吵架和性交时，基本不当她面——家里有两间破败的土房和一间灶屋——多么迫不及待地需要吵和交时，也能想到回自己房间，以避开她，及后来出生的两个弟弟和一个妹妹。如果这算美德值得赞扬，那这美德属于妈妈；爸爸值得赞扬的地方是，除了吵架和性交这两件事，其他一切都服从妈妈。妈妈比爸爸文明，认为吵架和性交都不是好事，而不好的事，不应该让孩子看到。或许与此有关吧，她记忆方式的建立也很特别：最深入地刻进她脑海的，不来自眼见，而出于耳听，视觉记忆反倒成了听觉记忆的辅助与补充。白天爸妈吵架总是在家里，在外面时，即使有了吵的欲望，也忍着，一直忍到回家再吵。一般的程序是这样的：妈妈永远在发泄不满，不论干什么都嘀嘀咕咕，爸爸则聋子一样，默默地抽烟或者干活；然后，不知爸爸的哪根神经被刺痛了，忽然之间，会毫无征兆地瞪大眼睛，死盯住妈妈，能看得妈妈像缩小了一圈。缩小了的妈妈便像受了委屈，不再吭声光抹眼泪，喃喃地说，我惹不起你躲得起你，放下手中的活，怯生生地溜回他俩的房间。这是吵架的序幕，有时序幕也是终场。爸爸并不回回都追随妈妈。但多数时候，爸爸会瞪着眼睛追随妈妈，在他俩的屋里，对默默垂泪的妈妈破口大骂，像解释什么或审查什么，还像抱怨什么或指责什么。如果妈妈保持沉默，许久之后，爸爸会主动放低音量，闷头喘气，放过妈妈再去对付烟卷或活计；可平均每周至少一次，妈妈的沉默功亏一篑，总在爸爸的音量往下降时，忍不住还嘴。这样一来，只消片刻，几声或十几声清脆或沉闷的巴掌声就会响起，妈妈的哭嚎叫骂声则如同伴奏。再往后，巴掌声与哭嚎叫骂声渐次式微，一片静谧悄然升起。这种时刻，户外的草木摇曳或虫雀啁啾，春雨淅沥或秋阳婆娑，都能为那种田园牧歌般的祥和安适添几许温馨。所以，如果爸妈一定要吵架，她更喜欢野蛮的速战速决，而不喜欢文明的拖泥带水。爸妈的文明，在性交上表现得更为突出：他们把这项斗殴般的喧嚣活动，总安排在夜深人静的半夜以后。半夜以前他们睡觉，两人的呼噜声此起彼伏，但睡到下半夜的某个时刻，好像那时刻还挺固定，两个人中，便有一个会上厕所，或两人都去。从厕所回来他们说话，隐隐约约含含糊糊，有时像争执，有时像嬉闹，有时像一方给另一方传达什么。但不论说什么话，渐渐地，他们都会把说话声转化成别的声音，噼里啪啦撞击的声音，哎哟啊呀喊叫的声音。撞击出自两人的合作，喊叫则主要由妈妈负责。妈妈的声频有渐强的过程。她先忍着，压抑地哼哼，把体内的哎哟啊呀留在腹腔胸腔和嗓子眼里，只允许房间里传播体外的噼里啪啦。但她总会忍不住的，忍不住就破罐子破摔，就全无禁忌地嗷嗷长啸，能把再大的噼里啪啦声也压下去。爸爸的喊叫声没妈妈复杂，没妈妈持久，没妈妈的锐利嘹亮，似乎，他更长于自我控制，只有到了噼里啪啦的尾声阶段，两人重新打呼噜前，他才会让嗓子放纵一下。最初她小，不知道爸妈晚上为何喧嚣，还以为他们在延续白天。但很快，她就猜到他们干什么了，还情非所愿地，任自己的生物钟与他们的生物钟节拍吻合。爸妈睡觉早，她写作业则常常晚睡，可不论她睡得多晚，不论下半夜爸妈上厕所和说话时声息多轻，她都能够守约醒来，然后，就被动无奈地当他们的听众，让厌恶、愤怒、好奇、激动、恐惧、欣快、轻蔑、羡慕、紧张、松弛，以及其他种种情绪，滋养自己二十分钟，或短几分钟长几分钟。爸妈这种昼课夜功，形式单一内容雷同，经常让她审美疲劳，烦躁起来，她恨不得干脆杀死他们，尤其弟妹们稍大以后。可是，如果有个较长时段，他们中辍了他们的功课，改变了他们的规律习惯，比如，她下面较小的弟弟和妹妹出生的时候，她又会怀念那些昼课夜功，主要是夜功，那种怀念方式，有点像怀念她学生时代曾短暂拥有过的干部权力——在八年的读书生涯里，十岁那年，她当过一学期班级的劳动委员。她对爸妈的昼课夜功，一直聆听到差五个月零九天十九岁时，那一天她绝尘而去，坐的是陆震寰开来的绿吉普车。那是一个飘雪的日子，陆震寰带她去了白坡。白坡县是个遥远的地方，距她家所在的新盘县二百公里。在那之前，她去过的最繁华的地方是新盘县城，但她也听人说过，白坡县城比新盘县城大一倍多，繁华十倍多。出门远行，她没表现出对家乡的留恋，也没表现出对异乡的惧怕，在服从陆震寰的设计安排时，与其说她是恭顺的奴隶，不如说她是手术台前镇定到冷漠的外科医生。发生在她身上的一切都与她无关。

真惦记他们呀——极其偶尔地，她与陆震寰聊天会提到爸妈，会动下感情，会这么淡淡地缀上一句。是离开家乡多年以后，她才有过第一次省亲。

你真怪，还惦记他们，你不恨不得他们死吗？陆震寰觉得他永远参不透她。她也承认，他是她的再生父母，情侣爱伴，良师益友，解放者救命人，她也对他无话不说，没有秘密，可是，他就是永远参不透她。

是恨不得他们都死干净，可也惦记他们。也许他们死了就不惦记了，可既然他们没死，我就不能不惦记。

就是这背景，除了有陆震寰这个贵人，她跟别的苦孩子没什么两样。罗盈盈说累了，仰脖子喝水咕咕嘟嘟。可能全中国的记者里，她只给我讲过这些，我俩互有好感。接受别人采访，她最诚实时也以谎言为主。

精彩！蔡猛说。我信，然后补充，我信她基本没对你撒谎。

盈盈你讲的，是陆洋吧？王法也像罗盈盈那样仰脖子喝水，但没咕咕嘟嘟。

蔡猛和罗盈盈都笑，是种满意的笑，好像为有人能猜出他们故事的主人公感到满意。罗盈盈说，就是陆洋。蔡猛说，你也知道她呀。没有询问的意思，是肯定的另一种形式。

当然知道了，生活中还有这等神人，我都崇拜死了——如果她没指使她弟弟杀人。这时他们行驶在高速路上，画着弧度的路面泛着青光，有几个身穿黄马夹的养路工人看着他们，表情呆滞，姿态懒散。不瞒你说蔡哥，每回小凤拿公务员烦我，我就把自己幻想成陆洋。唉，可惜我男的。但我又想，就陆洋那形象，也有资本美人计吗？肯定是花钱。不过，后来她倒能搂着钱了，可早期，只能拿陆震寰的钱去贿赂吧？我就又不明白了，她多大魅力呀，能让陆震寰十几年如一日不惜血本地迷她恋她。不懂不懂，反正我觉得，一个人，能除了性别，全靠造假混迹社会，还混得那么体面风光，我崇拜她就绝不算盲目。

小凤是王法女朋友，对王法可好了，就是把考公务员看得太重，要挟王法，什么时候考上了才能结婚。蔡猛对罗盈盈说。

拿美人计说话耸动视听呗。跟官睡觉的女人多了，就像跟导演上床的女演员少吗，可成腕的有几个？陆洋有资格让你崇拜，除了过分贪财。罗盈盈说。

贪财那是穷怕了。女人是要有姿色，但真正的姿色绝对是内在的东西，所谓好女人是尤物，大概指的不仅是外表。哦，还有命数。蔡猛说。

罗盈盈说。我们女人再强，也需要个依靠，严养书要是没考上公务员，我没准跟他也分手了。

好了王法，别再说小凤是异化标本了，都这样。

我也理解，小凤也是她爸妈逼的。他们生意做得挺好，可就是没背景，被欺负怕了，希望下一辈儿能进入体制，好保护他们积攒的财富。王法没说小凤的过分之处在于，坚决不跟他正式同居。如果别人知道小凤还是处女，会把他俩笑话死的。这回我考上了，可能也就快结婚了。

我倒建议你晚点结婚，除非你着急生个孩子。结婚夹板就套上了，没意思，一般结婚都女的急。

不是全部！我不知道你家小凤咋想的，我觉得女的也不该急。

小凤倒也没急。

不急你结。

那你说严养书他爸妈背着我们就把新房装修好了，不结不太扫他们兴吗？人得讲理。但孩子我坚决不给他们生，严养书听我的。

严养书爸妈都做学问的，生孩子这事不会太固执。小凤呢，爸妈肯定愿意让你们生吧？有钱人希望钱传下去，学问没法传。

生孩子的事吧，她爸妈也还行……王法小声咕哝一句，自己也不知道要表达什么。他不能说也许要等到他领来工作证了，小凤才可能向爸妈汇报，她与一个叫王法的男朋友好十五个月了，只因为王法不是公务员，不符合他们给她设定的择偶标准中最刚性的一条，她才一直隐瞒着恋情，也因此，他们给她介绍男朋友时，她才也违心地去见面敷衍，去握手、聊天、吃饭、笑，甚至散步，并且总假装深思熟虑两三天后，有时还要再约见一次，才说不行。

从陈店收费站下高速后，路况把车速降了下来，他们的话题，也又慢悠悠地绕回到陆洋身上。没人喊饿，也没人尿急，但毕竟一点了，肠胃的生理习性需要满足，过久蜷缩的腰腿也该活动活动。就在陈店镇中心把车停了。在去厕所、喝饮料、吃烧卖喝羊汤、（蔡猛）抽烟、（罗盈盈）逛超市买小食品之前，罗盈盈让王法打开后备箱，从拉杆包里，掏出份钉在一起的四五张打印纸递给王法。喏，她笑嘻嘻地说，你的崇拜对象，送你了，好好学学。

王法低头，连说谢谢，他看出这是罗盈盈为写报道准备的材料：《陆洋年表》。如果没打算给小凤写信，他会立刻读《陆洋年表》，是兴趣使然也是礼貌的需要。但此时，给小凤写信重要于他对陆洋的兴趣和对罗盈盈的礼貌。

车进尚德县境，搂抱在一起打瞌睡的蔡猛和罗盈盈同时醒了。新城区呀，蔡猛说。知道，王法答，刚才看到路标了。但王法这样回答时，底气不足，对自己似乎并无把握。往前看去视野开阔，可开阔的视野里，没有一点新城区气象，既没有簇新的建筑，也没有喧闹的工地，连宽阔和空旷都不存在，狭窄破烂的道路两旁，尽是庄稼、农舍、在马路上闲庭信步的鸡鸣猪狗。没人。

看到路标了？蔡猛彻底清醒起来，这怎么像穷乡僻壤？

尚德就是穷乡僻壤呀，罗盈盈说，她也彻底醒了。好像前年吧，新批的国家级贫困县嘛。

是呀，贫困，可国家命完名，款一拨，就该不贫困啦，就成富二代啦。听说他们头头全换了好车，正盖小白宫呢，可怎么还是这个德行？

笨，小白宫和好车都在县城里，农村当然照样贫困。我听说他们庆祝申贫成功那几天，还有农民去游行呢，也想要钱，被抓了好几十，还打死几个。

谣言，没往死打，只抓几个。

哦我从网上看的。想来采访的，可上边不让报，就没来。

要不我问问吧？王法征求意见。

问问问问。

问问吧问问吧。

对面过来辆农用三轮，王法下车招手拦住，然后回车上骂骂咧咧。操！路牌重埋了。蔡猛先愣，然后大笑，这帮老百姓呀——笑得烟都呛了嗓子，直咳嗽。罗盈盈问，什么叫重埋了？王法边在狭窄的路上调头边说，就是，假设那牌子最初冲东，还焊死了，有人吃饱了撑的想祸害人，又拧不动牌子，就把挂牌子的水泥杆挖出来，转转圈，重埋一回，让上边的牌子指向南边，或西边北边。罗盈盈推蔡猛，你还笑，中国老百姓就是素质低下，损人不利己。王法嘟囔，干部素质低下更祸害人，渎职是更大的损人不利己。那老乡说，水泥杆都重埋小半年了，天天有车走冤枉路，可就是没人给正过来。

车跑了起来，三人都警觉地观察周围。其实不用提前警觉，至少由折返地回到立有路标指示牌的三岔路口这一段不用。这段没岔道。在三岔路口他们又停下来，没贸然按刚才农用三轮司机指引的方向走。从路牌指示的方向看，他们刚才走的没错。他们又分别问了四个路人，都当地人。四人给出三个答案。

我觉得他们成心，王法气得直跺脚，尚德人怎么这么坏呀。

这只是个三岔路口，蔡猛也下车探头探脑，帮王法寻找行人，要是十字路口，他们肯定有四种说法。

这时远处开来辆警用面包车，王法蔡猛一块招手。警车停下后，上边的人以职业眼光审视他们，并不说话，然后，以一个含混的手势答复了他们。意思倒也清楚：随他们走。警车带他们走的，是农用三轮司机指引的路。

这法院的车，肯定正为明天开庭审陆洋忙呢。罗盈盈说。他们都看到了警车上蓝色的"法院"俩字。

未必，蔡猛说，尚德的公检法已经先搬新区来正常办公了。

拐过一片村舍就看出来了，这条路是正道。虽然道路仍然狭窄破烂，但道路两边已气象不同，狼藉与生机勾肩搭臂，一切都显现出这里正处于由摧毁走向建设的过渡阶段。当然还算农村，但远近的田地尽皆荒芜，庄稼、菜地、果园、鱼塘，属于农村的标志性符号一概没有。只是道路两边人多了起来，可一望而知，闲散的他们已不再是农民，而是些慵懒的、懈怠的、因迷茫而无所适从、因浑噩而心平气和、专职等待身份转化的候补城里人。

进新城区了。警用面包车停在一家规模不大的饭店门前：活鱼馆。王法把车跟了过去。他倒没想混法官的饭，只想把路问详细些。法官不给他说话机会。其中之一很不耐烦，撵苍蝇一样驱赶他们，好像黑奥迪相貌贪婪，把分食他们鲜美活鱼的意图暴露了出来。法官两度与他们交道，都不说话只用手比画。可能法官交警出身。

前边是个十字路口，王法左顾右盼，犹豫着直行还是左转右拐。蔡猛让王法过十字路口，把车停到医院门前，说得病的人也许心眼好点，没闲心对问路人打歪主意。十字路口过去一点，有家医院，门口的人比别处也多，既有卖东西的，也有出来进去的。罗盈盈说，大点声问，让边上人都听到你要去哪，有人想指岔道就不好意思了。蔡猛领命点头称是。车过十字路口后，在医院门前一停下来，蔡猛脑袋就探出了后车窗，冲一个卖雪糕的，一个卖报纸的，两个卖盒饭的，两个卖小食品的，三四个买东西的，四五个坐街边抽烟的，五六个匆匆忙忙或慢慢悠悠走路的，高门大嗓地问了一句：

请问，去尚德新城区的尚德大厦怎么走呀？

王权？王权——

没等齐齐往车这边看的二十个左右被询问人做出答复，也降下副驾驶这边车窗的王法，突然抻脖子叫喊起来，音量比蔡猛大好几倍，都有点失真。蔡猛和罗盈盈吓了一跳，忙看王法。车窗外边，也有几个人像蔡猛和罗盈盈一样，受了惊吓般往车里看。周边大部分被询问人，都扭脸看车，但目光里的主要成分，是冷淡麻木和与己无关；那几个受了惊吓般的人则完全不同，他们目光里，是错愕疑惑以及恐惧。错愕疑惑还恐惧的，是坐街边抽烟的四五个男人，他们衣裤肮脏，灰头七脸，直眉愣眼张口结舌，而其中之一，较年轻的一个，在直眉愣眼张口结舌后，又以比王法的音量再大些的声音惊喜地叫喊：

哥？哥——

外乡人王权作为尚德未来五大班子办公场所小白宫的建设者，来尚德新城区快一年了，熟悉这里的一草一木。他坐上副驾驶位置为王法导航，像钻进悬在空中的塔吊驾驶室里，指挥钢筋水泥预制板。他说小白宫早已开始了内部装修，现在，他和他的塔吊所搭建的，是小白宫北边两公里外，五大班子的家属公寓。他说他来得晚，没参与尚德大厦和公检法大厦的建设，但他知道，那两座楼偷工减料特别过分，尤其尚德大厦，完全就是豆腐渣工程。他建议哥哥和蔡哥罗姐别住那里。也许现在不会出事儿，他内行地断定，但顶多三年，就没法住了，住也得面对一系列问题。王权的"一系列问题"把蔡猛罗盈盈都逗笑了。罗盈盈说这小伙子一看就机灵，念书就好了。王权自豪地说，初中毕业那年我考上中专了，没钱，就没念。蔡猛说那以后争取当包工头吧，王权害羞地说，那是我理想，然后又补充说，我要当一个至少不会挨手下弟兄揍的包工头。这样，继王法之后，蔡猛和罗盈盈就也知道了，王权和几个工友大白天坐在医院门口，不是没活干来看热闹的，是在充当移动的血库。他们工头被人打了，打人者是他们工友。那工友家人生病急需用钱，可工头拿不出拖欠的薪水，那工友也知道，工头真没钱，但还是把他暴打一顿。现在打人者被抓了起来，王权和几个 AB 血型的工友留在医院，准备给接受抢救的工头输血。说输够了，不用我们了，王权有些遗憾地说，那几个输了的，回去能连吃两顿红烧肉，再歇两天。

一直闷头开车不说话的王法忽然把车停在路边，回头看蔡猛。

蔡哥你看这样行不，前边就尚德大厦了。他用脑袋指点前边。前边有座大楼孤零零站着，像卫士守护着距它不远的小白宫，楼顶"尚德大厦"四个字反射着斜阳，不仔细看看不清楚。你把车开过去，先开好房等我一会，我看咱俩去老城还来得及，我想领王权去这商店买身衣服。他用目光指点路旁。然后盈盈你等王权一会，王法的目光又移向罗盈盈，等他洗个澡，换上衣服，再出来和你俩一块吃饭。

蔡猛和罗盈盈都说好好，夸王法这当哥哥的想得周到，蔡猛说开完房我短信告诉你房间号码，同时把王法身份证接了过去。王权忸怩，两颊泛红，比刚才没忍住暴露了要当包工头的远大理想还害羞得厉害。哥，不用买，我有，这身只是工作服，我工棚里……哥我还是回工地吧，晚饭不用麻烦罗姐，你们有工作忙你们的，我明早再过来送送你们……

王法犹豫，用眼角余光溜蔡猛脸。蔡猛的脸又沉了下来，在烟雾之中显得灰暗。王法说，别磨叽了，是对王权说的，听蔡哥的，蔡哥说了让你留下。

几分钟前，蔡猛脸色已阴沉过一回。王法王权兄弟邂逅，惊喜过后，是简单的寒暄和细致地问路，又互留了手机号码。是王法记王权手机号码。王权有一套节省话费的笨拙办法，代价是经常换手机卡。王法的手机没换过号，王权有。王法重新回到车上，刚要放手刹，蔡猛从后边按住了他。蔡猛让他带上王权。这晚上了，也不干活了，让你弟弟跟工友打个招呼，今晚跟咱们住，明天早饭后回去上班。不用蔡哥那哪行……听我的，你们那么久没见面了，好好聊聊。这么着，一会咱俩走后，盈盈带他找个正经地方吃点正经饭，然后盈盈回屋写稿，他回你俩房间看电视等你，也是歇歇，晚上咱俩早点回来，那边的饭局没有意思。别争了，也为房间物尽其用嘛，要不你也自己，我睡盈盈那屋。蔡猛为王权列计划表时，罗盈盈连连点头，真心实意地支持蔡猛，包括蔡猛最后说睡她屋时，她也认同得大大方方，好像俩人老夫妻了。王法仍然犹豫，说蔡哥你瞧他破破烂烂盲流似的……是这时候，蔡猛的脸沉了下来。王法，蔡猛说，他是你兄弟。蔡猛说话时音量不高，但咬字很重。是你烦他，还是担心我和盈盈烦？咱们仨，他搂一下罗盈盈，现在看，都牛逼轰轰像个人了，可从根上说，和你弟弟有区别吗？要不是运气好上了大学，不还猪狗不如当孙子呢吗——操，现在也孙子。王法，救不了他是咱本事小，可瞧不起他……王法嗫嚅着几乎哭了，蔡哥，我不是蔡哥，我没有，我只是觉得……罗盈盈拉蔡猛胳膊，笑嘻嘻地使劲摇晃，以她的娇嗔缓和气氛。你看你又上纲上线，这就把王法当下属训啦？人家还没正式上班，还不一定就去你部门呢……

哥，蔡老板——往商店进时，一直对王法察言观色的王权张了下嘴。

蔡哥不是做生意的。王法寻找男装柜台。哦，怎么了？

是不他官挺大呀？他要认识县里领导，能帮咱求情吗，多少给咱工头拨来点工钱？

吃饭地点神神秘秘，在尚德老城区的边缘地带，傍一片庄稼地。没有路标，没有招牌，从外边看，就是一处宽阔的农家院落，要不是对方始终电话引路，王法肯定找不到那里。在与对方通话的间隙，蔡猛一直骂街，是下属背后抱怨上司的那种骂法，还东一嘴西一嘴，需要王法在心里归拢，才能把意思串联起来。王法基本不插话，只呵呵嘿嘿。一帮蠢货，一帮自以为是的、自鸣得意的、自不量力的、自作聪明的、狭隘的农民！这是蔡猛的核心意思。他骂请他吃饭的人。蔡猛解释，他不是骂农民，不是骂他爸爸妈妈和哥姐弟妹那样的人，不是骂那个因无知而傻蠢以及狭隘的群体，他问王法，能否理解他的意思。能，王法说，你这里的农民是形容词，指的是，我们这种受过教育的，被科学文化武装过的，所谓有知者的傻蠢和狭隘。对对，蔡猛说，农民无知固然也有个人原因，但主要原因在社会，在于大的制度背景；可咱们这类人无知，那种农民化、农民性、农民意识和农民境界……蔡猛的话不时被电话打断，说电话时他也"农民"。我没办法，他委屈地说，已经做了半辈子朋友，掰不开了，放弃他们，会比跟他们打交道更让我痛苦。蔡猛提醒王法，不要让朋友这个好听的字眼蒙住眼睛，反倒应该警惕朋友——是警惕友谊。蔡猛说，面对朋友，你多半看到的不是自己，而是一个关心你的、帮助你的、体贴你的友善的他者，然后，你更多要做的，就是以他喜欢的而不一定是你自己喜欢的方式去回报他。累死人呀！酒肉朋友、狐朋狗友、朋比为奸、朋党……朋友的本质就这些东西？古人说得对呀，真正的朋友，应该是君子之交，是知己。知己是啥？那是无须解释的明白，没有理由的信任，心有灵犀的会意，与生俱来的默契，即使为非作歹作奸犯科，也知道出处在哪所谋为何。像今天，盈盈临时跟我来了，我更想和她多待一会。要是知己，我只说对不起咱改变计划光聊会儿天吧，他理由都不问就能答应，可我这老大哥……此前通话时，蔡猛以会议日程有变，明天他要第一个讲话为由，说不能住了，七点就得离开尚德，赶赴张集。可老大哥以愤怒和蛮横表达盛情，再三退让后，才答应八点半钟放他们走。

人呀，就不能太实惠，蔡猛说，我就应该从根上骗他，说我没空停尚德了，甚至说临时有事，参加不了张集的会了。

五点十分，在作为最终目标的农家院门口，黑奥迪停了，一个清瘦的小伙子接管了车。农家院比想象的宽阔，里边居然有三层小楼，还两幢，而且，除了迎接他们的老大哥等人，除了几个幽灵般一闪而逝的男女服务员，除了门口两个阴鸷的保安和一条警觉的大狗，虽然整座院落静得好像再无他人，可感觉中，又似乎充满了喧嚣和骚动。王法打个寒战。蔡猛对这样的所在显然熟悉，咬牙切齿地嘀咕一句：你们呀，净喜欢这种地方。老大哥的爽朗笑声和说话声，是进包房后又响亮的，在院子里，他像电影中秘密接头的地下党员，或者，像那条警觉大狗看管的犯人。那狗喜欢看老大哥，好像专注的目光里没有别人。我"胡汉三"又回来了！老大哥爽朗时，像指点江山挥斥方遒。蔡猛苦笑，假装愿意接受他指点挥斥。老大哥继续爽朗：想不到呀，这网络还真是好东西……这时，围着圆桌，主客都松散地坐了下去，蔡猛被按在主宾的位置。老大哥说，有届人代会上，我的提案是关闭网吧，禁止老百姓上互联网，幸好一拿出来就被否了。要没有互联网的舆论，没有人民，哪有咱尚德的河清海晏呀！

　　酒局随即开始。规模不大，也文明，没人吵架似的打酒官司。陪老大哥招待蔡猛王法的只三个人，都是老大哥的铁杆兄弟。老大哥看上去六十多了，可只大蔡猛四岁，刚届五十。老大哥和蔡猛是大学同学，是蔡猛的入党介绍人。老大哥的三个铁杆兄弟里，两个年龄与蔡猛相近，另一个比老大哥大了一岁，但也把老大哥叫做大哥。蔡猛与老大哥的三个兄弟也熟，分别与他们称兄道弟。回敬他们酒时，说这两年，你们对老大哥不离不弃，够意思呀——那三个表决心一样说蔡主任这算不了什么应该的路遥知马力……有一个干脆说，没有大哥就没我们今天，我们死也是大哥的人。老大哥哈哈笑着使劲喝酒，像刚冒话的婴儿，只重复他刚刚掌握的句子：我"胡汉三"又回来了！王法不喝酒，但为了对蔡主任的朋友表示敬意，也倒一圈，给老大哥倒酒时，说胡人哥你慢点喝，太急了伤身休，惹来大伙一片笑声。幸好出现了这串笑声，让酒桌上的话题丰富起来，否则，专一地纠结一个点很没意思。

　　蔡猛说王法年轻呀，没受过小奶油小生潘冬子的革命传统教育，不知道胡汉三的典。

王法愣呵呵地陪大伙笑。

我这老大哥呀，不姓胡，姓孔，两千年前祖籍曲阜。

王法道歉，不好意思孔大哥，我真不知道，潘冬子、胡汉三……

嗨嗨，正常正常，你们年轻人知道的我们还不懂呢。老大哥继续爽朗和更加爽朗。"文革"那会，中国人惨哪，连小说电影都不许看，没文化生活——我是说正常的文化生活，光允许看几个破样板戏，后来，勉强拍了几个电影，其中有个《闪闪的红星》——胡汉三是里边的还乡团，"我胡汉三又回来了"是里边的经典台词……

老大哥你越说他越糊涂你信不？蔡猛替王法解围。

再一个老大哥的兄弟与老大哥挤眉弄眼嘀嘀咕咕。

这时候，综合酒桌上大伙的议论，再参考车上蔡猛的骂街，王法已经大概明白，老大哥自诩胡汉三"又回来了"是怎么回事。以前，老大哥职务比较显赫，手握实权，可后来得罪了县委书记，被后者查了。倒没查出什么问题，可还是被发配到个没什么实权的部门晾了起来。但最近他运气陡转，又回到了重要岗位，而促使他转运的关键人物，竟是县委书记的宝贝女儿。书记的女儿在张集工作，是微博发烧友，几个月前在微博上，除了自己的裸体照片，基本什么都展览了：开什么车住什么房，拎什么皮包养什么狗，丈夫多有才华多么爱她，单位福利多好多么轻闲……大部分人都活得郁闷，甚至苦闷，没那么全面的幸福指数。有钱的未必有才，有才的未必有爱，有爱的未必有好工作，有好工作的未必自由自在，可一个二十四岁的新婚女孩能如此超越现实境况地一步抵达大部分人需要奋斗终生还未必实现的人生目标，就没法不让人好奇羡慕和嫉妒了。有好事者想多了解她，在网上进行人肉搜索。她走后门上大学弄虚作假当公务员和曾与前任男友怀孕堕胎的事，就一件件被挖了出来，也挖出了她爸是谁。一场辣味夹着醋意的讨伐官二代的群众运动蓬勃展开，还由民间的网络，迅速走向了官方的媒体。教子无方导致了官二代她爸阴沟翻船，为平息民众的辣味醋意，上边大领导把官二代她爸调离尚德，发配到张集一个部门当三把手。没降职，平调，但人人知道，三把手的大腿也没一把手的胳膊粗。两年前，官二代她爸就是这么打发老大哥的。尚德这边，新任县委书记对老大哥重新重用，老大哥坚持认为，这是蔡猛力荐的结果：蔡猛和新书记是铁哥们，他与新书记只点头之交。老大哥除了感激前任书记的女儿、感激网民以及舆论、感激能调走前任书记和调来新书记的大领导、感激新书记，尤其对蔡猛充满感激。蔡猛不想贪功，但情势所迫，他没法不把这个平白无故的感激领受下来，否则，解释来解释去，注定会引出更多的啰唆。他只能私下对王法解释。他与尚德的新书记的确早就认识，可不是朋友，更没在他面前举荐过老大哥，也没举荐过任何别人。

　　这时，王法看到，蔡猛与老大哥正脖子粗脸红地争执什么，还伸胳膊扬手地争抢什么。是抢手机。老大哥的三个兄弟都挺尴尬，想要帮腔又不太敢，更不敢帮手，尤其那个刚刚与老大哥挤眉弄眼嘀嘀咕咕的，尴尬之外还进退两难。蔡猛说不是不是与雪娟无关，可老大哥还是按通了电话，说雪娟我是老大哥呀——雪娟是蔡猛妻子，王法见过，知道她与蔡猛同学，自然与老大哥也同学了。蔡猛陪我多喝点行不？老大哥问。行呀行呀，陪老大哥吗。老大哥的手机按了免提。那陪我喝花酒行不行呢？老大哥又问，然后补充，肯定不嫖，咱有党性。你看老大哥，考验我呢，雪娟说，陪老大哥，干什么都行。老大哥赞美着雪娟掐了电话，冲那个刚才与他挤眉弄眼嘀嘀咕咕的努了下嘴。蔡猛说老大哥你强人所难呀。一个似乎与蔡猛更熟识的老大哥的兄弟悄声低语：蔡主任，你来老大太高兴了，他恨不得把月亮摘下来送你，可你们是哥们，他跟你走礼就埋汰人了；你再三说不住下光聊聊天，我们就知道你咋想的了，就劝他千万尊重蔡主任意见，这他才同意光找几个姑娘陪陪酒的，你就那啥，嘿嘿，理解他那颗感恩的心吧……另一个老大哥的兄弟，勤快地起身当服务员，在每两人的靠背椅间加把塑料圆凳。圆桌不小，五人环坐过于宽松，可坐十个人，肯定会紧巴得像搭人墙。

包房门开了，随在刚刚出去的、曾与老大哥挤眉弄眼嘀嘀咕咕的那个兄弟后面，有七个姑娘鱼贯而入。她们个个袒胸露腿，艳抹浓妆，一进屋，迅速列队一字排开，像训练有素的军人接受首长考核，等待被挑拣出来委以重任。但鞠躬问候时，她们全没了军人的端庄，只像送军人上战场或迎军人回故乡时，乌合的百姓跟着起哄。她们传递性感的身段参参差差，挑逗性欲的声音短短长长：

老……老……板……板……好……好……

老大哥满意地哈哈大笑，唔，不错，模样水灵素质也好，等额就行，差额下去哪两个都舍不得呀。他是对那个与七个姑娘站在一起的兄弟说的。这两位是省里老板，他用手比画一下蔡猛王法，一定得陪好。这回他是命令七个姑娘。兄弟呀，你俩客人你俩先挑。最后他对蔡猛王法说话时，有点像个应考的学生，自信掩饰不住心里的虚弱，既怕考官眼光太高，仍不满意他已提前为其模样素质定了性的七个姑娘，更怕他们取消考试。

谁？谁抽烟呢？

哥，哥，是我王权。你咋了睡迷瞪啦？不没喝吗。

哎呀妈呀王权，吓死我了，我忘了你在这了。

你摸啥点灯不？

水，水呢？我渴，干死了。

哦你杯子……我看……

点灯吧点灯找——我都精神了。

这扯不放电视上了。给。你是不做噩梦了？直扑腾。

是，好像是，记不住了。来再给我倒上。你看这屋让你抽的，全是烟。你一直没睡？都快三点了？

我，我睡不着，我觉得我太幸福了，我，哥我谢谢你……

嗨，这就幸福啦？搞幸福指数统计的人真该找你。

哥，这宾馆是他们尚德最高级的，我知道。怪不得它豆腐渣你们也要住这，真舒服！天堂似的。

你没盖过高级酒店？

那倒盖过，可清水房呀，装修完的从没见过，更没想过能住一宿。哥，你什么时候能像蔡老板那样，也当上……

跟你说了，蔡哥和我一样，不是生意人是公务员，只是他是领导我是兵。

我知道是领导，领导比老板牛。可我看他们都管领导叫老板呀，那回有个大领导来视察小白宫，好几个陪那大领导的领导，一口一个老板地叫……

庸俗！还有叫老大的呢——上下级间弄得跟黑社会似的，我和蔡哥都反感。

那——上下级间，称兄道弟不庸俗吗？

嘿王权，这个——你还说得挺有道理，以前我真就没想过。但我潜意识里肯定排斥这个，我是没外人时叫蔡哥，正式场合都叫蔡主任。

嘿嘿——哥我想再抽一根……

唉唉抽吧，肺都完了。你说，我要当领导了，你对我有什么要求？

我没，我没要求。是咱爸还有王秀都说，你要当领导了，就也能开公车回家风光，能把李大白话家二小子比下去。

李大白话家二小子？谁呀？和他比什么？

李刚。咱村不就你俩上大学了吗，他在县里当个小屁官，总开县里小牌号车回家。可咱爸说，你比李刚强一百倍，你是因为念研究生才晚当官的，但只要当上，你就能开省城的小牌号车给他长脸。再说了，李刚上学花家里多少钱呀，你都是自己攒的学费，不用爸操心。咱爸最烦李大白话吹牛逼了，他说我和王秀没啥指望，但你肯定能给老王家光宗耀祖。

就他？还懂光宗耀祖？

真这么说的。他说你总不回家是捂新蛋呢，是等当大领导了一块……

捂新蛋？是——卧薪尝胆吧？

哦，就是攒后劲的意思。咱爸嘴上不说，心里可想你了，说有你他骄傲。

屁！他自私得好像没咱们仨，就嘴好。骄傲？给他当儿子我可耻辱死了。

哥你别这么说——他也挺难……

一个家庭穷不怕，作为孩子，最怕的是摊上不负责任的家长。家里揭不开锅了他也要大吃大喝，可你订一回媳妇他才出两千，叫个爹吗！哼，当他儿子，我倒宁可这世上没我。

也是哈，有时我也想，生在个穷人家，活着是挺没意思的。你说咱爸那么自私，没闲心管咱，还非一个个地生咱干啥。等我跟我媳妇结婚了就不生孩子，有的城里人——哎哥，你还别说，没准明年他会又生一个。

啥？又生个孩子？

我上回回去帮王秀给她妈办周年，听四叔说，咱爸已经让媒人给他说好一个河南媳妇了，跟我一边大。我估计这阵子他能借够钱了。

河南？他不专买四川的吗，说四川的能干活。你妈王秀她妈都四川的。

他算卦了，说四川的跟他不配，到他手就短命。最配他的是河南女人。

老东西，他劲头可真足，离不开女人。

他要在城里也不算老吧？城里虚岁五十的男人跟小伙似的。

那倒是，可总得量体裁衣呀，不能一辈子总为买媳妇欠一屁股债呀。

哥，我能理解咱爸。

唔？

女人吧，也是真好……

哈，王权这是有感而发了。也是，你可比上回订婚精神多了，都胖了。没结婚呢她家也答应她和你一块住？

她爸妈不管，我每月给她家贴补两百块钱就行。她吧，爱……我，我要没空回去，她一两个月来看我一回。

我替你高兴！对，别光想着玩，有爱很重要，俩人彼此关心爱护，才能对未来的家庭和孩子有责任感。

哥呀，那你现在，有女人吗？

我——哦没有，我先立业。我这不等于才工作吗，以前只算打零工。

那你，玩过女人没？

哈，和我交流经验？兄弟呀，不瞒你说，哥白活了，不知女人啥滋味呀。

你咋还——是不没钱？要不你先找小姐吧，我有钱我给你。

别瞎说！

真的哥，又不总找，你至少得尝尝女人啥滋味呀。找便宜的，咱工地这要价一百，讲讲价，有时五十三十都能拿下。岁数大点咱又不娶她……

好了不说这个。我需要的女人，得和我有爱情，得爱我……

那——哥我再说一句你别生气？

什么？

你要想和王秀，她肯定愿意，她就爱你……

你疯了王权说什么呢！

你听我说哥。从小到大，我和王秀都佩服你，都崇拜你，对你有爱情——我是男的不说，不叫爱情，可王秀，一说到你眼睛都放光，替你死都干，那不是爱情能是什么？哥，你俩又不是一个妈生的，没事儿。我敢说，要有机会，王秀都能主动……她不主动，不光是不好意思，更是怕你瞧不起她，觉得她这两年当小姐是坏女人了。可哥，王秀不坏，哪都好，人品模样都没挑的，当小姐不没办法嘛，就是不管咱爸，也得养她妈呀。现在好了她妈死了,她没负担了,遇个合适人家嫁过去就得,咱爸已经给她托媒人了。哥,你要喜欢王秀……

吃完早饭,几分钟工夫,黑奥迪就把王权和罗盈盈分别送到了工地和公检法大厦。地盘不大,哪距哪都一箭之地,王权罗盈盈都说不用车送,可蔡猛不干。与罗盈盈分手时,蔡猛缠绵,不断说盈盈你法院那边完了哪也别去,就待房间,晚饭买点东西回房间吃,没采访完也明天再说,明天完不了咱后天回去,省得新城区这边人烟稀少不那么安全。别害怕呀,我十一点怎么也赶回来了,最迟十二点……总嘻嘻哈哈的罗盈盈,被蔡猛叮嘱得有点不好意思,说王法你看这人多婆婆妈妈,昨晚就开始磨叽这几句话。

尚德张集间没高速路,车开得慢,很快蔡猛就睡着了。睡了将近一个小时,一个张集电话吵醒了他,他又精神了。他让王法来后排座也睡一会,由他开车。王法说不困没停车,还提醒蔡猛,下午的会上他得讲话,现在应该琢磨琢磨。蔡猛说就是说官话,没啥可琢磨的,又说有稿,小岳写的。小岳是前几年考到机关的公务员,最近被调到了蔡猛手下,女的,大高个,排球主攻手,王法与她见过一面。蔡猛还是把小岳准备的稿子拿出来,边看边苦笑,说直接给我份报纸得了,幸好你提醒我看这一眼。然后闭眼陷入长考。长考与睡觉都闭眼睛,但本质上是不一样的。结束长考,蔡猛唉声叹气地点了支烟,说王法呀,以后这些动笔的活,你就多受累了，小岳天生是运动员，当公务员，尤其是需要用脑子用笔的公务员，估计她自己也痛苦死了。她倒没糊弄，就这个水平，蔡猛抖着手里的稿子说，可是，你这水平我能理解，我要也这水平，有人理解吗？还不把我的小官撸喽……王法替蔡猛着急，说那怎么办？

怎么办，脱稿讲呗，蔡猛说，这个话题我不陌生，倒能讲，可就是，这么重要个会，我又不是大头目，脱稿说话有点像装逼。

那——王法说，你把小岳的稿子也捧手里，假装一半念稿一半发挥，既有对会议和大领导的尊重，也有水平的展示。

唔，这主意好！王法呀，只要你运气没问题，以你的能力还有精明，我花二十年爬过去的坡，你十年八年准跨过去。哦，前边二环口了，加油站？对过去，停加油站那。蔡猛的赞美与指示重叠在一起，让王法来不及谦虚客气。他减速变道，靠向路边，拐上人行道。

人行道的树荫下边，已停辆车，也黑的，本田。黑奥迪一凑过去，黑本田前车门就打开了，司机朝他们迎来几步。

大平，蔡猛从车窗口探出脑袋。

蔡猛？我以为不是你呢，没开你车？大平站到了刚刚停稳的黑奥迪旁。

刚换的。

哈，提车挪到提职前啦，还真少见。看来这回你板上钉钉了。

唉，没见调令就不敢笑哇。你呢，有准儿了？

是是，见不着调令是真不敢笑哇。我也没准儿。

来介绍一下。这时王法继蔡猛之后也下车了。刚考进我们机关的王法——好几年前就我好兄弟了。这田大平是……

你好王法——这名字好，霸气。田大平很自然地打断了蔡猛，握手方式和声调笑容都谦和儒雅，与蔡猛不是一个风格。

你好田大哥。

我没空多陪你们，先坐我车上说几句吧？田大平以征求蔡猛意见的口吻做他的决定。他转身，回黑本田里拿两罐饮料递给王法，又打开一个递给蔡猛，再给自己打开一个。他做这一切都很随意，但又果断得不容拒绝。蔡猛特别顺从，说你回车上眯一会吧，挺乏的。他是对王法说的，随后钻进黑本田里。王法边喝饮料边回车上，对发现了蔡猛性格中的另一面感到新鲜。原来蔡猛不光有刚硬，也会顺从，哦，还会温柔。王法想到了罗盈盈，又经罗盈盈想到了陆洋。

陆洋年表

1972年6月，丁亚丽出生于新盘县柏西镇柏西村，父亲丁增强，母亲张扬，另有两个弟弟一个妹妹。八岁后，先后在村小学和镇中学读书八年，1989年初中未毕业即辍学。同年夏天，某次去高速公路建设工地给在那里做饭的妈妈当帮手时，结识了钢材供应商陆震寰，并于几天后受到陆震寰强奸，遂成为其情人。

父母知情后先反应激烈，后因陆震寰认丁亚丽为干女儿，方默许其关系。陆震寰结束新盘工作后，每个月都会专程来看丁亚丽。陆震寰生于 1948 年，读大学时学冶金机械，为张集钢厂正科级干部，有妻子和一个比丁亚丽小五岁的女儿。

1991 年 1 月，陆震寰将丁亚丽带出家乡，去距张集市二十四公里的白坡县城租房居住。如果不去外地出差，他一般每周两次来白坡过夜。同年秋天，丁亚丽更名陆洋，并获得张集市铁南区公安局签发的户口簿和身份证，在未参加任何考试的情况下，入读张集师范学院白坡分院大专班中文系。一年后，因两个学期累计考试及格率不及五分之一，自动办理休学手续，遂去张集居住。其时，陆震寰已任钢厂副处级领导，权限更大，活动范围更广，出差时经常带上陆洋。多次去新盘县时，陆震寰让陆洋回家看望父母的建议，均遭陆洋拒绝。

1995 年秋，陆洋持张集师范学院白坡分院大专班毕业证书和白坡市（此时白坡县已成为县级市）人事局与教育局调令，去白坡市育才小学任职，但因有病休假条从未上班。这期间，随陆震寰结识白坡市委书记张贵仁。十五个月后，张贵仁任张集市委组织部部长，二十个月后，在白坡市育才小学没上过班的陆洋调入张集市启智小学，任专职大队辅导员。其间，结识二十九岁的张集市铁北区政府车队司机安群并与其于 1998 年十一结婚，次年十月产下一女，名安雅。

2001 年秋，陆洋调张集市尚德县第一高级中学任专职团委副书记（此前该校无此职务），其原本内容空疏的档案里，多了一些有分量的内容：1989年就读柏西镇中学时加入共青团；1994年毕业于张集师范学院中文系，获学士学位；1997年在白坡县育才小学工作时加入中国共产党。在尚德一中工作期间，经张贵仁介绍，结识时任尚德县副县长的团省委下派干部栗克，又引见栗克及其弟栗芒与陆震寰结识。栗芒所开公司业务范围涉及钢材，与陆震寰始终合作密切。其时陆震寰所在钢厂已更名张钢集团，下辖七个分厂暨公司，陆震寰为三分厂厂长，正处级。为替陆洋办理团组织关系，陆震寰曾只身去过新盘县，事情办完后，还去柏西村看望了丁增强张扬夫妇，替陆洋留给他们一万元钱。

2003年春，陆洋被借调到张集市"非典"（SARE）防控领导小组任普通工作人员，此后，先后任市五讲四美三热爱办公室工作人员，市关心下一代工作委员会办公室副主任，铁北区教师进修学校党总支书记，在此期间，因张贵仁关系结识市委副书记姜海生及其情人郑丽，并与郑丽成为好友，郑丽系市京剧院演员。又因栗芒关系，结识铁南区公安局新任局长郭明，后将郭明之弟郭亮以事业编制安排进铁北区教师进修学校。郭亮此前无业。2003年以前，安群至少三次正式提出与陆洋离婚，理由是陆洋不照顾家，还生活不检点。但最后都在陆洋说服下不了了之。2003年以后，两人关系一直良好，安群继续像以前一样承担所有家务，但对陆洋的社交生活不再干涉。陆震寰与陆洋的定期约会从未中断过，对陆洋与其他男人的关系方式与交往程度也均有了解。

2005 年春节前夕，陆震寰陪陆洋回家省亲，在柏西镇住了两宿。这是陆洋离家十四年后，首次返乡。此前陆洋已成为张集市政协委员。张贵仁卸任市委组织部长，任市政协副主席。

2006 年春节过后，陆洋出任张集团市委副书记，此时，她的档案材料有了一处重要增补，有了一处重要改动。增补内容为：2004 年毕业于张集市委党校研究生班，获硕士学位；改动内容为：她出生于 1976 年 6 月。上级规定，青年干部应该年纪轻，学历高，为团市委副书记划的线是，三十周岁以下年龄，硕士研究生以上学历。自此之后的未来三年里，陆洋陆续将爸妈和两个弟弟一个妹妹及其配偶孩子计十二人，分别迁入张集市以及县级市白坡市和尚德县，其中弟弟妹妹及其配偶六个年轻农民，一人成了公务员，三人有了事业编制，两人成了国企职工。丁增强张扬则均以下岗工人身份享受社会保险。

2007 年初，陆洋成为张集市最年轻的政协常委（按 1976 年6 月出生算）。姜海生先被双规三个月，后被判刑十五年。陆洋与郑丽的关系迅速疏远。

2009 年底，陆洋获知，各级纪委均收到署名"郑丽"的实名举报信，揭发她为提干而私改年龄，长期收受贿赂并与多人有婚外男女关系。陆洋找到郑丽，郑丽对此毫不隐晦，给出的理由是陆洋破坏她的幸福。原来，姜海生入狱后，已结婚生子的郑丽迅速成为其妻处于癌症晚期的张集市副市长柳建军的情人，两人结识半年后，柳建军妻子病故，并答应娶郑丽为妻，郑丽随即与丈夫离婚。可几个月后，柳建军声称与郑丽性格不合，提出分手，并与另一张姓女子关系密切。柳建军团省委出身，因栗克关系与陆洋熟悉，张姓女子是市电台节目主持人，因参与共青团活动与陆洋认识，郑丽认为，是陆洋对柳建军出卖了她与姜海生的秘密关系，柳建军才抛弃她的，而随之，陆洋又给柳建军介绍了张姓女子以填补空白。陆洋解释，她连郑丽与柳建军好都不知道，怎么能去搬弄是非？而张姓女子非但不是她介绍给柳建军的，倒是柳建军的妻子活着时她就知道，张姓女子是柳建军情人。郑丽不信，并声称她已托过很接洽的关系去中纪委求人，中纪委已答应过问陆洋的事。

2010 年夏，郑丽在家中被害，死前受到轮奸，死后家中被细致翻过，值钱物品被盗。三十七天后此案告破，凶手系分别来自新盘县的农民工张强和来自白坡市的城管局工作人员丁亚明。陆洋随即受到调查，因为丁亚明是她的大弟弟。但无法证明陆洋与此案有关。张强根本不认识陆洋，只是作为丁亚明的同学好友才陪其作案，而丁亚明在被抓的同时服毒自杀。他的毒药是事先准备好的。

2011 年初，有关部门对陆洋实施双规，免除了她市政协常委和团市委副书记的职务，后移送司法机关展开调查。

正打瞌睡的王法，被回到车上的蔡猛给惊醒了，他忙把手伸出车窗，和驾黑本田离去的田大平互道再见。他说"再见"，田大平说的是"晚上见"。王法为这个细节迟疑一下，但没向蔡猛求证什么。蔡猛脸色不好。也不是大不好，是随着黑本田的离去，露出了一些隐约的不快。他先发个长长的短信，然后把从黑本田带回来的一个裹成一捆的黑塑料袋，漫不经心地拆开展平，一幅画横亘在前后座间，像道夹壁墙被砌进车里。旋即蔡猛又把画卷上，正卷时，手机发出一声短信提示音。他看信，看了肯定不少于两遍，又回个短的长出口气。他那口气出得畅快，好像此前他被绑架了，嘴上一直贴着胶布。

晚上得住张集。他情绪好了。

啊，王法应一声，顿一下问，住会上吗？

不住会上，我昨天跟他们说的是，陪他们几个头头吃完晚饭就连夜去尚德，有点私事儿。今天再住就好像出尔反尔了。今晚田大平安排。接下来蔡猛又像自言自语。在尚德打工的是你妹妹就好了，晚上可以陪陪盈盈。哈，我瞎惦记，人家盈盈也走南闯北老江湖了。这姑娘真懂事，我说得改变日程明天回去，她一点没抱怨。你说，是不现在，你们这些80后里，懂事的女孩越来越少……

王法笑，说一看盈盈就懂事的姑娘，心里想的却是小凤。他想偷偷比较小凤和罗盈盈，可又不知该比什么。小凤爱他，绝不会新婚燕尔就搞婚外情。他找到了一个比较的点。可谁能说，罗盈盈不爱严养书呢？

一会这样，在一个铁路道口等火车时，蔡猛说，沿文化路一直往西开，到兴工街口西北角的富豪大厦，说郭总的客人，光登个你的身份就行，钱他们交了，开的套间。歇一会后，咱去会议吃饭，然后你回富豪休息，我在那边找间屋躺一会，下午开会，会后我和他们几个头头一块吃饭，连谈点事儿，你这边等田大平招呼。八点左右最迟九点，见我短信过去接我。

明白。

哦你想着，下午回富豪，找服务员要点旧报纸和胶带，把这画好好捆上放后备箱里。蔡猛把画轴扔副驾驶座上。放房间吧，房间总比车上安全。走时别忘带上就行。

那忘不了。王法溜一眼画。名画？不行我走哪都夹着吧，算拎个双节棍，你保镖似的。

哈，那更有人抢了，或不抢画了改绑架我。蔡猛笑。三万买的，算名不？

那——不算吧，三十万算。哈我不知道。但也挺贵呀，真的我夹着吧，反正我也不去会场。

这画要在市场上卖呢，讲讲价三千就能拿下。朱颜的荷花。知道朱颜不？美女画家。

嘿嘿，不知道，对画和画的行当我都白痴。可你，真花三万冤大头钱？

我是计划当冤大头的，花三万买个心里踏实。没花出去，三千都没花出去。人家把钱又退我了，白送了我这幅画，还晚上要请客。唉，欠人大情啦。

这画，跟田大平有关系？

有关系。可和大平，倒没啥欠不欠的，好哥们。是大平搭的桥。

我知道了，田大平认识画画的朱颜，你是欠了朱颜的情。

严格地说也不是朱颜。一个市文联的末流画家，我欠她什么。是欠今晚打算招待咱的人。

今晚？不田大平吗？

唉，要大平留我我就推了，他可不像老孔大哥。是他引见的张钢的头头。欠人家吗，不能不识抬举。认识了，以后说不上什么时候就该讨债了。

哦，是给咱掏房钱的郭总吧？

可不——哎王法，你说野蛮世界和文明世界的区别是什么？

这——区别多了也大了，你指的……

我倒觉得，区别很少，也小。蔡猛抽烟，诡异地笑。这是我刚才琢磨小岳写的稿子时总结出来的。野蛮世界呢，是强者欺负弱者，文明世界呢，是在这基础上，再加上个骗子糊弄傻子。

嘿嘿，挺精辟……王法减缓车速打量路牌。

晚上大平也好，郭总也好，应该不能提画的事，要提呢，咱俩口径一致，都说是你喜欢朱颜的荷花你想买它，那三万块钱是你出的。他们不会信，也不用他们信，就个说法。蔡猛缓口气，继续说。这里边有这么个事。雪娟她哥的孩子，今年在这边毕业，考进了张钢集团，成绩还不错。可你知道，成绩好不好屁用没有，去年你还考第一呢，不照样挨刷。考企业比考公务员容易，可也更黑。为防备不测，也是雪娟闹的，也是还想让那孩子留在机关别下基层，上个月，我就让大平帮说了句话。大平光说话肯定好使，可我不想欠人家情，我不想欠大平，也不能让大平欠郭总的，就说有朋友喜欢朱颜的荷花，要出三万买——朱颜是郭总情人，比老婆还老婆，张集人民都心里有数。本来朱颜钱已经收了，这一轮人情也算走完了。可郭总鬼呀，招完雪娟的侄子，就让人套他的话，那傻逼孩子就把我是他姑父露了出去。没过几天，郭总带两个兄弟缠着大平玩半宿麻将，正好输他三万块钱，然后，就今天上午忽然联系大平，说听说我来张集开会，托大平搭桥认识一下。这是整个背景，你知道一下就行，估计他们不能提啥，连那孩子的事都不可能提，但万一提了，需要你插嘴，你得知道怎么应对。

我懂蔡哥。王法冲着十字路口对面说。富豪酒店到了。

陪王法吃完饭，田大平就匆匆走了。走前再三致歉，说本以为下午忙完能闲下来，可晚上临时又有小会，还得走。但再晚些时候，争取过来陪他们宵夜。王法并不希望田大平陪他，毕竟不熟没什么说的，又怕说时，涉及朱颜的荷花。对王法来说，与所有人一样，说点假话不是问题，言不由衷并不困难；但说明显的假话，瞪着眼睛说假话，面不改色心不跳地说那种指鹿为马的假话，他仍然有心理障碍。他还稚嫩。晚饭他们吃四十分钟，田大平没提朱颜的荷花。

回房间后，冲个澡，王法萎到床上看电视，同时与小凤互发短信。小凤正在爸妈家吃饭，他们的短信就没太频，王法也就没开玩笑，告诉她他正看她的崇拜偶像。电视里，那个染黄了头发的女主持人，正和个男嘉宾打情骂俏。黄发女主持人多才多艺，小凤是她的忠诚饭厮，有她的节目，不论重播几遍或何时重播，小凤都守在电视机前。女主持人穿件结构复杂的曳地长裙，胸口的交叉点降得很低，都快抵达肚脐眼了，但乳房仍没显露出来。她乳房小，还过分偏向胸肋的两侧。小凤与她两种类型，单比乳房，就能大她四到五倍，那种鸭梨的造型特别漂亮，好像经过填充修饰。没填充也没修饰过。王法不解，小凤为什么会喜欢她。通过小凤，王法对她的生活细节也多有了解：她养狗，独身，做瑜伽，听蓝调，喜欢多毛男人，每天睡眠十小时以上。小凤的崇拜偶像不吸引王法，看她顶多七八分钟，王法就侧歪着身子睡了过去。还有梦。梦中他在升堂办公，接受百姓络绎的朝拜，他身后墙上，本该悬挂"明镜高悬"的地方，挂着他被放大了的工作证，大小如同那幅朱颜的荷花。忽然，小凤的爸妈从朝拜人群里凸显出来，也欲给他下跪叩头。他有些惶惑，更觉得羞愧，嘴里交替喊着叔叔阿姨爸爸妈妈，想阻止他们……这时，有叮咚的门铃声叫醒了他。他稀里糊涂地下地开门，把一个有点凶悍的陌生男子迎了进来。那人比他大不了几岁，不可能是小凤的爸爸，更不能是她妈。陌生男子外表凶悍，张嘴说话倒和气谦卑，说你好是省里来的王法吧？王法警觉地问谁怎么了有什么事，还下意识地回一下头，瞟一眼关着门的套间里屋。留给蔡猛住的里屋与他住的外屋没大区别，也是双人床对着电视机，卫生间挨着贮物柜，沙发茶几写字桌皮转椅，都规规矩矩地各就各位。但是，里屋贮物柜底格的大抽屉里，多了一幅朱颜的荷花，它是王法警觉的根源。好在王法很快看出来了，面前的陌生人不是盗贼劫匪，此番上门，与朱颜的荷花也没有关系。我是郭总司机，陌生人说，接你去天净浴都。你没收到蔡主任短信？王法忙看手机，有两条未读短信，一条是张集旅游部门欢迎他的骚扰短信，一条是蔡猛告诉他郭总司机将来接他的短信。同时王法还看一眼时间：差九分九点。王法连说抱歉抱歉，说我睡得太死了。凶悍司机温柔地说，开长途乏呀。

　　天净浴都距富豪很近，走过去也顶多十分八分。王法是被凶悍司机开白色悍马送过去的，用时九分钟。他走进 VIP 区一间小包房时，见蔡猛和个年龄略大些的男人正聊得火热，好像老友多年未见。他们不是老友，是新朋，坐蔡猛对面的正是郭总。两人显然都喝过了。不是一起在这里喝的，是在不同的酒局上分别喝的。此时包房桌上，只有茶水水果和烟缸与烟。两人都说，本来就没量，又喝了不少，但现在与蔡主任／郭总相见恨晚，舍命也得再喝点呀。蔡猛倒也表达了另外的意思，说以茶代酒。可郭总说那哪行，我够不戏外了，但在这澡堂子对付也不能没酒呀。郭总说，田秘书是我兄弟，你和田秘书是铁哥们，那大哥高攀，以后你就也兄弟了。大哥大哥——蔡猛拱手，像影视剧里的江湖中人。

郭总真实呀，蔡猛对王法说，和你们搞企业的打交道就是痛快，他又转回去对郭总说。

我们简单，事情简单头脑也简单，郭总也看王法，然后看回到蔡猛脸上，不像你们搞宏观决策的，上上下下千头万绪。

两人说话，字词句里全是酒精。但王法觉得，那酒精并非渗入字词句的，而是被故意掺进字词句的。王法假装相信他们真喝多了，一个劲劝他们多喝茶水。凶悍司机送完王法，与郭总低语两句就没影了。

菜上来了，六个，海参鲍鱼之外，是拼凉盘和拌青菜，量都不大也都清淡，还好吃。小瓶啤酒上了两件，十二瓶。

哪喝得了这么多，退一件郭大哥。蔡猛叫。

小王多喝。郭总不断劝王法酒，像王法不断给他们续茶。我知道晚上小王的饭是对付的，才喝一瓶。我也是替田秘书陪小王呀。

喝到差不多十点半时，两件酒下得差不多了。王法没少喝，蔡猛郭总同样没少喝，两人的确挺对脾气。郭总又想起田大平了，说大平不够意思，怎么就不过来了呢，蔡猛也说对呀大平这么忙呀，那不等他就散了吧。郭总说不行找他！操起手机就往外打。大概对方掐了他电话，他说这大平——话没落音，田大平的短信进了他手机。开会呢！郭总念。两三分钟后，田大平又补来一条略长的短信。短会变长，我过不去了。代我向蔡王致歉，也早点让他们回去休息。不用回。这第二条短信，郭总念两遍，然后两眼茫然呆看蔡猛。这田秘书不来，不来……他叨叨咕咕，像个平常天不怕地不怕的半大孩子，一遇到事却没了主意。

他有主意。他的主意一半遮半掩地拿上桌面，蔡猛就明白了他什么意思。蔡猛坚决反对，出示各种理由，但郭总只用一条理由，就击退了蔡猛的众多理由：你跟我外道兄弟，你跟大哥玩虚的兄弟！

王法顶多滞后五七秒钟，就也明白郭总的主意啥意思了。反刍蔡猛的理由和把蔡猛的理由逼得节节败退的郭总的理由，他脑筋转得比飞还快。没用，他无法替蔡猛反击郭总找到新的理由。或者说，他也能找到一条新理由，那理由还比其他理由更直达根本。可他没想好，那个在他看来最有力量的理由，在郭总看来，甚至在蔡猛看来，是否就不算个正当的理由：我阳痿。

不论是否正当，他的理由都没机会说了。郭总按一下手机，就把凶悍司机叫到了身边，用暗语或切口般简洁的词汇，三言两语发布了指令。蔡猛肯定熟悉那些暗语切口，望着郭总的嘴，像个能预见到大势已去的败军之将，做好了投降的一切准备。他自斟自饮磨磨叽叽：操郭总你这老大哥……又搂着王法肩膀，满脸为难地安抚解释：放松点兄弟！没办法呀，底下的同志就这么热情，过分拒绝，他们伤心……就速战速决拉倒吧。

王法是怎么被人送进一间小浴室的，他记不清了。他只记得，离开喝酒的小包房后，他上了几级台阶或下了几级，就被一团水雾给吞噬了。一只大号浴盆里泡沫如荷花，旁边高挑的花洒中涓流如藕丝，还有宽阔的镜子和宽阔的床，还有电视，还有电视里的男女——电视音量开得不大，那种肌肤的撞击声和喉咙里的喘息声以及背景音乐声，都隐隐约约似有若无。小凤从某种似有若无中滑脱出来，像条觅食的蟒蛇迫切却轻巧，她的体态健美丰腴，她双手的指法灵动活泼，还没等王法耐不住室内的熏热，她就为他剥光了衣裳。他衣裳被小凤剥光，小凤也才一丝不挂的，他在这个别人往往眩晕的时刻，忽然之间恢复了意识，一种深刻的精神满足，在肉体的满足中升华出来。他想对小凤说谢谢，说爱，说他体会到了从未有过的快乐和幸福，说他会终生忠实于她……当然他也很想问她一句：亲爱的，你为什么不再誓死捍卫你的处女身了，是你爸妈接纳了我吗？是这时候，小浴室的门忽然开了，三个男人冲了进来，两个举枪，一个举照相机，说别动警察手抱头上！他们身上没穿警服，也没提供身份证明。王法没请他们证明身份，他说服自己相信他们的理由是，他们有枪。在中国，私人很难拥有枪支，一般有枪的都是警察，或者军人。在王法的经验里，警察和军人是同一伙人。他们翻看王法的枕头，和挂着的衣服，在确认他没有反抗的武器及可能性后，允许小凤先穿衣服——这时王法蓦然发现，那穿上衣服的小凤竟不是小凤，还与小凤一点都不像。他惊讶！他也慌乱、恐惧、羞愧、内疚、困惑、自责、委屈、绝望……但他的惊讶超过了一切。他想指责假小凤，可指责什么，他一时又没太想好。警察能想好该指责什么，就指责了。是指责他什么，不是指责假小凤。但他太希望能找到假小凤身上的可指责之处了，就有点溜号，就没听清警察对他都指责了什么，唯一的印象，是警察出示过一张复印的通缉令，上边有张模糊的照片，以及几行模糊的文字。通缉令上的男人并不像他，文字也与他全不搭界，只是名字，那被通缉者名字的字形，与他的名字近于孪生：王沄。警察的指责里，包括问他叫什么名字。王法，他说。警察笑了，声音洪亮，估计隔壁的蔡猛与再隔壁的郭总都听得到，如果他们错把这笑声当成王法的笑声，一定会以为，王法这屋电视里播的是周星驰电影，或赵本山小品，或某级政府发言人就某个突发事件的答记者问。警察是在笑的同时，把通缉令给他扔床上的，然后止住笑，收回通缉令，以强调的语气说：狡猾的王沄哪，别王法了，你去富豪一登记，我们就猜到你是谁了。穿上衣服，跟我们走！

后边

后边没人跟踪。通过观察室外倒车镜和室内后视镜，通过回头扫视笔直的马路以及周边，通过感觉，王法和蔡猛都这么认为。但都没因此就松一口气，一小口也没松。此时是清晨，太阳已弹跳出淡淡的云层，把耀眼的金辉收拢起来，天光白亮，能见度好，除了晨练者零零星星，街上车人都很稀少。

黑奥迪的行进便如同逃逸。它由蔡猛驾驶。本来王法已发动了车，正系安全带时，蔡猛忽然说，你下来我开。王法说不用我开行。蔡猛说我开吧。口气中的不耐烦特别明显，同时已经开后门下车。王法扭头看蔡猛，蔡猛不看他，拒绝与他对视目光。王法不敢再说什么，下车后，想开副驾驶门回到车里，犹豫一下也没敢，怯怯地开了后边车门。不是刚才蔡猛开关过的那个后门。蔡猛说你在后边睡一会吧，一宿基本没合眼。声音缓和不少。王法赶紧说不困，还双手扒住副驾驶椅背，往前拱身子，意思好像是发出请求：蔡哥我坐前边陪陪你吧。蔡猛没理睬他隐晦的请求，不再说话，像新手一样，僵硬着姿势握方向盘，网游似的全神贯注。黑奥迪很快驶离了市区中心，道路两侧，一片片刚竣工和未竣工的住宅楼摩肩接踵，表征着城市的扩张热情。但它们高矮胖瘦都差不多，灰头土脸少有区别，让人看去，提不起兴致只感觉麻木。睡意渐渐笼罩了王法。与睡意挣扎时，他提醒自己绝不能睡，千万别把睡意传染给蔡猛，蔡猛也可能一宿没合眼，他若瞌睡就麻烦了。他想建议蔡猛停车，哪怕趴方向盘上眯几分钟。还是没敢。他的蒙眬睡意，是被突如其来的急刹车驱赶走的。他睁开眼睛忙看周边，看蔡猛，看车。一切都正常得不值得看。周边没人没车什么都没有，蔡猛仍然瞪着眼睛，继续像专注于网络游戏，而车，还是辆九成新的奥迪A6，黑色。他想问蔡猛出什么事了，仍然没敢。恰好车又跑了起来，不用他壮着胆子提问题了。他精神了，也打游戏那样盯着车外。车外的景致依然单调，只是那些刚竣工和未竣工的住宅楼房，变成村落和庄稼地了。忽然，咔地一声车又停了，稳稳趴在道路中央，然后它像人处于非机器状态那样思虑片刻，拱一下身子继续前行。此后它就交替着快速前行与骤然刹车，停完开，开后停，像个正在戒烟的老烟鬼，拿不定主意应该掐灭还是抽完手里那根点燃的香烟。我不行王法！最后，在一个柏油路与泥土道交接的地方，蔡猛又踩了刹车并大声喊。闹心！你来开吧。

正在这时，蔡猛手机响了。蔡猛看一眼来电显示，没按接听键，把头仰起闭上了眼睛，脸上的表情似笑似哭。振铃的声音绵延不断，停一下后，又响起来。你接，蔡猛把手机交给王法，田大平的，就说我他妈不跟他说话。

王法接过手机迟疑一下，按接听键。田大哥呀，蔡主任开车呢，手机还放震动了……哦没事也不饿，早点走道上清静……那一会让他给你打吧，这里修道，路况不好。他还说呢，一会走完这段破路，再跟你和郭总道别——那好你说我转告他……下边王法一路哦哦，直到放下电话。

此前，夜里，在天净浴都附近一家派出所，两个警察像因为无聊而寻开心那样，就王沄这个名字与王法纠缠。半分钟就能解释清楚的问题，王法解释了半个小时，仍然不能说服他们。他们坚信他就是被通缉的王沄，那种固执特别冷硬，如同他们一直在手里摆弄的手铐。幸好半小时后，又进来一个警察，他几乎没对前两个警察做出解释，就对王法说误会了，又带他出来，让他重新钻进那辆把他从天净浴都拉过来的警车。与来时不同，这回车里多了蔡猛。警车把他们送回富豪酒店，一进已经幽暗如洞穴的阴森大堂，就见田大平和郭总在等他们。回套间房后，田郭一个劲向蔡王致歉，说受惊了，说没安排好，说是场误会，现在没事了，他们已跟上边打了招呼，摆平了那几个神经过敏的警察……蔡猛说好哇好哇不说它了，哈欠连天没精打采。话也只能说到这里。田郭告辞，说早上八点会再过来，一块吃早餐。蔡猛说不用，他们说一定。都好像是自说自话。田郭走后蔡猛关灯，似乎困得抗不住了。王法在自己床上躺十秒钟，又下地，站到里间屋门口吭吭叽叽：蔡哥，听我说几句你再睡吧……蔡猛没吭声，王法坚持说，没忍住还用了哭腔：蔡哥蔡哥都是我不好都怨我这倒霉的名字牵连了大家……蔡猛翻身开灯，打断了他，说王法呀，这你也信？王法没明白蔡猛指的什么，愣住了。警察找麻烦还告诉你理由？哼，欲盖弥彰呀，那通缉令只是他们演出的道具，跟你没有半毛钱关系。蔡猛点烟。他们肯定有别的目的，只是我没想好，是谁指使他们又为了什么。王法无语，继而恍然，对呀蔡哥，你这一分析，我还真觉得他们不大对头……那赶紧提醒田大平郭总吧。蔡猛起身去卫生间撒尿，像女人那样坐坐便器上。你以为他们真信警察的解释？他们可比猴子还奸呢。唉，说不定啊，设这个局的就是他们。他们？蔡哥——王法吓得哆嗦起来。他也想坐下，可他身下没坐便器。郭总你刚认识，不了解，可田大平，你铁哥们呀。是呀，铁哥们，蔡猛回床上又关了灯，如果他不能给我个合理解释，那这铁哥们就是过去式了。好了睡吧，你不用内疚。

王法对蔡猛说，田大平这个铁哥们应该不是过去式。这时他已坐到了司机的位置。他扭身转达田大平电话，没能拿捏好声调表情。他查清楚了，警察的目标不是咱们，是他，是针对他近期的升迁可能。王法想为解脱高兴，又想为田大平表示点忧虑。警察的后台，知道昨晚他要和郭总一块招待朋友，也了解郭总有什么嗜好，就想抓他嫖娼的把柄。可具体执行任务的警察觉得，最近上边没布置扫黄，在非扫黄时段抓嫖，反倒容易让人起疑，正好他们看到了我在富豪登记的名字，就即兴地，利用了一张确实存在的通缉令，想造成一种假象，是抓逃犯时撞上田大平的。好在他们扑了个空。王法坐正身子，让黑奥迪喜滋滋地跑了起来。田大哥运气好，躲过了他们射来的暗箭。

但愿如此吧。蔡猛嘟囔一句，像松弛了一些又像更紧张了，但语气里，似乎有了对刚才没接田大平电话生出的歉意。

你是不是应该，王法试探着建议，给他俩打电话道个别呀？

蔡猛含糊地回了句什么，声音也不大，王法就没听清他回的是"行呀"还是"不用"，而没听清的原因，还包括蔡猛手机的短信提示音响了一下，声音又挺大，与他喉咙里的声音重合在一起，使他的"行呀"或"不用"更加模糊。

操！蔡猛大叫，吓王法一跳，几乎下意识地踩了刹车。盈盈怎么了？知道我们的事儿生气了？不会吧！她坐大客往回走了，让我们不用回尚德接她。

这——前边就尚德，马上到了。王法深深地踩一脚油门。让她下车等，十多分钟我们就过去。

蔡猛唔一声想按电话，但没按。你说，现在让盈盈坐回车上，咱俩是不挺别扭的？他无意征询王法看法，只是自己与自己商量。她又不笨，看出咱心里有鬼就麻烦了。他大声叹气。王法不知说什么好，让车速逐渐减慢下来。你停道边，我打电话，别让她感觉到咱车在跑。蔡猛做出指示，然后调息运气举起了手机。怎么回事你着急走呀？让你赶紧回去领新任务？陆洋的采访算完事儿啦？什么什么不采了？不让发了不用写了？为什么——哪一级上边？说这是重磅炸弹的是他们，逼你搭那么多时间精力做前期准备的是他们，恨不得把深度报道奖提前颁给你的也是他们，可最后……好好回去说我不生气。那你小声告诉我怎么判的算谋杀没。哦八年……职务侵占和行贿……好嘛，但我敢打赌，这回绝不是有人保她，她没那么大靠山，她就是命好，天保佑她。对对，要不她这事儿往大了整，所有的人都没有面子……挺好挺好，你采访她对她有好感，王法把她当崇拜偶像，那你俩就替她高兴吧，我可是，觉得悲哀……好好不说。我和王法都坐车里了，马上出发……那好吧，你要不想下车再等俩小时，我们也就不走尚德了，直接回去，回去见。唔，拜拜。

说完电话，原本直着腰板的蔡猛一点点瘫软，几乎是趴在后座上点了支烟。走吧，他有气无力地说，往后退退绕着点走，别半路碰上盈盈的大客。王法没发动车，回身看蔡猛，他不明白蔡猛何以还这么沮丧。蔡哥，他轻声说，咱们的事儿盈盈不可能知道。

他还想加一句，小凤更没知道的可能。没加。见蔡猛专心抽烟好像没听他，他才又坐正身子放下手刹，调头重走刚才的来路。

谁想搞他，大平说了吗？忽然，蔡猛在后边问了一句，同时把车窗玻璃按下来一点。晨风微凉，呼呼作响，似乎把车速都拉慢了。

他——说没确定，争取一两天调查清楚。

如果这样，盈盈就还有知道的可能。

为什么？

谁能证明，警察的目标不是我的升迁，他们的后台不为搞我？

并没有障碍物硌到轮胎，但车还是颠簸或者摇晃了一下，且比较剧烈。是王法打的大大的寒战，引发了车的颠簸摇晃。蔡猛的话，重让王法坠入深渊。他没法不想到，那个警察后台陷害的对象，也可能是他，其目的，是夺走他手中尚未攥牢的公务员名额……随着咔的一声尖叫，像刚才蔡猛开车时那样，王法也没来由地踩死了刹车。车身明显地横了出去。

怎么了王法？蔡猛大叫。

蔡哥——王法失声哭了起来，颤抖着手指指点前边。他们前边，已经又是张集方向。那幅，那幅朱颜的荷花还在贮物柜里，我忘拿了！

西哈努克亲王

最早养成写日记的习惯，是因为我成了一个总挨欺负的受气包。

　　以前在学校，我很受宠：一来因为我作文写得好；再一个，跟爸爸妈妈也有关系。其实，爸爸妈妈并不是什么大人物，只是我们一四一四工厂子弟学校中学部那边的普通老师。但不知为什么，不光在学校，即使在整个一四一四工厂，他们也可以称得上大名鼎鼎。当时，在拥有数万名职工的一四一四工厂里，被押赴盘锦劳改农场的人员不足二十，且多是总厂分厂的厂长书记总工程师总会计师之类的走资派人物，里边却有爸爸妈妈，这足见他们何等的与众不同。当然了，爸爸妈妈是被厂里最后一批押送盘锦劳改农场的，所犯的错误，是给毛主席写信，比那些最早被押送盘锦的走资派们晚了两年。而我在班级里，由一个受宠的学生变成一个挨欺负的学生，就开始于爸爸妈妈被押走以后。那时候，班主任老师撤了我班级学习委员的职务，在沈阳，只剩下姥姥与我相依为命。

刚开始时，有同学敢欺负我我很惊讶。这在以前是没有的事儿。我就反抗，而且可以说，我的反抗卓有成效。因为打架斗殴动蛮耍横，除了力气，也需要智慧。我认为我的智慧不逊别人。可在我们那种子弟学校，家长的状况在很大程度上能够决定子女的状况，就如同爸爸妈妈声名显赫时，我也可以趾高气扬。可现在不行了，我的爸妈入了另册，而别人的爸妈还是工人干部，这样，在我与其他同学的纠纷争斗中，老师的介入便对我十分不利。我渐渐成了别的同学的手下败将。但我并不是天生的懦夫，我既有志气也有心计，当我意识到眼下我无法取胜别人时，我就发誓，我决不能白挨欺负。我想，我要把每个人对我的欺负都记录下来，有朝一日，得向他们讨还血债。

爸爸妈妈离开沈阳时，曾送我几个塑料皮上印有"最高指示"的笔记本留作纪念。他们说，把发生在你身上的事情都记录下来，将来就会是一笔宝贵财富。当时我虽然年纪还小，可也明白，爸爸妈妈说的宝贵财富，并没有什么特别的所指。那就好比，他们在嘱咐我好好学习、听姥姥话一样，只不过是一种出之于良好心愿的空洞说法。所以，好长时间过去以后，那几个笔记本还是新崭崭的。但屡挨欺负这件事的存在，让我找到了一个使用笔记本的理由，借助了这么一个并不堂皇的理由，我自然而然地，就把屈辱、仇恨、希望、反抗与积攒宝贵财富的写日记这码事儿联系在了一起。就这么着，从十一岁出头的某一天开始，一直到现在，写日记就像吃饭和睡觉一样，成了我生活中一件不可或缺的重要事情。

那时候，我是一个细高的男孩儿，文静内向，脆弱敏感。在爸爸妈妈留给我笔记本之前，也就是在我开始屡挨欺负之前，我那些简略的经历，在我的大脑里边是一片空白。比如说，你现在问我，你对你上学那年（七岁）有什么印象，你对你背诵唐诗宋词突破五十首大关那年（八岁）有什么印象，你对你在语文、算术、常识、政治这四科的考试中总共拿了四百分那年（九岁）有什么印象，我必须如实承认，我毫无印象。后来在技工学校读书，麻民生让我放弃南燕时曾说，我五岁就和南燕亲过嘴了。我无言以对。我能记得的，只是到十一岁了，我只要一和女孩子说话就会脸红。我的意思是，由于我的记忆能力发育迟缓，我便无法对我少年时代肯定也曾有过的如花岁月进行幸福的回望；我只知道，当记忆这种能力姗姗来迟地降临到我身上时，我已经成了一株被污辱与被损害的伶仃幼苗。

今天早上，老师抱了一大堆红领巾来到教室，说从今天开始，大家就得把红小兵袖标换成红领巾了。老师一共发下来四十八条红领巾，只有我和刘仁义没有。我知道我为什么没有，我也知道刘仁义为什么没有。刘仁义是个别生，打架大王。下课以后，赵小兵过来打了我一个嘴巴子，他说我给全排丢脸了。可他不敢打刘仁义说刘仁义给全排丢脸。他这是第几次打我我记不住了，但从今天开始，他每打我一次我都要给他记成两次。以后，我要加倍地向他报复。

抄在上面的，是我十一岁时写下的第一篇日记。在事隔多年后的现在我把它默写出来，再去与原文对照，我发现几乎没有出入。对此我想说明的是，虽然我的记忆能力出现较晚，但一经获得，就超乎常人。并且我还记得，在我写下了第一篇日记的几天以后，我们到烈士陵园去扫墓时，整个班级里有四十八个戴着红领巾的同学举手宣誓，只有我和刘仁义在一旁垂手而立；我记得，从烈士陵园回来的当天晚上，总是和中学里那些大孩子待在一起的刘仁义忽然出现在了我的家里，这个也曾欺负过我的小流氓一本正经地对我说，以后别人再欺负你，只要你吱声，我就会帮你。另外，赵小兵是我所在排（班级）的排长，身子比我粗，劲头比我大，但个子没我高。还有，赵小兵刘仁义都比我大两岁，比班级里的大部分同学也要大一岁。在班级里，我虽然个子最高，可年龄最小。

现在想来，我记下的第一篇日记，就像为我的那一段生活定下了基调。此后差不多有半年多时间，在我的日记本里，记录的总是相同的内容。

李刚借去了我的铅笔，我管他要，他不还我。不仅骂我，还要打我。我要不是为了给姥姥省心，我就打他，我肯定能打过他的。

杜向东让我陪他去商店偷鸡蛋，我说我不会偷，他说不用我偷，在一旁帮他拿着就行。其实我是不想去偷，可我不敢说。我不是怕瘦小枯干的杜向东，我是怕从来都向着杜向东的刘仁义。我站在卖肉的柜台前，杜向东站在卖鸡蛋的柜台前。他把毛衣的袖子拉得很长，在鸡蛋堆上一放，就一手拿了一个鸡蛋，没人能看到他握在毛衣袖子里边的手里有鸡蛋。然后他来到我身边，把鸡蛋装进我的书包，就再回到卖鸡蛋的柜台前去偷鸡蛋。他一共偷了八个鸡蛋，一个也没给我。

张国安让我管他叫爸，我不叫，他就找来张志发和张强一起打我，他们说他们姓张的都是一家。我鼻子流血了，可我就是不管他们叫爸，我宁可让他们打死。他们怕把我打死，后来不打了。我早晚会向他们报仇的，我要让他们管我叫爸。

……

那时候，在班级里，当然也有几个同学与我要好。但他们对我挨欺负却无能为力，他们也不讨老师的喜欢。他们只能在背后给我安慰，陪我设想打败赵小兵他们的种种可能。他们是王富贵、朱小杰、应雄和阎力。

有一天，我回头翻看写下的日记，哭了起来。姥姥问我为什么哭，我说我想爸爸妈妈。姥姥不认识字，她摸着我的日记本说，那你就好好写吧，把你怎么想爸爸妈妈的都写出来，到时候他们回来了一看，他们会夸你是一个好孩子的。听了姥姥的话，我哭得更厉害了。其实我所哭的，就是我在日记里记下来的那些东西。我想的是，也许有一天，爸爸妈妈会看我日记，可是这一对任什么事情都不甘人后的要强的父母，一旦看到，那个被他们寄予了无限期望的宝贝儿子原来是这样一个备受凌辱惨遭折磨的窝囊废、受气包、倒霉蛋，他们一定会非常伤心非常难过的。

于是，那一天我哭过以后，就工工整整地，把一段毛主席语录抄到了日记本上："人不犯我，我不犯人；人若犯我，我必犯人。"然后，我又写下了一些要以血还血以牙还牙之类的话。

我和赵小兵打架，是在柬埔寨国家元首诺罗敦·西哈努克亲王来沈阳访问的一周以后，是在我和刘仁义戴上了红领巾的八天以后。

我和刘仁义能戴上红领巾，得感谢西哈努克亲王。

那一天，西哈努克亲王一行十人要来沈阳访问，市里指示，全市的小学高年级生，都要参加在当时沈阳市区主干道的南京街黄河大街上夹道欢迎柬埔寨贵宾的外事活动。西哈努克亲王到来的前一天下午，老师说不是少先队员参加外事活动会给中国的少年儿童抹黑，就给我和刘仁义一人发了一条崭新的红领巾。当然了，在把红领巾交给我俩之前，老师分别和我俩谈了番话。在与我谈话时，老师说像我这种家庭背景的学生能参与执行外事任务，是组织上给了我一个重在政治表现的宝贵机会。我们一四一四工厂，是个生产大炮坦克装甲车的军工厂，位于沈阳北郊的野台子地区。平常逢上节假日时，哪个同学能被家长带到市区中心去走走看看，都可以成为班级里连续几天的热门话题。我已经好久好久没去过市里了，况且，我现在还成了个能参加外事活动的少先队员，所以，我多么兴奋可想而知。结果，西哈努克亲王到来的那天早晨，我连半碗稀粥都没喝完，就连跑带颠地出了家门。

我们的欢迎地点在黄河大街北端，柬埔寨贵宾下榻的友谊宾馆附近。进入指定地点以后，我能看到，宽阔的黄河大街平坦笔直，放眼望去，真像一条缓流的大河。在街道的两侧，人山人海，欢声雷动，比庆祝毛主席又发表了什么最新指示还要热闹。那些与我年龄相仿的小学高年级的少先队员们，全都身穿白衫蓝裤花裙子，手举鲜花气球彩纸旗，分别在自己学校老师的统一号令下，一遍遍地手舞足蹈，有节奏地连声高喊："欢——迎——欢迎！""欢——迎——欢迎！"这个时候，我对西哈努克亲王充满了感激。如果没有他，我何时能戴上红领巾还是个未知数不说，就是这样的场面，我也难以见到呀。我这时只恨自己在政治课上没能好好听老师讲柬埔寨的事，什么柬埔寨民族统一阵线呀，什么朗诺-施里玛达集团呀，我怪我知道得太少。幸好我大体还能分得清谁好谁坏。

"富贵，"我激动地对身边的王富贵说，"我认为，西哈努克亲王领导的柬埔寨民族统一阵线，一定能早日打败有美帝支持的朗诺－施里玛达集团。"

"我认为也能。"王富贵点点头，然后，又讨好地捂住我耳朵说，"我还认为，你也一定能早日打败有老师支持的赵小兵他们。"我俩相视着大笑起来。老师和赵小兵都忘了过来干涉我们。

时间在我们身边一点点溜走。我们是六点半钟到学校集合的，八点钟进入指定地点，九点钟开始实战训练。也就是说，不管西哈努克一行乘坐的汽车是否出现，从九点钟开始，每隔十五分钟，我们就要挥舞着双手跳动着双脚连喊五遍"欢——迎——欢迎"。这样直到下午三点钟，即我们在黄河大街两侧的马路牙子上站了七个小时之后，（据说）一长溜黑色轿车才终于由南向北地疾驶而来。当时我大概是过分激动了，当然也是又饿又累。听到老师在前边用半导体喇叭喊车队来了请大家做好准备时，我刚想随着震耳欲聋的欢叫声往马路中间看上一眼，不料忽然身子一虚，嗓子一哑，两腿一软，一下子，竟昏倒在了同学们脚下。就这样，我虽然亲自参加了一次光荣的外事活动，可对整个活动的实质部分，我却一无所知。直到事后，王富贵他们来我家看我，七嘴八舌地互相补充着给我讲述了他们看到的一切，我才通过想象，写下了一则虚构的日记：红旗牌轿车有多大多快，莫尼克公主有多年轻多漂亮，西哈努克亲王怎样双手合十地点头微笑，宾努亲王又是如何歪着脖子招手致意……

这，就是我和赵小兵打架起因的一个重要部分。

在这之后，语文课上，结合一篇名为《长大要当保尔·柯察金那样的人》的课文，老师给我们布置了作文作业：《长大要当……那样的人》。我说过，我作文一向写得很好，但那时我自己也不知好在哪里。现在想来，完全符合老师的要求，一定是非常重要的一条。我首先认真地分析了题目。我认为，《长大要当……那样的人》中的"……"，绝不是一个简单的指代。要知道，在课文中，是保尔·柯察金占据了"……"这么个重要位置。而保尔·柯察金，他不仅是个在中国深受欢迎的外国人，而且他还有一个显著的特点，那就是在他的两截名字中间，有着一个神秘的黑点。那时候，我对用一个黑点来结构人名这种怪异的方式充满好奇，所以我想，在我的作文中，只有把"……"也换成一个名字中间带黑点的外国人，才会更加符合老师的要求。可是那会儿，我知道的外国名字实在有限，值得让我长大要当的，就更是屈指可数了。金日成、胡志明、白求恩、史沫特莱……数来数去只有这么寥寥几个。并且麻烦的是，金日成胡志明还是属于那种不需要在中间加黑点的外国名字，而白求恩史沫特莱这样的名字，虽然中间应该连着个黑点，可在黑点左边或右边的另一半名字都是什么，我却从来也没搞清楚。没有办法，在这样一种情况之下，我只能顺手牵羊地，把我刚刚结识的著名外国人诺罗敦·西哈努克写进了作文。

尽管我连西哈努克的车队都没见到，但我作文写得好，自然也包括了我有丰富的知识面和充沛的想象力。我断定别的同学写作文时，即使让他们去和外国人一块待上几天，即所谓体验生活，他们也是写不好那种名字中间带黑点的外国人的。把没有亲身经历过的事情写进作文，还能够写好，这样的本事唯独我有。果然，在班主任老师公开讲评作文时，别的同学写的全是长大要当雷锋叔叔那样的人，王杰叔叔那样的人，黄继光叔叔那样的人，邱少云叔叔那样的人……只有别出心裁的我，写的是《长大要当诺罗敦·西哈努克那样的人》。

讲评课上，老师简单地说了说其他同学作文的优劣短长，就让我一个人站了起来。

"你把你这篇作文念一下。"老师说话时并不看我，她只看墙角那只结网的蜘蛛。

听着老师那平静的声音，我的自豪浮到了脸上。在我那些挨欺负受侮辱的日子里，把我的作文作为范文向同学们宣读，是我最为荣耀的时刻。

"……受到尊敬和爱戴，当一个诺罗敦·西哈努克那样的人。"

我饱含情感地念完作文，想要坐下。可老师勾了勾手指，示意我继续站在原地。

"刚才他念的，人家都听清楚了吗？"老师在地上慢慢踱步，谁也不看地问了一句。有几个同学说听清楚了。可老师并不理睬他们，而是忽然盯住了我的眼睛"你要当西哈努克亲王那样的人？哼，也不想想，你配吗！"老师猛地停下脚步，抬高了声音。"不用往政治上上纲上线，至少，你写的是一篇寡廉鲜耻贼胆包天的坏作文！……不要狡辩，你回去写一篇检查。赵小兵，"老师扭头对幸灾乐祸的赵小兵说，"明天早自习时你主持一下，让他在全排同学面前做出深刻的检查。"

我惊呆了，连班级里的大部分同学都感到愕然。一段时间以来，我可以在任何事情上受到攻击、责难、批评，可因为作文，这还是第一次。而作文，它可是到目前为止，支撑着我全部信心的唯一一根精神支柱啊！

第二天早自习时，赵小兵把我拉到教室前头。我的检查自然没写，我不知道我错在哪里。赵小兵肯定正盼着我没写检查呢，这样，他就有了羞辱我的理由。他站在我身旁，用一只手托住我的下巴，拇指和食指死死地钳住我两颊的腮骨，使我的脸孔别扭地仰着。"大伙看看，看看，"赵小兵笑嘻嘻地指手画脚，"就这模样，还要当努克呢……"我这时没有更多地去留意底下同学的起哄嘲笑，我这时只是觉得，整张脸都被赵小兵掐得又酸又疼，太难受了。我想挣开赵小兵的手，可挣不开，他的手就像一把老虎钳子。我斜过眼睛，能够看到，矮我半头的赵小兵站在我左侧，与我并排面对着下面的同学。他的右手横穿过我前胸，托着我下巴；左手则在他自己的脸前舞来舞去，像打拍子一样。我把垂着的双手都攥成了拳头，然后松开左手。我提神运气，把左手突然侧伸出去，死死抓住了赵小兵的左手。与此同时，我的右拳抡了起来，带着累积已久的羞耻与仇恨，结结实实地打在了赵小兵脸上。赵小兵对我的突然出手猝不及防，或者说他对我在忍辱负重

214

半年多以后还会突然反击没有思想准备。他"啊呀"一声，抱住了脑袋，趔趔趄趄地向后退去，完全失去了招架的能力。我学过毛主席的游击战术，我懂得什么叫出其不意攻其不备。我不给赵小兵留有喘息的余地，我手脚并用，穷追猛打。

本来，我是有可能一鼓作气把赵小兵打垮的，可我忽略了身后。我忽略了在那些兴高采烈地看热闹（先是看我的热闹，然后看赵小兵的热闹）的同学中，是有李刚张国安张志发张强他们几个赵小兵的铁哥们的。当然了，在看热闹的同学中间，我的铁哥们也有好几位，有王富贵朱小杰应雄阎力。可是，在这种时候，我的铁哥们只敢拉架，而赵小兵的铁哥们却敢打架。结果，还未等我将已经丧失了反抗能力的赵小兵置于死地，我就被赵小兵的哥们们团团围住了。屁滚尿流的赵小兵从地上爬了起来，他疯狂地向我发起了反击。眨眼之间，形势逆转，我的双臂被人扼住，我的脸、胸、肚子以及我身体的每一个部位，都赤裸裸地袒露了出来，成了五六个人拳脚的靶子。我想，出师未捷身先死，我完了……

是刘仁义救了我！

我挨打的时候，也许想到了刘仁义，也许没想到。但以我的性格，我不会主动向他求救。刘仁义经常在社会上打架，至少，他经常看那些比他年龄大的人打架，他知道打架的规则。以多欺少，在他看来，是很不地道的。于是刘仁义挺身而出了。我说刘仁义救我，而不是帮我，是说他没有动手去打赵小兵他们。如果他动手，肯定是没人敢还手的。而刘仁义救我，只是叫上杜向东把我护在他俩身旁，然后逼退赵小兵他们，再把我拉到教室外边，拉到学校外边。

刘仁义杜向东和我一起走出教室走出学校时，赵小兵他们也做出了追我抢我的强硬姿态。但刘仁义阴着脸说，差不多就行了，咱们都是同学。刘仁义强调了"咱们"，那意思无疑是说，再没完没了，他就要伸手了。赵小兵他们退了回去。过了一会，王富贵朱小杰应雄阎力他们出来看我，在学校外边的庄稼地里，他们代我向刘仁义杜向东表示了感谢。刘仁义不太理睬他们，只是笑着夸我手脚挺利索。这时杜向东拿出烟来和刘仁义抽，还问我和王富贵几个人抽不抽。我们几个人里，只有阎力抽了，但呛得直咳嗽，逗得大家都笑了起来。后来估计快到上课时间了，我们一帮人才往学校走。刘仁义看我余悸未消，就对杜向东说，你去对他们说，别逼我管闲事。杜向东又矮又小像条敏捷的狗一样，点点头就先跑回教室了。

上了半天的课，果然平安无事。并且一上午过去了，老师好像对早自习上我和赵小兵的大打出手也一无所知。老师一向信任赵小兵的能力，她一定以为在赵小兵的主持下，我的检查已经顺利通过了。而我们这种子弟学校里的学生，有一种不同于一般社会上学校的良好作风，那就是，即使是女生，平时也不怎么打小报告。

中午放学时，刘仁义陪我一路回家，在一个岔路口，有人把他叫住了。他和那个显然要比我们高几个年级的男生说完话后，重新又回到我的身边。

"嗨，你想不想跟我去见见世面？"刘仁义像平常对待所有的事那样，声音平淡，面无表情。

"想……"我稍稍犹豫了一下。我不大理解刘仁义所说的见见世面是什么意思。但我很快就点了点头。我觉得，对刘仁义的提议我不该拒绝。一来，我感激早上他对我的保护，我得响应他的号召；二来呢，我也的确愿意身边有个他这样的人使我增加点安全感，毕竟赵小兵他们随时都有偷袭我的可能。

"那咱们走那条道。"刘仁义冲岔路口那边努了努嘴。刘仁义没有解释他要带我去见什么世面，我的自尊也不允许我急着打听。

"我先回家告诉姥姥一声好吗？再吃点饭。"

刘仁义看看我，"那你光告诉你姥一声就得，饭嘛，就不用吃了，你到八分厂的库房找我，那有吃的。"然后刘仁义又加了一句，"要是你家有事，不去也行。"

我笑了一下，我清楚刘仁义是在替我铺设台阶。"我家里没事，"我说，"我会去的。"

我对刘仁义的为人性格都很好奇。谁都知道他是一个打架大王，可他在不打架时，却最通情达理。在班级里，他只偶尔才欺负同学，平常则总是一副孤傲清高、与世无争的样子。可他身上的那种威慑力量，似乎与生俱来。

我回家对姥姥说，要去帮同学家干活，不吃饭了，然后就立刻奔八分厂的库房而去。在路上，我用从姥姥手绢包里偷出来的一角八分钱，买了盒"反帝"牌香烟，并且自己坐在六分厂的墙角，先试着抽了一颗。我从上午就开始筹划了，为了答谢刘仁义，我要请他抽这种像点样的烟。在当时，一角八分钱的"反帝"可以算是中档烟了，而像早晨杜向东拿的那种"珍宝岛"，还有"经济""飞跃"什么的，只要七八分钱一盒。我把一颗"反帝"衔进嘴里，有点紧张，这可是我头一次抽烟。但因为姥姥常年抽旱烟，我常年和姥姥生活在一个屋里，所以我又比较熟悉抽烟的方法也适应烟味，便没像阎力那么咳嗽。只是在抽烟的过程中，我感到舌头很辣，嘴唇很干，身子忽忽悠悠的，还有一点恶心。不过抽烟的感觉的确很好，当我从六分厂的墙角站起来时，我发现，我以往的自卑突然烟消云散了，我觉得，我早就应该是和刘仁义一样的人。

　　我在八分厂那个废弃不用的庞大库房里看到刘仁义时，也看到他的四五个哥们，还看到了散扔在地上的一些东西：匕首、火药枪、工兵战锹、自行车链条、长短不一粗细不同的木棍铁棍。我望着那堆凶器有些发呆，如果不是库房里很黑很暗，我想别人一定会发现我脸色惨白。我知道我不能给刘仁义丢脸。我努力显得从容不迫，大大咧咧地坐到蒙机器用的草帘子上，掏出烟来，发了一圈。本来有两个人是正抽烟呢，可我还是装出一副老到的样子，分别给他们扔过去一支，说一句"换上"。我抽上烟后，溜了眼刘仁义,看得出来,他对我的表现比较满意。他坐在我身边,漫不经心地告诉我,下午是要去"会会"南区的"雷管",让我别害怕。我夹烟的手指抖了一下,但我强作笑颜地说我不害怕。

在我们一四一四工厂,以厂部大楼为界,分为南北两片住宅区。一分厂至五分厂属于南区,六分厂至九分厂属于北区。我和刘仁义这些人,都住北区;而刘仁义说的那个"雷管",则是住在南区的一个打架大王。至于"会会",指的是两个人或两个团伙的定点打架。我这时什么话也说不出来,我怕一张开嘴巴,心跳的声音会让人听到。我脑子里胡乱想的只是,一会儿发凶器时,我绝不能拿尖刀火药枪那类能致人于死地的东西;我要先攥住一根长些的木棍,主要是防身,即使打人,也别把人打死。

我把一根烟抽完,刘仁义又递给我一根。这第二根烟我刚抽一口,就觉得胃里好像开窝了一样,直想呕吐。我正不知如何是好,杜向东和几个人抱着大包小包的东西闯了进来,嘴里喊着"开喝开喝"。我看到了香肠罐头面包花生米和白酒啤酒,我知道,这些就是我们的午饭。我顺势掐灭手里的烟头,说,也真是饿了,就像别人那么狼吞虎咽地吃了起来。尽管对这些东西的来路我有所怀疑,可我埋头吃喝什么也不问。后来听刘仁义杜向东他们说话,果然不出我的预料,这些我过年过节时才吃得到的东西,的确是杜向东他们从商店后院偷出来的。我的心里挺不得劲。这一天里,我学会了打架,学会了抽烟,学会了偷钱(从姥姥那里),学会了吃赃……可同时我又觉得,这一天里,我有了一种质的变化，我已经由一个胆小怕事的毛孩子，变成了一个顶天立地的男子汉。

下午两点，我们这伙人准时出发，前往厂区外的陶屯生产队，那是我们与"雷管"事先约好的打架地点。我们这伙里，除了我们一块吃吃喝喝的那十几个人，又加上了在通往陶屯的路上陆续汇聚进来的二十来人。这一群三十多人在下午寂静的厂区里舞刀弄棍，招摇而过，每个人都显得威风凛凛。我注意了一下，在我们这个威风的集体里，真正的核心，只是我最早在八分厂库房里敬烟的那几个人。而其他人，包括杜向东，也都跟我差不了多少，只能算是起哄的混子。在这三十多人的庞大队伍里，可能除了刘仁义杜向东我们三个，其余都是中学生了。幸好我和刘仁义个子都高，还挺像那么回事。我的胆子渐渐壮了起来，用当时写作文时常用的词就是，我"热血沸腾"了。

我们来到陶屯时，"雷管"那伙已经到了，也是三十人左右，也是一个个舞刀弄棍杀气腾腾。我们两支队伍，松松散散地相对而站，中间隔了二十多米宽的一段距离。我又开始害怕了。站在我们这伙人的后边，我在心里提醒自己，千万千万要沉住气，看到有人跑了，我才可以拔腿，绝不能当第一个逃兵。结果在我溜号的空档里，前边的格局已经发生了变化。当我再抬头时，只见刘仁义他们四五个人，已经和对方的四五个人站到了一起，在两支队伍间的开阔地上，比比画画地说着什么。他们这些双方的头头，手里都只拿烟卷没有武器，一共谈了约十来分钟。在对谈时，他们一忽儿和风细雨，嘻嘻哈哈好像聊天；一忽儿又让气氛异常紧张，高一声低一声地嚷着"操""能怎么的"。当他们和风细雨时，我的心里就感到松弛，可又有点遗憾；当他们的谈判行将破裂，气氛紧张时，我又会显得格外恐慌，但也有一种莫名的兴奋。这样的十来分钟过去以后，他们互相点烟握手微笑然后向自己的队列归来之时，我的眼前开始金星四射了。我看人双影，看天打转，什么也不看时一团漆黑。我想起了欢迎西哈努克亲王那天我的休克。我很怕我再次昏倒在别人的脚下。我哆哆嗦嗦地点上支"反帝"。一口浓烟下肚，我顿觉一阵畅快。这时的我，心如止水，身似立柱，面露睨笑。

于是我想到了我的日记。我想，从现在开始，我的日记可以翻开新的一页了。

陶屯战斗，最终以和平手段获得了解决。并且在我的记忆中，那些年里，虽然我参加过大大小小多次战斗，但真正能发展成为流血冲突的，还确实不多。往往是一场殴斗化解之后，我们便多了些新的朋友。也就是说，拉帮结伙和刀枪棍棒，其实是安宁和睦的基础与保障。现在想来，我们这些少年人更喜欢的，只是一种暴力的形式。

显而易见，我的斗殴历史基本空白。可有趣的是，那几年里，我的斗殴事迹却流传甚广。与之相比，我那些货真价实的优秀作文，倒变得不足挂齿了。上中学后，厂俱乐部已经常有电影放映和样板戏演出，我也成了一个热衷于出入所有公共场合并蟹行其间的人。我抱着膀子在人丛中扭来扭去，让已经粗壮的身体模仿涌动的波浪，那种样子，威风八面。有时在俱乐部边抽烟边等演出开始，我会听到一些躲在角落里偷偷抽烟（我已经敢于公开抽烟）的男孩子津津有味地讲述打架的故事。我常常被那些似曾相识的暴力故事吸引过去，可听上一会，我能发现，那故事中的主角居然是我。我为我受到的夸大与美化感到汗颜，可我更为我赢得的尊崇与钦敬感到骄傲。那时候，刘仁义已经成了一四一四工厂北区一霸，而我之于刘仁义，在别人看来，就好像诸葛孔明之于刘备。

传说总是言过其实。我和刘仁义始终来往密切这一点不假，在我们共同出去南征北战时，我经常充任出谋划策的角色这也是事实。但有一个关键之点是，我从来没有成为"刘仁义犯罪团伙"（一九七六年十月刘仁义被枪毙时公判布告语）中哪怕是最普通的一员。这意味着，我们身上那些在小学阶段即存在着的志趣差异，到了中学阶段已经发展成为南辕北辙的精神需求。刘仁义作为一四一四工厂的北区一霸，他的活动范围是整个一四一四工厂以及周围农村甚至向南延至沈阳市城区的北部。他有一种横行天下的大欲望大抱负。在他眼里，班上的同学就像一些沙砾和灰尘，他与他们形同陌路。我却不然。我在学校里很少旷课，甚至由于我作文的出类拔萃，我还当上了语文课代表，重新萌生了去讨班主任老师喜欢的念头（不是小学阶段的那个班主任了）。我就像一个偏于一隅的小土皇帝那样，满足于在自己的领地上抢男霸女，作威作福。

　　还是退回到小学阶段。

　　陶屯战斗的第二天，刘仁义说要找人帮我配件"家伙"，我旷课了。那是我第一次旷课，我让朱小杰告诉老师一声我肚子疼。刘仁义经常旷课，老师管不了他，所以他从来不用请假。再下一天，是星期日，吃完早饭，姥姥去邻居家下跳棋了，我小心翼翼地在屋里摆弄我的"家伙"。那是一把长约两乍的双刃尖刀，柄上缠着红布，配了一个没涂油漆的木鞘。为了这件"家伙"，我和刘仁义忙了一天，先找六分厂一个青年工人在车床上把一条钢板打成刀，又找九分厂的木匠为刀做了个鞘。刘仁义有那么多的大人朋友，很让我羡慕。这时我正想给刀鞘刷油，听到门响，我忙把刀收好掖进了裤腰。我慌手慌脚地来到门口，见是王富贵朱小杰应雄阎力他们站在外面。我把他们让进屋来，他们的脸上神秘兮兮，搞得我心里有点紧张。我以为赵小兵把我没写检查的事告诉了老师，或者是赵小兵他们要来找我打架。

　　"出什么事了？"我把右手伸进了腰里。

　　"我们，来看看你。"王富贵上上下下地打量着我，好像我忽然变成了个眼生的怪物。

　　"你嘴真严，"朱小杰说，"连我们都不告诉。"

　　应雄和阎力也遮遮掩掩地说一些没头没脑的话。

我不知道他们是什么意思，但他们脸上那种讨好的表情，让我看得出没什么大事。我从腰间抽出尖刀，拍到了桌上。凭良心说，我拿刀的本意，的确不是为了炫耀。腰里别个硬邦邦的东西，站着坐着都不得劲。可是事有凑巧，我这里的尖刀出鞘，给他们的感觉，一下子就成了个我属于那种枕戈待旦的强人角色，与他们，也与全班同学昨天对我的猜测议论都吻合了起来。原来，与赵小兵打完架后，我又参与了与南区一霸"雷管"的战斗一事，在同学中已尽人皆知。他们认为，我在打赵小兵时，明显的属于"会两手"那种人。于是他们便说，我自从爸爸妈妈被押送盘锦后，就一直跟厂里那个嗜酒如命的老抗联学习武术，之所以一直对别人的欺负采取忍让态度，那是武德的要求。他们说，南区的"雷管"一直骑着我们北区人的脖梗拉屎，这回的南北区会战，是刘仁义那伙的头头特意让刘仁义把我请去的。他们说陶屯战斗能够兵不血刃地和平解决，是因为南区那边有一个人认识我，他告诉"雷管"，虽然我年纪不大，但却武艺高强，心狠手黑，吓得"雷管"只好偃旗息鼓……实事求是地讲，王富贵他们刚这么说时，我还想解释。即使是成心招摇撞骗，也不能太离谱呀。可是我一解释，他们就说我信不着哥们，就说越是有本事的人越真人不露相。没办法，我只得打肿脸充胖子地什么都认了。但我说，由于时间还短，我武术学得很不到家，可千万别出去替我瞎吹。他们纷纷点头答应。大概就从那天开始，我感到了一种压力甚至是责任。此后，每天的晚上，写完日记，我都要在我家小院里拼命地练臂力练掌劲。我用两块砖头当哑铃舞来舞去,我在院子里那几株小榆树上,剁鸡食似的砍掌击拳。

"以后他们要是再欺负你,你就得还手了吧?"应雄掂着我的尖刀问。

"那当然了,"阎力抢着话替我说,"婶(是)可忍,叔(孰)不可忍呀。"

"听说他们几个开会了,要抱团和你干呢。"王富贵提供了一条赵小兵他们的内部信息。

"咱也抱团,"朱小杰曾经当过班里的体育委员,几个人里,他个子跟我差不多高。"我不信打不过他们。"

在我们这样说话时,不管说"我们"还是"他们",都不包括刘仁义和杜向东。在所有同学的眼里,与"社会人"交往密切的刘仁义都是高不可攀的,而獐头鼠目偷鸡摸狗的杜向东,则是令人不齿的。

"以后要是跟赵小兵他们打架,你们有胆吗?"我已经成了当然的首领,我该说话了。

"有胆。"我的几个拥戴者异口同声。

"那好,"我拿出尚未抽完的"反帝"香烟,先叼在嘴上一颗,然后才扔到桌子上让他们拿。"以后咱们这伙,就是'柬埔寨民族统一阵线'了。"我的脑子里,忽然想到了我的《长大要当诺罗敦·西哈努克那样的人》,还想到了为写这篇作文,我翻看过的那些报纸。"而他们那伙,"我用力地飞刀出手,令其直刺门板,

"就是'朗诺－施里玛达集团'。"

前边我说过，我的爸爸妈妈，都是不甘人后的要强之人。我是他们的儿子，我像他们顺理成章。我原来是班里的学习委员，作文又写得好，是班级里同学关注的焦点。可后来我不当学习委员了，我变成了一只任人宰割的小绵羊，大部分同学就不再对我高看一眼了，甚至对我视而不见。这样的失落让我痛苦不堪。我那种在感情上被逐出班级之外的痛苦，估计与西哈努克亲王被赶出了他的柬埔寨王国性质相同。另外，在我们这伙人中，朱小杰也当过班干部，可因为与赵小兵关系不好，现在也成了白丁一个。至于王富贵应雄阁力，由于和我和朱小杰好，自然也备受压制。所以，我们这伙人组成渴望光复的"柬埔寨民族统一阵线"，也是理所当然。而赵小兵他们，之所以不可一世，占据了班级里的排长、体育委员、学习委员、生活委员等重要位置，完全是因为老师偏向他们。老师就像那个强大的"美帝"，而他们，是典型的"朗诺－施里玛达集团"。

现在我的目标是，即使不能推翻这个"朗诺－施里玛达集团"，也要让他们以后的日子不那么太平。我要以另外一种方式，再度成为同学们关注的焦点。

然而，我的"柬埔寨民族统一阵线"组建以后，首次进行的小小战斗，不仅不是为了消灭"朗诺－施里玛达集团"，反倒是为了帮助他们。

一天放学，曾经让我管他们叫爸爸的张国安张志发张强走在前边，我和王富贵朱小杰应雄阎力走在后边。路过七分厂的篮球场时，有几个踢足球的孩子把球踢到了"三张"的脚下。我没看清，不知是"三张"里边谁出了一脚，把足球踢进了球场边上的一个水泡子里。我看到的情形是，那几个踢球的孩子围住了"三张"，骂骂咧咧地让他们捡球，还要揍他们。"三张"面面相觑地不知如何是好。他们知道对方人多势众，打不过人家；可又不想服软捡球，觉得那样丢份，就僵住了。

"帮他们去。"我说，说完我书包里的尖刀已攥在了手里。

应雄拉住了我。"管他呢，正好看热闹嘛。"

"你懂什么！"我呵斥他一声。"你们也不去？"我问其他几个人。

"听你的。不过——"

我心里的确有我的想法，可我没时间听他们啰唆。我们舞弄着尖刀和砖头扑了上去，那几个踢球的孩子立刻望风而逃。我冲着他们的背影大叫站住。我说，别他妈的仗着人多就欺负人，把球捡走，老子没闲心教训你们。

看着那几个孩子把球捡走，我对王富贵他们说了声走抬脚就走。但我认为，我的目的已经达到了，因为"三张"的小首领张国安犹豫了一下，扭扭捏捏地叫住了我。"什么事？"我停下脚步，半回过头，居高临下地乜斜着眼睛。

"谢谢你……谢谢你们……"张国安硬撑着只想从礼貌的角

度应酬一下。可刚才被吓得脸色刷白的张志发张强，浑身上下好像全是谦卑。

"没什么可谢的，"我在袖管上擦擦尖刀，收入书包。"我不是帮你们，我是为自己。"

"为你自己？"不光"三张"惊讶，王富贵他们也疑疑惑惑。

"要是我的同学挨欺负了，我跟着丢人。"把话说完，我扬长而去。

这一场保护敌人的小小战斗，收到的效果让我始料未及。似乎只过去眨眼的时间，我就发现，在"朗诺－施里玛达集团"里，至少有部分成员，已经不战就有了败象。当时我并没能理性地认识到，其实，由此我已经得到了一个重要的启示。以前（姥姥告诉我的）我只是个含蓄内向，拘束腼腆的普通男孩，无论是不挨欺负时，还是挨欺负时，脾气秉性都无大差异。可是成为"柬埔寨民族统一阵线"的首领以后，我却成了一个工于心计，喜怒无常的人。有时我莽撞粗鲁，无遮无拦；有时我又阴鸷多疑，未雨绸缪。没人能摸得清我都想些什么。这个时候，我在日记本上所记的内容，已经能充分展示一个嗜血少年的狡诈与霸道。

老师说以前中国分单双日子向苏联打炮，我知道她说错了，我大笑起来，全班同学都看我。老师说，你疯了吗？我说，你才疯了呢。老师没想到我会这么顶她，她傻了，她让我出去。我说，你才应该出去，你犯了政治错误。她说我怎么犯错误了？我说，往苏联打炮那是侵略，我们是往金门打炮。她说，你一个没爹没娘的毛孩子，你懂什么。我说，我不用爹娘，我看书，书上什么知识都有。你有爹有娘，可你爹娘和你一样，什么也不懂。她就气哭了，跑出了教室。

如果说保护"三张"还只属于我下意识的即兴发挥，那么自那之后我的所作所为，可就都是我诡计多端的有意而为了。我的想法是，在正式与赵小兵他们交手之前，应该先从气势上压倒他们。不然赵小兵他们在尚未心虚胆怯之前就与我形成对垒之势，我这帮人还真就不一定是他那帮人的对手。当然前提是刘仁义袖手旁观。而要在气势上压倒赵小兵一伙，我认为，最方便的做法就是向他们的保护者班主任老师宣战。同学们都服刘仁义，除了刘仁义总是与班级之外的高年级学生混在一起，另一个重要原因是，他先降伏了班主任老师。当然我在向老师寻衅发难时，不是像刘仁义那么蛮不讲理。我注意攻击老师身上的薄弱环节，让她一触即溃。每当她读错一个字啦，迟到两分钟啦，全能成为我拿她开刀的应手把柄。

下课的时候，我第一个出去的，但我事先就告诉值日的阎力，把李刚新买的田字格本放我书桌里。回到教室后，李刚找他的田字格，见我正在那个新田字格上写字，就管我要。我说这是我自己的本，他说我没买，全班只有他刚买了新本子。我说你他妈的别没事找事，这种本商店有的是，兴你买不兴我买呀，我要是买了还非得告诉你一声呀。再说了，就算是我偷你的了，你抓着我手腕了吗？下课我出去得最早，回来得最晚，我什么时候偷的？你他妈的要是叫一声这本子能答应，我就给你。李刚根本说不过我，去看赵小兵，可赵小兵假装正和一个女生说话，他就只好回自己位置上去了。他在桌子上趴了一节课。

王富贵他们都希望我和赵小兵再打一架，说擒贼擒王。可我不，我只是对他手下的那些小喽啰各个击破。凡是以前欺负过我的人，包括刘仁义杜向东对我的欺负，我都记在本上，记在心里。我知道他们在欺负我时，有主有次。比如杜向东是看到刘仁义欺负我后才敢欺负我的，李刚呢，是看到赵小兵欺负我后才敢欺负我的。也就是说，刘仁义主杜向东次，赵小兵主李刚次。但现在实施报复，我的战略原则却应该是先次后主，甚至，放弃主而专攻次。这样能保证攻必克战必胜。现在我可以原谅刘仁义，但偶尔却要以玩笑的方式找找杜向东的麻烦；现在我暂时不碰赵小兵或张国安，但对李刚张志发张强他们，我却绝不手软。这样一来，已经不敢轻易找我茬子的赵小兵虽然兔死狐悲，但因为我没犯着他，他也只能装聋作哑。

马东方已经说过好几回了，要跟我一伙，他说他听应雄说，我们是革命的"柬埔寨民族统一阵线"。我告诉他，我们不要叛徒胆小鬼，不要势利眼墙头草，不要他马东方。他哭了，他说以前他不对了，不该不理我去找赵小兵。后来我就心软了，我说那好吧，多一个人多一分力量，以后我们一起玩时也带你一个。马东方很高兴，可听我说还要见面礼，又有点犹豫。但后来他还是拿来了两盒阿尔巴尼亚烟。那烟抽起来很臭，可这是外国烟哪。

我带领我的哥们王富贵朱小杰应雄阎力，利用每一个机会去扩大我们在班级的影响，提高我们在班级的地位，使我们——当然主要是我，重新成为了班级的中心。升入中学后，改选班干部，好多拥戴我的同学要让我当班长。新的班主任是以前我爸爸妈妈的同事，她找我谈话说，她知道我在同学中声望很高，但她也听说我常在社会上打架斗殴。"当然，我相信你的毛病是会改好的，"她说，"而且，我也愿意让你帮我维护班里的（这时班级已经不叫排又叫班了）秩序。但是嘛——"她做出一副犯愁的样子轻轻叹息，"你爸爸妈妈的问题……"我理解老师的苦心，我觉得她能这么说话已经够了。我痛痛快快地说，"我不当班长，不当班干部，什么都可以不当。但是嘛……"说实在的，虽然她是班主任老师，可也不一定就比我的心计更多。既然她想利用我，那我就得有我的条件。

于是，整个班级的中学时代，完全成了我的时代。朱小杰当上了班长，应雄当上了学习委员，王富贵当上了生活委员。而我，虽然只是个语文课代表，但我的权力几乎比老师还大。

接下来的几年一晃而过，在那一晃而过的匆匆岁月里，我对我自己都无话可说。想想吧，一个人一旦在他的势力范围里可以横行霸道，任意杀伐了，即使折腾得再花样翻新，也是索然无味的。多年以后，当我回想到中学时代我那种失去了对手后的孤独与无聊时，我理解了历代的统治者，为什么总是要无事生非地制造出一些对手来把玩于掌股，从而搅得天下不宁。我想，我的孤独与无聊主要是由于班级太小，学校也太小，我根本就无法虚拟出几个可以与我抗衡的对手一决高下。

这样，就到了一九七六年。

一九七六年，中国经历了好几件大事，我个人，同样也经历了好几件大事。中国的大事是：四五运动，唐山地震，毛泽东去世，四人帮倒台。我的大事是：七月份中学毕业结束了我在班级里称王称霸的"统治"，九月份因为"刘仁义事件"被拘留一星期，十一月份爸爸妈妈告别盘锦劳改农场回到沈阳开始对我进行"法西斯专政"，十二月份到我们一四一四工厂的技工学校报到成了一名领工资的学生和候补的国营工厂工人。

国家的事儿我就不说了，我一件一件地说我自己的事儿。

在中学阶段的那几年里，我利用我的智慧和狡黠，兵不血刃地一点一点征服了班级里的每一个人，包括赵小兵。这与刘仁义不怎么上学从不过问班上的事情没有关系。如果刘仁义上学，我们也会是互相之间给予尊重的朋友，我们不同的处世态度，使我们必然要彼此照顾面子。但刘仁义一周总有五天旷课，即使是上学那天，他来的目的，也更多的是让我为他遇到的新麻烦出主意想办法。他戏称我为他的参谋长。他自己都承认，他是粗枝大叶的胡传魁，我是老谋深算的刁德一。这反倒使我和刘仁义的朋友关系更为密切。尤其是在其他同学看来，刘仁义这个名闻遐迩的北区一霸，只要一来学校，就恭恭敬敬地给我让烟，听我在校园的某一个角落对他指手画脚，更是觉得我神秘莫测。因此，时间一久，赵小兵那伙人便纷纷易帜，心甘情愿地归顺到了我的麾下。直至某一天，赵小兵也低三下四地送我一瓶他爸爸去北京出差带回来的二锅头酒。

可按照王富贵他们的意思，对赵小兵一伙，要踏上一万只脚，让他们永世不得翻身。"你忘了当年他们怎么欺负你啦？"他们说。

我当然没忘，他们欺负我的那半年多时间，是我记忆中最耻辱的一段时间。可不知为什么，我很难像别人那样恃强凌弱。或许那时我就明白，真正的统治者是高高在上的精神统治者。那些双手鲜血淋淋的肉体征服者，只是充当工具的刽子手。比如我爸爸妈妈给毛主席写信，他们说我爸爸妈妈是反对毛主席了。可毛主席并不把我爸爸妈妈怎么样，连回信都没有，倒是厂里那些连毛主席的书都不怎么读的人和我爸爸妈妈搞得势不两立，并把他们送到盘锦劳改。后来我爸爸在沈阳当了个挺大的官，一四一四工厂那些打过我爸爸妈妈批判过我爸爸妈妈的人，又都点头哈腰地来我家打溜须。我要把他们骂出去，甚至打出去。可我爸爸就是这么说的：别那样，他们只不过是工具。我想我肯定是在读中学时就明白了，作为人，绝不能自己把自己当成工具。所以只要赵小兵他们在精神上输给我了，我就无须再去向他们索要欠我的皮肉债。

"你们别总酸溜溜的，"我对王富贵他们说，"你们都算'开国元勋'，你们永远是'柬埔寨民族统一阵线'的核心力量。而他们，"我不屑地说，"他们再向我卖身投靠，也是'朗诺－施里玛达集团'的人，顶好我算他们个起义投诚。"

中学毕业后，作为独生子，我没下乡。那会儿我自觉有些失落，每天围前围后地陪我玩的真朋友，只有王富贵一个人了。刘仁义也没下乡，但政府没留他，他是自己把自己留在城里的。我不知道，我应不应该去与刘仁义联手充当游荡社会的流氓。说心里话，我害怕去社会上当一个流氓。真去当流氓，跟在班级在学校争强斗狠可大不一样。离开了一四一四工厂区，离开了野台子，去东北局，去臭水沟，去大北小北市人委，去大南小南风雨坛（皆为当时沈阳不良少年的主要麋居地）……那就如同把要弄权术的政客斗法变成了刀光剑影的兵戎火并，可不是好玩的。到了那里，没人会主动让我在精神上将其击垮，任何人在那些地方要站稳脚跟，都得有一副钢铁皮囊。正是在我徘徊不定，但与刘仁义吃吃喝喝的次数已经明显增多了时，刘仁义出事了。

一天中午，在我家里，我和王富贵正无所事事地说闲话时，来了两个警察。我看到他们来者不善，虽然很紧张，可还是冷静地对王富贵说，我这有客人了，你去告诉老师一声，下午的课我不能上了。警察想拦住王富贵（他们对我是否已经毕业叫不太准），可一犹豫的工夫，王富贵已经出去了。我看到，王富贵出门时，十分感激地看了我一眼。警察翻翻我的床铺，带上两把搜出来的匕首，就把我也抓走了。我的双手被捆在身后，跟着警察的自行车一路小跑。都跑出去好远了，我还能听到，姥姥的号啕哭声追赶着我。

当然不是我的事。但我还是垮了。任何一个头一次和警察打交道，并且要连续一星期被锁在一间黑黢黢的小屋子里交代问题的人，都很难不垮。我哭叽叽地坦白了我的许多"罪行"，气老师啦，欺负同学啦，可警察听得很不耐烦。当后来他们让我滚蛋时，我才明白，他们抓我不是为我，是为刘仁义。原来，九月九号那天，刘仁义他们在市委党校附近搞了一次"百团大战"（即双方投入殴斗的人都在百人上下），双方讲和后（像陶屯战斗一样），二十来个双方的主要头领就近到北行的一家饭店纵酒狂欢。他们从十二点多一直喝到三点多，还让上酒，饭店的人就有点害怕了。恰好收音机里响起了哀乐，饭店的服务员就流着眼泪说，毛主席逝世了，你们别喝了。我想当时刘仁义一定是醉了，在他心里，清醒着的只有一件事情，那就是这北行一带，属于他的势力范围，他不能在对方面前丢了面子。他就对服务员说，爱谁逝世谁逝世去，今天老子请客，你要替老子省钱咋地？服务员是个年轻妇女，长得挺媚，一哭起来更是凄艳动人。刘仁义三说两说就开始对人家动手动脚，最后在几个小哥们的帮助下，还把人家骑在地上（没扒衣服），亲嘴，揉胸脯，掐大腿。就这么着，政治罪加流氓罪，刘仁义被判了死刑，"刘仁义犯罪团伙"的余孽也受到了大面积处理。

刘仁义之死对我触动很大，加之姥姥像看管犯人那样对我严加防范，我便有相当一段时间足不出户地猫在家里，直到爸爸妈妈从盘锦回到沈阳。爸爸妈妈在劳改农场待得骨瘦如柴，可他们回到沈阳的第一件事，竟是使出身上那点硕果仅存的气力暴打我一顿。那时候，我已不光个子很高，身体也算得上很强壮。以我的打架经验，如果我还手，爸爸妈妈加在一块也不是对手。我没还手。而且不仅那次我没还手，以后他们对我实行他们在劳改农场受过的那种法西斯专政时，我也都没计较。说到底，他们是我的爸爸和妈妈。

这时候，我们一四一四工厂的技工学校开始复办了。

在当时，沈阳市的许多大工厂都建立或者恢复了技工学校。虽然技工学校名为学校，但那种学校跟大中小学校大不相同。在技工学校里，不学基础文化课而学车钳铆电焊，管老师不叫老师而叫师傅，书桌里少有纸笔书本而多的是车刀电钻焊条。进入技工学校，等于是未分工种的学徒工。师傅们都说，你们可不是没人管的毛孩子了，你们这就算是走上社会了。

本来技校的生源是厂内子弟中所有符合留城条件的待业青年，也就是说，我理所当然地应该成为技校学生。可是爸爸妈妈怕技校不要我这个劣迹青年，他们恳求厂领导和技校领导考虑到他们因多年蒙冤（虽然他们获得公开平反是在两年以后，可他们确实无罪，这早已在私下里得到了普遍认同）而教子不当的客观因素，别把我拒之门外。

"你知道吗，我们在劳改农场都没服过软，可是为你，我们都要磕头作揖了。"爸爸妈妈眼睛湿润地与我谈话。

我知道，爸爸妈妈欠人家情了。我的泪水也流了出来。我说："你们放心吧，我以后一定做好孩子。"

转过年来，元旦过完，我和王富贵还有四十多个认识的和不认识的南区北区的待业青年，一起走进了一四一四工厂的技工学校。在技校里，跟以前在小学里中学里都差不多，也有欺负人的和挨欺负的。我在班级里不显山不露水，有点像以前的刘仁义。可也没人敢小看我，我往昔的名号余威犹在。只是车钳铆电焊那些课我不爱学，我总是趴在书桌上读小说。幸好每个月，我们都有一半的时间离开课堂在车间度过，而且寒假和暑假都格外长。我们的班主任老师汤师傅，是一个四十多岁的腰病患者，他动不动就骂学生是"小逼崽子"。

我和那个叫南燕的技校同学好了起来，是在一年以后。

一九七七年年底，高考恢复了，有一天爸爸妈妈给我一些试卷，让我在规定的时间里把它们答完。我就答了。语文政治史地数学，一共四门，我用了两天六个小时（数学我一分钟的时间都没用），其他时间可以翻看以前的课本。然后爸爸妈妈对着标准答案判了卷子。他们判完卷子热泪盈眶，让我有点不知所措。

"他行！"爸爸冲着妈妈说。

"他行！"妈妈冲着爸爸说。

"你行！"他们又一齐冲我说。

后来我明白了，在整个复习时间不超过二十小时，且数学一分未得的情况下，我一共答了一百四十七分，这是一个相当不错的成绩。当年辽宁省大学本科文科的最低录取分数线，是一百八十六分。爸爸妈妈又一次与我彻夜长谈，希望我从此时开始好好复习功课，准备参加下一次的高考。

"我这不是在念书吗。"我说。

"哼，技校算什么，"爸爸踌躇满志地说，"我的儿子，必须读大学。"

我看出来了，好几年的劳改农场生活，没有改变爸爸的性格，他还那么争强好胜。

想到要上大学，我有一种莫名的兴奋。我想，那样一来，我就再也不是一个人见人烦的小流氓了；那个我正偷偷喜欢着的女同学南燕，也就有可能喜欢我了。

寒假的时候，我去太原街的新华书店买参考书，在东北电影院门口，我与南燕不期而遇。南燕家住在我们一四一四工厂的南区，以前我俩不认识。成了同学后，也只是见面点头，几乎从未有过对话。但我对她的偷偷喜欢，几乎成了我在技校里能安分守己循规蹈矩的原因之一。当然，我以往的恶行劣迹，她知道得一清二楚（后来她告诉我的）。

"嗨，是你？来市里看电影？"

能在这里巧遇南燕，的确让人又惊又喜。别说是同学，别说是一个能够让我喜欢的漂亮姑娘，即使在这里见到的只是一个家住野台子的普通熟人，也会让人兴奋不已。我们这些远离市中心的野台子人，互相间总有一种亲和的愿望。

"是你！"为了我们的邂逅，南燕似乎也喜出望外。"我没看电影，我是刚从我姑家出来。你呢，你来太原街干吗？"

"我——上书店……"我有点不好意思，可我更多的则是骄傲。所以我接着说道，"我爸我妈让我准备夏天的高考，我是来买参考书的。"

"你要——考大学？"

"不像吗？我淘是淘，可我……"

"我知道你学习好，作文写得好……"

好像就是从这一刻开始，我学会了感受另一种幸福。南燕说话非常好听，眼睛里边水波闪闪。以前在班级里，我悄悄地对她心存好感，但仅此而已。喜欢她的男生为数不少，而我是个蹲过拘留所的人，我还不至于没有自知之明。可现在，我敢说，我的可能性绝不会比别人小。因为南燕与别人说话时我做过观察，她从来没用过对我这样的声调和眼神。我感谢爸爸妈妈让我准备高考，就像我感谢当年西哈努克亲王来沈阳访问。后来我问南燕为什么会喜欢我，南燕这个柔弱的女孩想了想说，你这个打架大王，和其他的打架大王全不一样。

这一天，南燕陪我去了书店，我陪她逛了秋林联营和和平商场。我们同车回到野台子时，满天星斗已经熠熠闪烁了。

我和南燕的暗中交往多了起来，虽然我们没提交朋友的事，但我们已经心照不宣。南燕是老师同学中唯一知道我要考大学的人，她总是鼓励我要好好复习。

"你准能考上，"她说，"不过——考上大学你可别忘了我呀。"

我当时只是一本正经地回答她，"怎么能呢……"其实，我很想说，我读大学是为了能更配得上你，我还想说你，要是不让我考我可以放弃。可那时我不敢把话挑明。南燕是那么纯真美好，我怕稍有不慎伤害到她。不过现在回忆起来，我知道，南燕对我说话时的那种口吻语调，事实上，更是一个女孩子卖弄风情本能的早期实践。

那时我也看出来麻民生对南燕好了，我很嫉妒。有时与南燕开玩笑时，我就会把话题引到麻民生身上。

"你上学放学的总和麻民生在一起，也不怕别人说闲话。"

南燕假装天真地说："说闲话？说什么闲话？"

我倒不觉脸红起来。"说你们……好哇。"

南燕还是跟我斗嘴。"我们是好哇。我和麻民生从小就是邻居，他和我哥是好朋友，难道我们……"后来看我认真起来，南燕才软软地嬉笑着哄我说，"你要是不愿意，以后我就不理他了。"

南燕让我急不得恼不得。她对麻民生的好，像对哥哥，而她对我的好，像对弟弟。我说不出哪一种的好更特殊一些。我说，"那你就别再理麻民生了。"

可南燕却眨眼之间就尖刻起来。"喝，你倒是真敢顺杆爬呀。就冲你这么小心眼儿，我看我是不能再理你了。"

南燕对我的态度，就像弹性很好的猴皮筋，一忽收紧，一忽放松，让我根本就无规律可循。

转眼就到了一九七八年的夏天，可这一年的高考我未能参加。开始报名时，爸爸妈妈找到技校，让他们给我出具资格证明。可这时我们才了解到，有项政策规定，在读的技校学生一律不准参加高考。本来任何政策都有弹性，在爸爸妈妈认识的人里，也有与我同样情况却报上了名的。可现在技校偏要卡我，爸爸妈妈也没办法，他们分析，肯定是我有可能考取大学这件事情，让技校的师傅们受到了伤害。那时候，在我们一四一四工厂的家属子弟中，许多人通过各种手段抽调回城后，能当个大集体工人就不错了。而我作为一个候补的国营职工，却还要这山望着那山高，未免有点得陇望蜀。但碍于爸爸妈妈的再三恳求，技校领导最后口头答应，下一年高考时，可以给我出具证明。因为下一年的夏天，正好也是我们两年半技校生活结束的时候。爸爸妈妈思之再三，建议我退学。他们的意思是，技校领导虽然说了下一年可以对我放行，但毕竟只是口头应付，不敢让人太当真的。而且，既然我要孤注一掷地参加高考，读不读技校也无所谓了，不如索性退学，找一家中学去旁听高考能够用上的课程。

当时正是暑假，我难以下定决心，我想，我更需要的不是爸爸妈妈的形势分析，我需要的，是南燕的态度。

南燕被我找到厂区外边的庄稼地时，显得很兴奋。她避口不谈几天以后就要开始的高考，只是叽叽喳喳地讲述在刚刚过去的这几天假期里她都干了些什么，一个劲地抢我的话头。我觉得这不像以前的南燕。

"南燕，学校不同意我参加高考，我，我读不上大学了。"

好不容易找到了一个说话的机会，我却不敢看南燕表情。我希望她为我而生的遗憾不仅仅写在脸上。可是南燕就像没听到我说什么一样，连礼节性的遗憾也没表露出一点一滴。

"我知道。"她说，对这样的结局她似乎非常满意。

面对南燕的无动于衷，我心中如同被扎了一刀。我有一种被欺骗的感觉，我认为以往南燕对我表现出来的都是虚情假意。可就在这时，某种隐秘的感应在我的意识中忽然得到了凸现与确证，我一下子就看进了南燕情感的最深一层。我的身体颤抖起来。

"但是南燕，"我试探着说，"爸爸和妈妈，非让我读大学。所以，我准备从技校退学，明年考……"

直到这时，南燕的平静才转化成遗憾，但她的遗憾，显而易见，是因为另外一件事情。"你——你不想上技校了？"

"不上了。我是来征求你的意见……"

"我的意见……"只是一瞬，南燕的泪水就涌出了眼眶。

我终于可以宣称我彻底明白了，喜悦使我的眼睛也开始湿润。南燕转身以手抚脸，瘦削的肩胛微微耸动。我壮着胆子，伸出手去，揽住了南燕单薄的肩臂。

"南燕，可我舍不得你……"

这天晚上回到家里，我和爸爸妈妈大吵了一架。这是他们从盘锦回到沈阳以后，我首次对他们的意志进行反抗。我先心平气和地说，我不退学了，我担心破釜沉舟地准备高考对我压力太大。不离开技校，一旦高考失败，我至少还是个国营工人；如果从技校退学，再考不上大学，那我就只能又当待业青年了。然后我又横眉立目地说，我就是不想退学了，你们爱咋地咋地吧。是我考大学又不是你们考，你们要是不尊重我的意见，我还不干了呢！爸爸妈妈都没见过我这样的阵势，我不仅会先礼后兵，还会蛮不讲理，他们只能唉声叹气束手无策。现在他们需要我的，只是给他们考取大学。

南燕说："我不能拖你的后腿。"

我说："这是我的决定，和你无关。"

没人知道我们在恋爱。南燕是个谨慎的姑娘，她把与我的约会，总是安排在距厂区很远的郊区农村。但我们实在太幸福了，幸福本身就是一种蛛丝马迹。那个一直很喜欢南燕的麻民生，他用他的痛苦察觉出了我的幸福。为了削弱我的幸福，越是在我面前，他就越是要展览出他与南燕关系的不同一般。当然我知道我已胜券在握，我宽厚的微笑只能使麻民生更加气急败坏。有一天，我和南燕从陶屯回来，快踏上那条回厂的必经之路时，我们拉开了距离。南燕走在前边，我比她晚了多抽根烟的工夫。可刚一进入厂区，我就看到，麻民生从前边迎了过来。

"南燕刚刚从这里过去。"

我想躲开已来不及了，便若无其事地冲麻民生扬扬手里的烟卷。可麻民生对我尴尬中打的招呼置之不理，开门见山地提到了南燕。

"你什么意思民生？"

我对麻民生的敌意没过分计较，尽管作为一个监视者他令人讨厌，但他悲形于色的痛苦，也让人可怜。

"你俩是一块出去的吗？"麻民生问。

"这跟你有什么关系吗？"我想绕过他走我的路。

"南燕跟我好，我希望你别缠她。"

"是吗？如果是这样，你让南燕自己来对我说好了。"

"你别以为你多了不起，你是个骗子！"忽然，忍无可忍的麻民生喊叫了起来。"你不会武术，你是自己瞎吹的；你在北区有点名，靠的是刘仁义帮你，可刘仁义死了；你在中学时称王称霸，但现在的技校可不是中学……"

我的忍耐是有限度的，我想我得动手了。麻民生说得不错，我不会武术。可以我从小学时开始的自我训练，打他还是绰绰有余的，他的身体，不会比我家院子里那几株小榆树更有挺头（我家院子里的那几株小榆树，已经在我持之以恒的击打下先后死去）。我的掌，我的拳，从进技校后就没沾过皮肉了，现在还真就到了操练一番解解刺痒的时候。我瞪圆了眼睛，攥紧了拳头。

"你——"可是我一下子又想到了南燕。"你的话有点太多了吧。"我转过身去，还是想走。

麻民生肯定昏了脑袋，他接下来的表现就是不识时务了。他居然拉住我的一条胳膊，要求我必须放弃南燕。"……你要明白，南燕早就跟我好了，我五岁的时候，她就让我亲过她嘴……"

我停了下来，扭过脸去，看到麻民生的嘴角溢出了唾沫。我恨恨地想到，这张丑陋的嘴巴，如果真的亲过南燕，那我必须为南燕洗去耻辱的印痕。我把那条被麻民生拉着的胳膊轻轻一带，另一条胳膊就扬了起来。我那条扬起的胳膊掠起了风声，在嗖嗖的风声中，几个动作一气呵成。拳直捣，掌斜砍，拐下击，只三下子，我根本还没过足瘾呢，麻民生就松松垮垮地栽到了地上。他的脸上沾满了尘土，他的嘴巴，那个他自诩玷污过南燕的肮脏的器官，已经难看地青肿起来，流出了鲜血。

终于将麻民生的干扰平息了下去，我觉得，我和南燕的爱情世界更加光明了起来。南燕始终也不知道麻民生嘴上的青肿是我造成的，她第二天上学对我说的是，民生的嘴撞坏了，可我怀疑是让谁打的，真吓人。以后，你可千万千万别再打架了。

现在想来，麻民生其实并未善罢甘休。当他把目光从自身的角度移开了一点时，他很容易就能看到，汤师傅对我和南燕的关系也耿耿于怀。"你们小逼崽子要是敢犯生活作风错误，"汤师傅常常在政治学习时教训我们，"我就让你们一辈子都没法抬头做人。"于是，一个对爱寻而不得的年轻人和一个对爱恨之入骨的中年人，立刻臭味相投地勾结起来，从暗处用枪口瞄准了我们。而我和南燕，还蒙在鼓里。

这时候，爸爸妈妈被平反以后，已经调离了一四一四工厂去市里工作；这时候，为了支援南线的对越自卫还击战，我们这座生产大炮坦克装甲车的军工厂，已经没有节假日了，以往技校那漫长的假期自然也随之被取消了。

春节前后，厂里要搞文艺汇演，技校也是一个代表队。南燕会说很好听的普通话，汤师傅就让她诗朗诵。南燕把汤师傅推荐的朗诵诗拿给我看，我觉得太不上口，说要创作一首给她朗诵。虽然汤师傅对我的创作大为不满，可厂宣传部的人在审查时却通过了我写的诗。春节文艺汇演那天，南燕和那些参加演出的人都去了主会场，在那里，有数千名领导和劳模先进群众代表以及北京部里来视察我们厂革命化春节的上级首长；而我和全厂的绝大部分职工一样，是在自己单位的喇叭筒子里收听演出现场的实况录音的。当时，我们技校的人在听到报幕员报出诗朗诵《献给新一代最可爱的人》时，都不再说话，静静地等待着响起南燕的声音。可报幕员是一个比较内行的工会干部，在报出演出者的单位和名字之前，她竟出人意料地，先报出了诗作者的单位和名字。也就是说，在南燕的诗朗诵开始之前，我的名字和南燕的名字，就像一对比翼的飞鸟，已经率先在整个一四一四工厂的广阔厂区里翱翔了起来。

......

祖国的春天万物争荣，

四个现代化的洪流澎湃汹涌，

置身在和平的环境里学习工作，

我更加思念你们呀——

美好生活的保卫者，

新一代最可爱的人！

当越寇的铁蹄侵入祖国的边疆，

当骨肉同胞受到杀戮和欺凌，

你们怒火燃烧，义愤填膺！

你们仿佛看到：

当年英军在三元里烧杀抢掠，

昔日沙俄在血洗江东六十四屯；

你们仿佛听到：

邓世昌那"撞沉吉野"的金石之声，

义和团冲进北京的呐喊如海啸雷鸣。

于是，你们无畏地投入到对越自卫还击的战斗之中，

用复仇的烈火烧毁敌人的黄粱美梦，

用正义的子弹打碎霸权主义者的逆施倒行。

……

事情发生在当天晚上。

文艺汇演结束之后，南燕从俱乐部回到技校，全体同学就像迎接凯旋的战士。等我们听南燕介绍完主会场的情况，放学回家时，已经时近黄昏了。找个机会，我邀请南燕到我家去（一直和我住在一起的姥姥，这几天因病在市里住院），我说我要给她摆酒祝贺。南燕毫不犹豫地答应了下来，她当然愿意与我共同分享演出后的快乐。后来我想，我们这一对更多的时候只能眉目传情的年轻恋人，渴望单独待在一起的念头不能算错。我们的失误在于，在设法通知南燕的爸爸妈妈时，我们没能选择一种更稳妥的方式。其实这事非常简单，只要南燕随便委托一个住在她家附近的同学去她家编个不回家吃晚饭的理由也就行了。可南燕委托的人，偏偏是麻民生。她让麻民生告诉她的爸爸妈妈，这天的晚饭，她要在一个与她要好的女生家里吃。

到现在为止，我也坚持认为问题出在麻民生身上，可是，我无法找到确凿的证据。后来我打听过，当汤师傅领着厂保卫部的人冲进我家时，麻民生正在棋盘上与南燕的哥哥较量车马炮呢。但即使是这样，如果我后来没考上大学，我想我也一定会把麻民生打翻在地。可是后来我考上了大学。考上了大学，便意味着我已经躲开了侮辱，可以忘记仇恨了。于是，在我得意扬扬地徜徉在北京东郊定福庄的大学校园里时，我不再去想，南燕这样一个柔弱的姑娘，是怎样独自承受那种能致人于死地的名誉上的压力的。

冬季的沈阳天黑得很早，我和南燕鬼鬼祟祟地来到我家不一会，夜色也就降临了下来。酒足饭饱后，我们拥抱在一起，一时都有点不知所措。刚才我们已经说得太多太多，酒精眼神和甜言蜜语，让我们心头的冲动都难以抑制。但我们的确想不好下一步应该做些什么。如果是现在的孩子，那些早熟而多知的，也许小学没毕业，就懂得了(至少是听说了)避孕套与安全期。可那时候，我是一个多知而早熟的十九岁青年，再有半年，我就将成为首都北京的一名大学生，一名候补的新闻记者了，可我对我自己的身体以及同类中异性的身体却还一无所知。当我把手触上南燕小小的乳房和平滑的小腹，当我把手探向南燕茸毛覆盖的湿润的肉隙时，我几乎被吓死了。

"这样……会怀孕吗？"

这时的南燕，如同失去了知觉。听我发出了声音，她才醒转过来。

"肯定会的，肯定会的，"南燕的身体紧紧地绷着，双腿都夹痛了我的手指。"可我，愿意和你生一个孩子……"

我们泪水交流，衣衫不整……

汤师傅带着厂保卫部那两个壮汉破门而入，就是在这样一个时候。

我和南燕立刻就傻了。我们不知道他们是怎样钻进我家那院门紧闭的小小宅院的，我们也不知道他们围着我家那低矮平房的破门薄窗守候了多久。我们只感到，站在我们身边的三个壮年男子就像过节一样，个顶个的神采飞扬。一个说，你们真是胆大包天，连人都不避了。另一个说，他妈的，老子都快冻成冰坨了。只有脊背弯曲的腰病患者汤师傅在笑嘻嘻地骂了一句"小逼崽子"后，变得痛心疾首起来。你们怎么能这样，他说，这是流氓行为呀！

　　在当时，我只恨麻民生这个（想象中的）告密者，而对汤师傅，我对他的宽大政策更多的倒是抱有感激之情。汤师傅说，南燕是女的，而且在哭，这说明她是个受害者，因而，让她自己回去反省也就行了，是否通知家长和给予处分，以后看情况再说。而对我这个有前科的人，鉴于进入技校后的良好表现，也就不交送公安机关了。但是，在技校内部要对我做出严肃处理。同时，为了避免我与南燕的进一步接触，暂时让我停课一周，待他们通过了我写的检查，并与我的家长联系以后，再决定是否准许我回校读书。

　　那几天南燕是怎么过来的，我不知道，我不敢去找她，我怕扩大事态。但那几天我之所以还能挺得过来，则要感激酒，感激那种被称作"醉生梦死"的生活方式。由于姥姥不在家，那些天，我家整日烟尘滚滚，酒味冲天。朱小杰、应雄、阎力，包括杜向东、张强、李刚，这些从农村回到城里的无所事事的旧日同学，每天都要陪我在家一醉方休。那期间，我先后去汤师傅家给他送过两回检查，可他批评我写得不深刻不详细。你不是作文写得好吗，他说，那就好好发挥你的特长，把你的所作所为都写出来。

有一天，不明究竟的王富贵来看我，问我为什么不去上学。

"不去了，他妈的我不去上学了。"我当着一群人的面，气壮如牛地大喊大叫。"我要参加'红色高棉'了。"

"'红色高棉'？什么'红色高棉'？"王富贵问。

在场的人都笑了，几乎异口同声地说："就是你妈裤裆里那块红棉花团呗。"

这是一个典故，他们下过乡的人从农村带回来的。我刚听说不久，王富贵根本就没听说过。王富贵脸上有点挂不住色了。我忙给他解释说，是闹着玩呢，不是骂你。我就让阎力给王富贵讲。在阎力栩栩如生地又说了一遍那个与越南人柬埔寨人和中国人都有关系的黄色笑话后，大伙开始沿着这个笑话，继续探讨相关的话题。就是这时候，我忽然想到了一个躲开技校逃避汤师傅改变眼下命运的绝好主意。

"我说，你们是不是也觉得就这么干待着特别没劲？"我制止了几个大小伙子的粗鲁喧哗，一本正经地看着他们。

"是没劲。"他们参差不齐地回答我说，"可还得这么待着。"

"那你们有没有胆量去和我干一桩惊天动地的大事情？"

"干什么？"他们也都正经了起来。

"我有个打算，说出来了，你们不许外传。"

"说说看，什么打算。"

"到南方去，到中越边境去。"

平常我并不像别人那么爱开玩笑，所以我把话说完，他们看着我，一时都有点无言以对。我是他们的中心，这一点谁都有数。过了好一阵子，他们才纷纷问我，怎么想到了这事，是我的突发奇想还是有人组织，为什么不申请当解放军走正常渠道……等他们都安静下来，我也为自己找到了理由，便给他们解释起来。我说，咱们都是爱国青年，现在中越交战，咱们去保家卫国，做的首先是有意义的事。我还把我的《献给新一代最可爱的人》背了一段。我又说，从咱们自己来讲，挺大个人待在家里吃闲饭也挺无聊的，出去闯闯，没准还能闯出些名堂。我最后讲，中越交战，其实和当年的抗美援朝、抗美援越性质一样，是抗越援柬，是帮助柬埔寨，是帮助咱们曾经夹道欢迎过的那个西哈努克亲王。在这之前，我听爸爸妈妈议论过越柬关系，关于雨季旱季之类的事，这个时候我就都用上了。我说，我们要是等到按正常渠道当上解放军了，能不能被派到前线是一回事，即使上前线了，旱季也过去了，越南也不打柬埔寨了，我们也就捞不着打越南了。我最后颇有领袖之风地做了个手势说，要想跟我走的，事不宜迟，趁早决定。

我的一番演说虽然是即兴发挥，可有理有据，说得好几个人蠢蠢欲动。有两个一时拿不准主意的，也只说要再想一想，但现在则积极参与出谋划策。我们那天没有喝酒，有备无患地在纸上列出来好几条行动方案，比如怎样从家里多搞点钱，比如是否从厂里偷几支枪带上，比如还要不要再网罗一些有兴趣的人与我们同行，比如雨衣、驱蚊剂、消炎药止血纱布这些必备品的用量……我们对着一本《世界地图》，为自己制订出了宏伟的蓝图，并很快又让这个令人血脉偾张的蓝图变成了臆想中的现实。

"那你就再取个名吧。"王富贵一脸钦敬地望着我说。从小学时代起，他就是我所有动议的积极支持者。

"取个名？取什么名？"我一时没反应过来他要说什么。

"咱们这个组织，总得有个名称代号吗。"倒是朱小杰立刻懂了他的意思。

"对，应该有个名称代号。"张强响应说，"就是以前人们用过的'风雷激战斗队''在险峰造反团'那种名字呗。"

"还有，还有'柬埔寨民族统一阵线''朗诺–施里玛达集团'那种名字……"阎力挤着眼睛接了一句。

听了阎力的话，我们前"柬埔寨民族统一阵线"的几个人笑得前仰后合，而那几个前"朗诺–施里玛达集团"的人则脸上讪讪的。谁都能联想到，当年在班级里，是以我为首的"柬埔寨民族统一阵线"瓦解分化了以赵小兵为首的"朗诺–施里玛达集团"。

我懂得团结的重要性。尤其是在这个时候，我需要尽可能多的人簇拥在我周围，帮助我忘掉技校的灾难。"对对对，对对对，为咱们这组织取个好名很有意义。"我伸手平息了众人的哄笑，点上支烟沉思起来。"我觉得呀，"隔了一会儿，我慢慢说道，"'柬埔寨民族统一阵线'也好，'朗诺－施里玛达集团'也好，说到底，都是一个国家的人对吧？"我说到这里，又有人想笑，可见我态度认真，便只好掩住了嘴巴。"但是现在，面对外敌入侵，一个国家的人就必须要团结一致，齐心协力。所以呀，我们也是这样。不管以前谁和谁好，现在都是哥们朋友。"几个人听得频频点头。"那么，我们共同使用一个什么名字才更有味道，更有特点，更有分量呢——"我看看众人，然后自己高声回答，"这个名字呀，我觉得就该叫'红——色——高——棉——'……"

　　然而事情并不那么简单。从哪里走漏了风声没人知道，反正我们的南线之旅没能成行，"红色高棉"转瞬之间就被扼杀在了摇篮之中。作为"红色高棉"的发起者和命名人，我这回犯的是政治错误。问题比我想象的要严重了许多。那几天，技校厂方还有野台子地区的公安机关，对我提来审去的如临大敌。我想到了刘仁义。他被枪毙，就是因为政治罪加上流氓罪。现在我也算两罪在身了，没准也是死路一条。想到死亡我不寒而栗，我希望能在死前再见一面南燕。可是根本就没有机会。在他们施加给我的强大精神压力下，使我觉得上厕所都受到限制。爸爸妈妈在市里听说了我的事情，无暇再去照看住院的姥姥，他们连夜回到野台子来。他们心惊胆战地刺探情况，小心翼翼地与各方斡旋，表现出了从未有过的低三下四。最后，他们的努力见点成效，技校厂方和公安机关同意网开一面，允许他们先把我带到市里的家中等候审理，但要求我每两天要到当地的派出所报到一次。也许是组织"红色高棉"的政治事件实在太大了，汤师傅和厂保卫部都忘了再提我和南燕的生活作风错误，使我得以比较坦然地去面对爸爸和妈妈（在那时的我看来，"生活作风错误"可要比"政治错误"会更让爸爸妈妈跟着我丢人现眼）。两个月后，经过公安机关的反复调查，多方取证，"红色高棉"的事情不了了之了。而这时候，再一次的高考报名工作也已经开始。这一回，爸爸妈妈没征求我意见，他们越俎代庖地再次回到一四一四工厂，替我办完了退学手续，又办来了参加高考的准考证。我没敢让爸爸妈妈替我打听一下南燕的情况，甚至我都没敢设法告诉王富贵他们我市内这个家的详细地址。是的，我很想听到南燕的消息，可我又怕听到她的消息，我更不知道若真的听到了她的消息我该作何反应。于是，在沈阳城里我舒适的家中，我只能把遗忘当成鸦片来麻醉自己，而不去管南燕要独自承受多么大的伤害及其羞辱（这其中，自然也包括了我对她的不闻不问）。

七月的七号八号九号三天，在距野台子只有一箭之地的沈阳市朝鲜族中学，我参加了一九七九年度的全国统一高考，并且比较顺利地以数学八分，外语零分，但总分数为三百四十六分的成绩考入了北京广播学院的新闻系。在接到录取通知书的那一天，我在依然陌生的沈阳城里的家中，大哭了一场，独自喝下了四两白酒。然后，我在最后一个塑料皮上印有"最高指示"的笔记本上，写下了一则连我自己都不知所云的日记：

南燕南燕南燕南燕南燕南燕南燕南燕……

王富贵朱小杰应雄阎力。刘仁义。

一四一四工厂。

野台子。

沈阳。

替补

他们是主力，我们是替补。

他们都有亮堂堂的大号："小钢炮"刘钢，"飞毛腿"兰继成，"铁脚"胡洪湖，"铁大门"葛强……

我们有名字也没人知道。人们叫我们总是这么说："哎，你……对，就是你。""那个趿拉鞋的。""二十七号。""你是三十号吧……"最惨的就是我了，连个正经号码都没有：零号，等于无。

我们足球队是国内的甲A劲旅，球迷给我们球队起的绰号叫"爱谁谁"，意思是我们的对手爱是谁是谁，我们一概不把它放在眼里。我们球队的队歌非常出名，如果说意大利AC米兰的《米兰，米兰》是世界上最著名的足球队队歌的话，那我们的《爱谁谁永远最牛逼》就是全中国最著名的足球队队歌。在这里，谱子我就不写了，我只写出歌词，你也准保会唱：

东风吹，战鼓擂，

咱的足球队爱谁谁。

不是咱们怕别的队,

而是别的队怕咱们。

噼里啪啦,稀里哗啦,

足球规律不可抗拒不可抗拒。

咱们的对手必然失败,

爱谁谁永远最牛逼,

爱谁谁永远最牛逼!

我们"爱谁谁"的队歌大气磅礴,睥睨群雄,好像有点太狂妄了。但没有办法,有的队想狂还狂不起来呢,为什么?没本钱呗。我们的狂可是以实事求是为基础作原则的。我们"爱谁谁",除了俱乐部财大气粗,购买内外援和发放奖金时都敢一掷千金,号称智多星的教练员还老谋深算指挥有方,更主要的是,我们的队伍里兵多将广,主力阵容强大,光现役的和退役的国脚就有十二人之多——组成一支国家队都小有富余。因而,不管我们怎么狂妄,别的队也只能羡慕没法嫉妒。

不过我说了半天的这个"我们",若严格划分,是不应该包括我的。不是我谦虚,真格的,虽然我也是"我们"中的一员,可"我们"的一切成绩都与我无关。你想想吧,每逢比赛,我们杀气腾腾的主力阵容往场子上一拉,对手就先自添了几分惧色,这种时候,素来讲究心理战的智多星,怎么还能给我们替补队员一试身手的机会呢？他可怕我们上去了镇不住人家变得被动。所以，摧营拔寨也好，守家护院也好，都是他们主力的功劳，我们替补的存在形同虚设。当然了，替补队员也并非总无上场之日，有时打弱队，有时主力队员伤病的多了，被停赛的多了，智多星也会让某些替补暂别板凳上场亮相。可问题是，即使所有的替补都离开板凳了，我也还得以把板凳坐穿的劲头被闲置在场下，因为在我们"爱谁谁"里，替补也不是等闲之辈，他们只要一上场，就会把智多星给他们的机会当成天赐良机，为了跻身主力阵容而拼命表现，照样可以拒敌于国门之外，甚至也能把对手打得落花流水。这样，"铁大门"葛强就不存在受伤领牌的危险，对他来讲，几乎连疲劳都无从谈起，因而他永远可以倚在那个白色的球门柱下，得意扬扬地手搭凉棚眺望前场的拼打厮杀，高兴了还可以冲到中场去踢那么一脚，得以大出风头，赢取彩声。如此的结果，自然是独独苦了我一个，即使全队的三十八名队员里有三十七人轮番上场了，我这个第二守门员也只能在冷冷清清的训练场上摸爬滚打，而无法到万众欢腾的比赛场上去一展英姿。我憋气，我愤慨，我委屈，我抗议，可在智多星那里，全不起作用。有好几次，我想在比赛之前往葛强的矿泉水里放点巴豆让他喝了跑肚，或者给公安机关写匿名信，说他强奸了强抢了，让他接受审查因而干扰他技术水平的发挥，甚至，在训练时，假装无意地把他的腿骨踢折，让他进医院里打石膏绑夹板干脆就结束他的运动生命……但考虑到集体的荣誉全队的利益队友的身体和我自己的良知，我什么都没做，只想了想。

新一轮联赛开始之前，我们"爱谁谁"计划打几场热身赛，其中最后一场，是与一支来自欧洲著名俱乐部的球队交锋。本来，热身赛只是搭搭新组合，排排新阵容，找找新感觉，至于是与来自国内的队交锋还是与来自欧洲的队交锋，至于是输是赢是平，都不重要。这一点智多星清楚队员也清楚。可市里领导却不清楚，他们要求我们全力备战，不惜牺牲甲A联赛的头几轮比赛，也要拿下欧洲强队。他们亲自来俱乐部对我们进行爱国主义和报什么一箭之仇的教育，并提出了一个"加大运动量打败洋鬼子"的内部口号。这么一来，我们本来已经不低的运动强度，一下子又加大了许多，累得大伙一个个龇牙咧嘴，怨声载道。"小钢炮"刘钢因为有个动作慢了一点，被智多星踢了个跟头；"飞毛腿"兰继成因为下底不坚决，被智多星骂了"操你妈的"。只便宜了我们这些替补队员，智多星高兴了催我们多练一会，忙起来根本就不管我们。我们一会拣球，一会抬矿泉水，身上刚冒汗训练就结束了。

这么一来，每次从训练场上回到宿舍，主力队员都要高呼"打倒智多星"的口号，还声言要找个地方，去控诉智多星的"法西斯"作风。只有我基本一声不吱，忙忙叨叨地擦皮鞋熨西服或者听流行歌曲，连"铁脚"胡洪湖问我"你他妈怎么没有态度"，我也只是笑笑不说什么。依我以前的性格，我是会说的，我要说你们就别总发挥那么好了，退二线打替补吧，何必要吃那么大的苦受那么大的累，兜里边的银子挣得差不多了就行了呗。可我没说。我倒不是怕谁汇报上去说我扰乱军心涣散斗志，我是担心，别人要是真的都甘当替补了，那我还不得被清出球队呀。

但晚上和女朋友约会时，我还是迫不及待地把我这个逃避"法西斯"作风的秘方告诉了她。她叫樱花，是体操队的。她严厉地斥责我没有志气，没有抱负，不求上进，甘居人后。她迈着体操运动员所独有的八字脚在我面前走来走去，动情地说："不想当将军，就不是好士兵；不想当球星，就不是好队员。你得有理想，有追求。你看我，马上就二十了，可还在苦练。"我默然，我不知道一个二十岁的体操运动员刻苦训练还有多大价值。我拉着樱花的小手里外摩挲，我想说我是被智多星逼成这样的，他对我视而不见，有如同无，我空有一身的本领却无处施展呀。可我没这么说，我只是讲："足球是一个集体项目，需要发挥每一个队员的长处，协同作战。不像体操，你一个人又是平衡木又是高低杠又是自由体操的……"

打这之后，再有人跟我提到球队的事，尤其是提到主力替补之类的事，我就一本正经而又津津有味地给他们讲足球与体操的区别，也不管他们爱听不爱听，听得懂听不懂。

那天训练，三十三号拉着我陪他练头顶球。本来我们顶得好好的，可不知什么时候智多星也不怎么退着身子就蹭到了我们身边，结果，一个本来应该被三十三号顶给我的球，却被智多星撞飞了。智多星没看我们，双手仍然冲着主力那边比比画画，只是在嘴里嘟嘟囔囔地说我和三十三号："咱们球迷朋友也得注意点了，不能影响我们正常训练哪。"三十三号听了这话，差点没气得背过气去，红头涨脸地盯着智多星却不敢吭声。我过去拍了拍三十三号的肩膀。"走吧球迷朋友，"我嬉皮笑脸地对他说，"歇一会去。"

三十三号站在原地没动，只是咬牙切齿地对我说："智多星也太不把咱们当回事了，这是污辱人。咱们一定要练出点名堂来，让他看看。"然后他就自己顶球。

我钻出包围训练场的铁丝网，站在看球的球迷堆里，要了支烟抽。

以前我也渴望别人把我当一回事，可现在已经无所谓了。别人可以不把你当回事，你也可以不把别人当回事嘛。我还记得，有天晚上，"铁大门"葛强的一个朋友来看他，天太晚了便没回去，说要找张床铺对付一宿。葛强领他找到了我的宿舍，跟和我同一房间的二十九号说明了来意。二十九号犹豫着说，怎么可以留宿外人呢，教练查出来我们这屋该挨骂了。葛强正耳朵里塞着随身听扭屁股呢，听了二十九号的话，不屑地说，教练又不查你们替补的房，你们有什么好害怕的。那意思，就好像我们是天生的野种，虽然后来也认了爹娘，可爹娘照样不把我们当孩子看，并没有闲心管教我们。然后，他指着我的床对他朋友说，你住那吧。

我一声没吭，看他到底要怎么样。倒是他那个朋友眼睛还没瞎，"这……这床有人……"

"有人？没有，你住吧。"

"有……这不躺着呢吗。"

葛强骂骂咧咧地凑到我的床边，往我脚丫子上看。我更生气了，有什么好看的，你也是守门员，你的脚丫子还不跟我一样，甚至要比我的更难看呢，脚指甲不会有一枚是完好的。我从床上坐了起来，瞄准葛强猛往前一站，撞得他左右腿交替着打挺转了两三圈。我以为这一架是非打不可了，就攥紧了拳头，端好了架势。可没想到，葛强不仅没理会我，还兴高采烈地对他朋友喊了起来："嗨，哥们快看，我会'弹簧'步了。"弄得我这个憋气呀，我倒成了他的弹簧弓子。后来，葛强把他朋友安排到别屋去了，二十九号说，你撞他撞得那么狠，我真担心你俩会打起来。我说，打起来就打起来，他不把我当回事呀，我还不把他当回事呢。

现在看着三十三号在那里顶球，我想的是，智多星我也不把他当回事了，我呀，只把樱花当一回事。

想到了樱花，我又想到了虎子，我希望训练赶紧结束，我还得去为樱花找趟虎子呢。

前两天约会时，樱花对我说，与欧洲球队打热身赛时，让我帮她弄两张主席台上的请柬，她说是她两个重要的朋友管她要的。其实我心中特别瞧不起那些要票看球的人，如果的确有人是因为经济原因可以原谅的话，那我尤其瞧不起那种非要上主席台看球的人。我认为，非要跑到主席台上看球的人，没有几个是真懂球的，大部分是在凑趣摆谱显能耐呢。真球迷看球，必须和其他球迷融为一体，彼此交流。大家应该同喜同悲，同欢同愁，同声高唱"东风吹战鼓擂咱的足球队爱谁谁……"再说了，弄两张请柬那么容易吗？这一阵子，免费的赠票都不好找了。可为了满足樱花的要求，我无论如何是打不得折扣的。我只能找虎子。

虎子是俱乐部里一个摆弄录像的朋友，为人仗义，极有神通。我的电话挂过去之后，没用一个小时，他就找我来了。他见到我的第一句话不是告诉我请柬是不是搞到手了，而是带有埋怨的口吻批评我说："马上就要比赛了，你怎么能回家呢！隔了好几层的狗屁亲戚，写封信表示一下就行了呗。"

我被他说愣了。"怎么了？我没回家呀，我天天都在训练场上。"

"天天在训练场上？"虎子怀疑地摇了摇头，"我几乎天天来看你们训练，怎么没见着你？"

"没见着我？怎么可能呢？"

"你看，就昨天我还问他们，你咋不见了呢，他们说，好像是你表姐夫的爸爸死了，你请假回老家奔丧去了。"

"扯淡，他们表姐夫的爸爸才死了呢，我连表姐都没有。"

"反正好多人都说训练场上看不着你。"

我没心思和他探讨为什么在训练场上看不着我的问题，我只是连道着谢谢接过了请柬，心里谋划着今晚和樱花约会时得做点什么。记得上次在小树林里我俩约会，我隔着衣服摸她胸脯，她没拒绝。我那个高兴呀，就想乘胜前进，试探着去解她的纽扣。可一阵突如其来的脚步声和说话声坏了我的好事。我急忙住手扭脸看去，见是"飞毛腿"兰继成搂着食堂那个童童他妈走了过来。他们距我们不足三米远，可硬是对我们视而不见。兰继成把童童他妈披在身上的白大褂铺到地上，俩人吭吭叽叽地就脱起了裤子，也不怕天寒地冻，羞得我和樱花赶紧跑了。

可我和樱花的下一次约会，被樱花单方面地提前了，提前到了天明日朗的大白天，正中午。我在宿舍正午睡时，樱花把电话打进了我手机，她说她现在在我们球类大院的门口。

"不是说好了晚上见吗。"我想中午我们连手都不敢碰的。

"请柬没要到？"樱花的声音有点不快。

"要到了要到了。"

"那就赶紧给我呗。"

我立刻穿衣起床。为了避免遇着有可能在楼门口监视我们午睡的智多星，我从窗户跳了出去。可不巧的是，我脚一落地，就见智多星从他办公室那边走了过来。他听到了我发出的声音，扭头看我。我硬着头皮冲他尴尬地点了点头，一时不知怎么解释。可智多星好像能理解我的苦衷，他只看我一眼，就收回了目光，对我的点头不理不睬，面无表情地进了我们宿舍楼，倒是让我对他的不讲礼貌生起气来。

樱花躲在球类大院外边公用电话亭的后头朝院里张望，手里拎着马筒包，身上只穿一套体操服，线条毕现，生机勃勃。我大摇大摆地走出院门，到她身旁，"嗨"了一声。她哆嗦一下，回过神来，嗔怪地说你吓我一跳。

"你从哪过来的？还挺快呢。"显然樱花情绪很好。

"从——"我回头看看我们大院的院门，"我跳墙过来的，怕门卫跟智多星汇报我不好好午睡。"

"对不起，我害得你没遵守纪律。"

"没关系，要不我也没午睡。"

"那你干吗呢？"

"想你呢。"

"别总光想我，得多想想怎么把球踢好。"

"又来了。"我咕哝一句。

"你说什么？"樱花仰头看我的嘴。

"我是说，昨晚我还去你们那边找你了呢，可训练馆和宿舍全都没你。"

"啊，昨晚我替你办事去了。"

"替我？我有什么事呀？"

"你这家伙，这么健忘。你那堆资料，我求人给全部译完了，昨晚我去取了回来。这请柬，我就是给人家的报答了。"

我想起来了，大概是半年前，我和樱花刚好上时，别人送给我一批德文的足球资料，那时我还一心想当主力呢。我就跟樱花说，示意图我倒看得明白，可文字对我来说就是天书呀。樱花就把那批资料要了过去，她说看看能不能替我找人翻译一下。这事过去我也就忘了，没想到樱花还真当事办了。我接过樱花递我的一厚摞子稿纸，使劲地眯眼睛、缩脖子、咧嘴、攥拳，表现出来惊喜的样子。"真是太好啦，"我用一种自己听起来都肉麻的声音说，"谢谢谢谢谢谢你！"

樱花说："剩下的，可就是你自己好好练了。听我话，别总是遇到点不愉快就泄气，拿出以前的干劲来，争取有朝一日去镇守国门，为国争光。再说了，只要你真出色，即便在'爱谁谁'打不上主力，不也可以转到别的队吗……"

"那可不行，我舍不得你。"

"还是应该以事业为重。"

"那也不行，在'爱谁谁'，当替补也比别的队的主力收入高。"

"你看你，脑袋里边都装了些什么……"

"我也是为我们的未来想……"

"可你知道吗，没有足球也就没你，没有事业我们也就等于都不存在了。"

樱花的话让我张口结舌。本来我还想请求她晚上与我在小树林里再约会一次呢，可现在看来，即使她不拒绝，我也不好意思显得脑袋里除了工资奖金就是儿女情长了。我说那我们——樱花说，我要是你，以后中午晚上各加练半个小时。

告别了樱花，我一边翻看着手里的资料，一边返回了球类大院。院子里的角角落落都很干净，我实在是不忍心呀，在如此清洁的环境里，把手里的资料来个天女散花。后来，好容易看到了个垃圾筒，可我刚想把那些资料扔进去，一抬头，却发现我是站到了智多星办公室的窗户外边。我能看见，智多星正歪在破沙发上呼呼大睡，手里还捏着一管红蓝铅笔和两张白纸。看来，他到队员宿舍巡视回来，自己也困得撑不住了。我想了想，转身钻进办公楼里，大摇大摆地进了智多星的办公室。我在智多星的办公室里走来走去，又是咳嗽又是哼哼流行歌曲，可这家伙就是不醒，搞得我特别没有意思。我闲极无聊地把磁性模盘上代表双方队员的红黄磁钮都起了下来，围着智多星和他的沙发，在地上摆了个半圆。那些滑润光亮的磁钮被我摆得十分细心，一红一黄，错落有致，恰似半轮朝日跃出海面。然后，我把那批德文资料的原稿和翻译稿都扔到智多星的办公桌上，又从桌子上拿了半盒他的红塔山烟，吹着口哨回了宿舍。

来访的那支欧洲球队叫格赛莱斯克洛米达尼拉希俱乐部队，没人能叫好这一大串拗口的名字，大家都把这支队伍简称为"拉希"队。别人一提这队名就笑，只有我觉得这没什么可笑的。

这两天，智多星一直念叨着有个无名英雄给他提供了一批好资料，他说不光对球队以后的训练比赛大有帮助，就是对眼下这场跟"拉希"队的较量，也给他带来了不小的启示，拓展了他排兵布阵的新思路。他还说，如果找到了这个无名英雄，要给他记一大功。我没告诉他我就是那个无名英雄，我知道，我说了他也不会相信。我有点遗憾的是他为什么不问问是谁拿走了他的半盒红塔山烟，如果他问，我说是我拿的，那他准信。

我们与"拉希"队的热身比赛终于开始了，数万名观众来到赛场，"东风吹战鼓擂"的歌声震耳欲聋。在强大的主场观众的助威声中，我们"爱谁谁"的主力阵容果然气势不凡，前十几分钟打得有声有色，压得"拉希"队真的有点要拉稀了，居然在比赛进行到第十五分钟时，就把一名原本都不打算上场的世界级球星换了上去。"小钢炮"刘钢重炮猛轰，"飞毛腿"兰继成左右扯动，"铁脚"胡洪湖飞铲硬断，"铁大门"葛强横扑竖挡……每个细节都能证明，"爱谁谁"是一支何等训练有素的优秀球队呀。智多星在场下喜得摇头摆尾，一个劲地给他身边一个胖老头介绍场上队员的身高体重年龄籍贯。那胖老头也兴奋异常，一个劲地随着球迷反复高唱"爱谁谁永远最牛逼"，还问智多星，世界上最好的足球运动员是叫乔丹还是叫泰森，问他们在不在这"拉希"队里。我觉得看这胖老头比看球赛还有意思，就从替补席的这头凑到了距离智多星和胖老头近些的那头，看他们演相声双簧二人转。我听智多星管胖老头叫市长，我摇了摇头。本市市长我曾见过，是个中年人，所以我想，他可能是分管文化体育的副市长，智多星叫他时省了个"副"字。

上半场比赛一比一平，智多星非常满意，他说下半场肯定有场恶战，希望大家顶住，能保住平局就是胜利。也跟进了休息室的胖老头闻听此言面露不快，插言道，教练哪，平怎么就是胜利呢，必须赢嘛。智多星表情有点尴尬，我的意思是，他低声下气地辩解道，只有在平的基础上才能有赢，要是让人家领先，连平都没有了，那怎么能赢呢？只有有了平，才能最终赢⋯⋯

果然不出智多星所料，下半场的比赛，开局就是恶战。凶猛而又不失灵巧的"拉希"队员全线出击，围着我们队的大门狂轰滥炸，又是不足十五分钟，就有两球从葛强的身下滚进了球门。葛强已经红了眼睛，当第三个必进之球朝他飞来时，他拼命扑抢。皮球倒是被他得到了，可"拉希"队一个彪形大汉失去重心的整个身体也交给了他，当葛强从那家伙身下爬出来时，他的一条胳膊已经脱臼了，像个铅坠滴哩啦答。葛强从场上被换了下来，智多星围着他团团打转，问队医葛强还能不能上场。当队医说半小时之内他无法处理好这条胳膊时，智多星都顾不上理睬胖老头给"拉希"队提抗议的建议了，冲着替补席大喊大叫："替补呢，替补守门员上！零号，零号快上！"智多星是真急眼了，我还很少见他这样。有好几个替补队员也很着急，帮着智多星大喊大叫："替补守门员快上呀！他妈的，零号快上呀！"

我认为这场球已经输了。连葛强都守不住的大门，别人去守简直是玩笑，还不如就让葛强耷拉着一条胳膊顶到底呢，葛强耷拉着一条胳膊，也强于别人的四肢健全。可眼下大伙都很着急，我也不能太事不关己高高挂起了，再说，我若建议让葛强继续留在场上，显得也有点太不人道。我就也喊："替补守门员快上呀！他妈的，零号快上呀！"

就在这时，有人在后边推了我一下。"哎，你不就是零号吗？你穿这衣服是你自己的吧？"

我不耐烦地说："废话，我不穿自己衣服还穿你的……"可我话没说完，就打住了，因为推我的人是那个胖老头副市长。我知道，不管是对老人还是对领导，我都得尊重。"您好，"我说，"我是零号。"

"那你快上场呀！"胖老头没计较我前句话的态度。

"我上场？我上场干什么？"我被胖老头说愣了。

"你不就是替补守门员吗，那个守门员受伤了不就得你上吗？"

"是呀，我是替补守门员呀，可我——他受伤了就得我上？"

"这你还不明白吗？"

"我明白……可是，我没上过场呀……"

"你你你……"胖老头气得脸色铁青，"教练，"他喊，"零号在这呢，可他拒绝上场。"

智多星跑了过来，"在哪？"他对着我说。

"嗨，我的教练同志，你眼睛怎么了，他不就在你面前站着吗。"

"我面前？"智多星使劲揉了揉眼睛，"这啥也没有呀。"同时还伸手够了我一下。我一闪，他的手从我腋下扫了过去。

"哎呀，他在你面前，你下命令吧。"

"好——"智多星都要哭了，"零号听着。"

我身子一颤，忙大声应道："我听着呢。"

"你立刻上场。"

"我……我怎么能……那怎么行……"

"少废话，快点！"

"好……吧……"

就这么着，我站到了刚才葛强站过的那个位置。只见裁判还犹豫着像在等待什么，我就一个劲地弹跳、伸臂、蹬腿，并且喊：开球不呀！裁判听见了我的喊声，忙吹响了哨子。可我的喊声只有离我最近的裁判听到了，别人根本就没有听到，尤其是观众，他们"噼里啪啦稀里哗啦足球规律不可抗拒不可抗拒"的歌声太响亮了，把我声音衬得如同蚊子哼叫。我索性不吱声了，在刚才"拉希"队那个彪形大汉犯规的地方把球大脚开了出去。可场上踢球的双方队员都冲着那个横空出世的皮球发起呆来，他们那种欲踢还休的样子，很像是木偶表演。当球滚到"拉希"队队员脚下时，他们只是生硬地传来传去，即使把球带到了我镇守的门前，也不起脚射门，光看着裁判哇哇啦啦，那意思好像在说，往一个根本没有守门员把守的大门里踢球，是不是不地道呀；而当球滚到我们"爱谁谁"队友的脚下时，他们只知道大脚开往界外，不管对方怎么堵截抢断，他们也不像刚才葛强在场上时那样往大门这里回传了，他们肯定是害怕会自破城门，帮着"拉希"队扩大胜果。

场内的双方队员全都表现出一副无所适从的样子。我感到遗憾。好不容易捞到一个上场的机会，却连回传球都碰不到一个，这让我的才华可怎么展示呢。

这时，场外那数万名莫名其妙的观众终于发现了问题的症结所在，他们绝不甘心花钱买票只看双方队员在场上闲庭漫步，他们把"爱谁谁永远最牛逼"的歌声停了下来，抻着脖子齐声呐喊：

"'爱谁谁'，上大门！"

"'爱谁谁'，上大门！"

来客

1

从西风镇到西风顶，走山路十五华里，走西河道二十华里。他坐在西风镇外的石头坡上，看着朱记客栈若明若暗的灯光，想了一下，决定走西河道。西河道不会有人设卡子，他想，西河道没人把它当成道。

他掐灭卷烟，慢慢地解开了衣服的扣子。天上没有月亮，黑暗中，他看不见衬衣上的血迹。但他可以想象得出，肯定有更多的血迹染上了衬衣。伤口早已化脓了，一直在他的肚脐眼左侧隐隐作痛。他知道，如果那一刀再往上一点，就会捅到心脏里去的，那他也就不会再来这西风镇了。他体会着伤痛，笑了一下。他往伤口附近洒了一点消炎药末，又屏着呼吸把裹在伤口上的绷带小心地扎紧，重新系好了里外衣服上的几枚纽扣。接着他站起来，用左手使劲地拍打前额。冰凉的手掌在灼热的额头上的持续击打，使他清醒了一些，力量也零零星星地回到了他的身上。他掂掂平躺在右手掌心的手枪，眼睛最后一次落在朱记客栈的方向。

"朱——水——霞——"他把一个女人的名字念出了声音，然后转过身来，沿西河道向山里走去。

走西河道上山异常艰难。即使是白天，并且没伤没病，也要比走正常的山路多花出一倍还要多的时间。可现在是夜里，他肚子上还带着开始化脓的刀伤。但他别无选择，他需要安全。他慢慢地踩向一块块尖锐的石头，不时停下来辨识方向和倾听风声。山风聚集在干涸的西河道里，一阵阵啸叫着滚过，好像成群结队的野兽的奔跑。他不能不感觉到恐怖，而且山风和汗水还让他忽冷忽热。他便努力忘记周围，"朱水霞——"他低声地叫着，"你是睡了还是在跟旅客们打情骂俏？"他说，"你该帮你妈准备明天的客饭了。"

他依然还记得，第一次上西风顶时，来回一共在西风镇住了九天。他很奇怪，在那之前在那之后，有无计其数的女人与他交好过恩爱过，可他就是忘不掉那个性格古怪的农家姑娘朱水霞。后来他不再上西风顶了，可是他专门来过西风镇好几次，他告诉朱水霞，以后他要娶她。

"有好几个客人说过要娶我，"朱水霞睁着一双天真无邪的大眼睛，安安静静地躺在他的怀里，"可是他们走了就把我忘了，他们甚至都会忘了曾经来过西风镇。"

"我不会，"他斩钉截铁地说，"我不会！"

朱水霞笑了，显得胸有成竹。"我知道你不会忘我，你能娶我。"

这倒让他一下子泄去了满腔的豪气。"为什么？"他使劲地挤压朱水霞结实的肉体，"我怎么就一定要娶你？"

"娶了你就知道了。"朱水霞放肆地扭动着身子，让他快乐得像要飞了起来。他的牙齿和双手全都丧失了对力量的控制。

朱水霞身上独特的肉欲气息让他着迷。他知道，他是喜欢这个女人那种天生的享乐热情。他要求她别再跟别人了，"你得为我守着这堆肉。"他说。

朱水霞抖动得更加放肆了。"你没这么要求我时，我就给你守着了，"朱水霞说，"一打认识了你，别的男人摸我一下我都恶心。"朱水霞又说，"那时我就觉得你会再来西风镇，来娶我。"

"我把这回的麻烦避过去，一定娶你！"他停下来回头望了望来路，信誓旦旦地对远处说。其实来路也像前路一样，黑得无边无际。朱记客栈早看不到踪影了。

他就这么自己跟自己说着话，蹀躞着爬到了西风顶上。他看到了那座小山包一样的大坟和坟旁那个小坟丘一样的石头屋子，他差不多快累瘫了。他忍着疼，把腰尽可能弯得低一点，并且打开了手枪的保险。他凑近了那圈树篱笆院墙，在风声之外，他没有听到任何反常的声音。他知道这里肯定还是老样子，除了一个活人（现在是两个活人），便再无其他活物。他从一个缺口钻进树篱笆墙里，贴近了那间低矮的石屋，蹑手蹑脚地看看门板又看看窗子，凝神谛听屋里的动静。

可是他还没有听到屋里的一丝响动，屋里的人却先听到了他的声音。其实他也没有发出过丝毫声音，屋里的人与其说是听到了他的声音，还不如说是嗅到了他的气味或者感觉到了他的存在。

"外边是谁呀？进屋吧，门没锁。"

他愣了一下，接着他无声地笑了。他没有惊讶，他知道他就是奔这个才来这里的。他感到身体在这一瞬间彻底地松弛起来并且耗尽了最后一点力量。

"七叔，我是，老——九——"

2

老九苏醒过来以后，看到了窗外的太阳斜挂在头顶。他躺在被子里，身上脱得一丝不挂，肚脐眼附近的伤口已经经过了重新的包扎。"七叔，"他喊，他看到屋里没人，就情不自禁地喊了一声。他听到自己的声音十分陌生，在干净的小石屋里轻轻震颤，如同在棺椁里回荡。"七叔——"他的声音抬高了一些，同时他把身体欠了起来。他的手向枕头底下摸去，他发现枕头底下和褥子底下都没有他的手枪。他的神色有一点慌乱。伤口又在隐隐作痛了，他不知道该不该穿上衣服以防不测。可是他又看到，周围根本就没有他的衣服。

后来他稀里糊涂地又睡了过去，直到听见有人走动，他才睁开眼睛。他看到一盏油灯在他双脚的上方闪闪烁烁。"七叔，"他同时看到了一个刚刚点燃油灯的瘦高个老人正站在他脚前望着他。

"你醒啦。"老人的脸上没有表情，声音像户外的风声那样喑哑。"你已经起来过了。"

"我——"老九顿了一下，"我起来撒了泡尿。"

"我这屋还是老样子。"

"我没动任何东西——我只是随便，看看……"

"你的枪我给你收起来了，还有衣服。"

"那正好……"

"我先去西风镇探了探动静，又到后山给你挖了点药。你那伤，好像没什么大事。"

"谢谢你七叔。"老九想坐起来，老人示意他躺好，把一个盛着浓绿的稠汁的小盆端了过来。老九闻到了草药的气味。"我没想来打扰你七叔，可是，我又遇上点麻烦，我无处可去了……"

老人不说什么，把老九肚子上的绷带解开，朝伤口处涂抹盆里的绿汁。绿汁滴在患处，薄荷般的清凉。老九忍着疼痛，咝咝地吸着冷气。老人把绷带重新扎好以后，扶老九坐了起来，把一张小饭桌摆到炕上。菜是现成的，蒸咸肉、拌野蒿子、咸鸡蛋和清水煮山蘑。老人不喝酒，他拿出酒瓶酒杯放在老九面前，他自己只盛了一碗饭，坐在老九对面。

"我也不喝吧七叔……"

"爱喝就喝点，也压压惊。"

"七叔，我真的不想来惊动你老人家。那年你说了再也不许我们哥几个来西风顶，我就是怎么想你，也都忍了，不敢来。有几回管不住自个儿，我到了西风镇，也只是住几天，往这西风顶上看看，就又走了。"

"这几年里你来过好几回西风镇？"

"是呀，怎么了七叔？"

"西风镇上的人可都认得我。"

"我没跟他们提过你。七叔，我这回是栽在了……"

"我不想听。你这回有伤，我不怪你，以后我可不想再见你了。"

"七叔——"

"你这伤有个十天半月的也就好了。到时候你绕点远，从吉林那边下山走，别再走西风镇了。"

"七叔，要不我也想好了，我也老大不小了，不这么玩命了。这些年我也有了点底子，我想娶个媳妇过日子，我永远也不来搅你的清静了——除非你找我用我。"

"你怎么过是你自己的事。可我不会找你。"

"七叔——"

"今晚你睡在小窨子里，以后除了吃饭换药，我不叫你你别出来。"

"七叔，这西风顶上……"

"让你这么一闹，这西风顶上也不太平了。"

3

连续五天，除了换药和三顿饭，老九总是窝在小窖子里。偶尔七叔叫他坐到外面晒一会太阳，他觉得那一点点时间还没有他的一泡尿长。小窖子是藏在石屋子下边的一个狭窄密室，一个洞口接在石屋子里火炕的灶坑上，另一个洞口接在院子里一个当储藏室用的大窖子墙上。小窖子里通气效果不错，就是太小，只能容一个人蜷腿躺着。老九不能违抗七叔，一天得在小窖子里待上近二十个小时，这让他憋闷得要死。他在心里边怪七叔越老越多疑。他想这么个鬼地方，即使以后七叔拿八抬大轿请他，他也不来了。他也恨自己，他总是想不明白自己为什么在七叔面前永远也挺不起腰杆子来。我要疯了，老九有一次在失眠（他每天都要多次失眠）中想，我下一次出去吃完饭，就死也不回这小窖子里了。

"现在太阳对我来说，"他捂在被子里号叫，"就是女人，就是朱水霞！"

老九再一次从梦中醒来，是被说话声惊醒的。他静静地听了一会，分辨出有三个人的声音。

"没人来过，"这是七叔在回答什么人的问话。"这附近根本就没有能藏人的地方。要是有人来了，就只能进我这屋。"

"可是这个人的确来过西风镇。"

"他有伤，他没躲在镇里，只能上了西风顶。"

"山口那里护山的卡子你们没问问，要是过了人他们应该知道。"

"要是晚上上山的就不大容易知道。"

"要是走西河道上山就更不会有人知道了。"

"可是这西风顶上，状元坟周围，的确是窝不下人的。"

"你老人家在这里看坟也有些年头了，可不能因为得了什么好处或受了什么威胁就包庇坏人。"

"怎么会呢。我一个孤老头子，得了天大的好处也屁用没有，即使是死了也没什么可惜的。我犯不上为了一个来路不明的什么坏人得罪公家。我还指着公家吃饭呢。"

"发现什么异常情况，能及时告诉我们吗？"

"当然能当然能。"

"如果我们在你这屋子里外四处看看，你没什么意见吧？"

"没意见没意见。"

老九把枪紧紧握住，支着耳朵谛听外边的动静。看来七叔的多疑还真有道理，果然有人来寻找他。老九听到脚步声挪到了屋外，隔壁的大窨子里传来响动。大窨子与小窨子中间有一块石头是活的，把那块石头挪开，可以容得下一个人钻来钻去。老九把枪口对准了那块石头。只要我打死一个，他信心十足地想，七叔肯定能对付得了另一个。他又想，只是不知道除了进屋的这两个人，他们外边还有没有人。那两个人似乎在大窨子里待了挺长时间，他们检查得一定很细。隔壁的任何一点响动和短暂寂静，都让老九的心脏在嗓子眼那悬荡一会，他的呼吸几乎停止了。良久之后，在老九的耳畔只剩下了静谧，他觉得那种静谧的时间好像足有一年。他松弛了一些，身体开始瘫软。他不知道为什么在这样的时候他还能产生睡眠。

"老九，老九……"

听到七叔的喊声，老九猛地打了个激灵。他看到七叔为他移开了炕灶上的小窨子盖板。他的泪水流了出来。

"七叔——"老九从炕灶口探出身来，他的声音有些颤抖。

"您老受惊了，我……"他不知道该怎样表述。

"饿坏了吧，快吃饭吧。"

4

凌晨是他最难熬的时候。每当一觉醒来，不用看表，他也知道是不是凌晨。现在老九知道凌晨又到了，窨子里的潮气正从身下从四壁把他包围起来，钻进棉被钻进皮肉钻进骨缝一直钻进他的心里。他团起身子，点了支烟取暖。在这小窨子里，他吸烟的数量已经大大减少，烟雾对他的包围和潮气对他的包围，同样地让他无法忍受。他庆幸的是肚子上的伤口没有继续恶化，再过两天，他轻抚着伤口想，至多三天吧，我就能恢复起足够的体力，离开这监狱似的鬼地方了。老九总想问问七叔，为什么正是徒子徒孙们大行其道的时候，他却忽然间急流勇退，与所有人断了来往，躲到这荒凉偏远的西风顶来，当一个清苦孤独的看坟人。其实七叔刚五十岁，他想，即使是真的金盆洗手了，也得攒足了够后半辈子花天酒地的开销呀。几年以前，老九哥几个和一帮师兄弟们找上了西风顶，一是想请七叔下山，再一个是想留给七叔一大笔钱。可是七叔几乎不听他们把来由讲清，就请他们离开西风顶。"如果以后你们谁再上这西风顶，"七叔阴鸷地说，"可别怪我不客气。"老九苦笑着掐灭了烟头，调换了一个睡姿，他希望自己能再迷糊一会。七叔是一个让所有人都惧怕的角色。这几天七叔一共去过西风镇三次，每次七叔离开时老九都想托他给朱水霞捎上一个纸条，可是在最后的时刻他又放弃了这样的打算。他认为，现在的七叔把他以前喜欢的一切都看成了敌人：金钱、女人、徒弟和惊心动魄的生活……就在尚未重新入睡的老九这样似梦非梦的思想着的时候，他的耳畔传来了几声隐约的狗吠。

狗吠声使老九一下子清醒起来。他顺手把手枪抓在手里，打开了保险。他知道七叔是不养狗的，七叔拒绝一切活物。

"老九。"他听到七叔在低声叫他。

"哎。"他把头凑近炕灶。

"好像来了不少人，你千万别动。"

片刻之后，伴着狗吠声，他还听到了嘈杂的人声。

"看坟的，你出来！"

"老九，你跑不了了！"

"老九……"老九一惊，他听到了朱水霞的声音。"我是水霞，你要是在这儿，你就出来，他们打我……"

老九明白了，是朱水霞把他们引上了西风顶。他们追到了西风镇，他们知道朱水霞是我现在的女人，他们打了朱水霞，朱水霞向他们提供了我一直对西风顶充满兴趣的细节。老九努力回忆着朱水霞对于他与西风顶的关系究竟有多少了解。第一次，朱水霞问他来西风镇干什么，他说来看山，看看山野风光；第二次，朱水霞问他为什么那么了解西风顶，他说他喜欢那个平平的顶子和圆圆的坟；第三次，朱水霞问他和状元坟到底有些什么关系，他说那死去的状元是他家的先人；第四次，朱水霞问他认不认识看坟的老头，他犹豫了一下说不认识，惹得朱水霞直羞他，"我说你是往自己脸上贴金吗！人家看坟老头亲口说了，状元家的后代全都流洋在外，光宗耀祖呢。他是状元家在国内的唯一后人……"第五次，朱水霞问他……老九想，幸好我什么也没告诉她。

屋里传来骂骂吵吵的人声和杂乱无章的脚步声。有什么东西被扔在了地上，又有什么东西被人踢来踢去。接着旁边的大窨子里也传出了声响，而且老九似乎感觉得到，这会的状元坟周遭没有一处安宁。这时他听到已经安静下来的屋子里又响起了脚步声，是七叔的脚步声，七叔来回走动着在整理屋子。

"大爷，我不是故意把他们惹来闹腾你的……"老九的心里边一阵收缩，他听到了朱水霞的声音就好像看到了朱水霞水汪汪的眼睛和湿漉漉的嘴唇。她受委屈了，老九想。

"行了行了姑娘，别哭了。"老九知道七叔是强压着火气。

"他们打我我只好瞎说，我以为他们不能上来……"

"你多妈知不知道你被他们掠上了西风顶？"

"知道……"

"那还好，他们能去报告……"

"也不行，他们派人看住了我爸我妈，不让报告……呜——呜——"

"嗨嗨嗨——"这时外边有人进来了，打断了七叔和朱水霞的对话，"我说看坟的老爷子，我不知道应不应该说声对不起，反正老九我是没找着。是他根本就没上来呢，还是你把他藏得好我就说不清楚了。不过你记着，一旦有一天我逮着他了，扒他皮前我得先问他是不是在你这里躲过。如果他的确在这，我就再回来一趟……那这状元坟里装的可就不光是状元大人了，哼！嗨，朱家闺女，就在这等你那死男人了咋地，走哇……"

"我，我自己下去……"

"嘿，你可真会想美事，你以为这就完啦。来，把她拽走，我觉得这小娘们在床上肯定能不错……"

"我不——"

5

老九硬从小窨子里拱出来时，从窗口还能看到那一伙人尚未消失净尽的身影。老九想冲出去，可是七叔十分麻利地下了他的枪。七叔有些生疏地关上保险打开保险再关上保险，动作古怪地冲窗外那伙人正在隐去的背影瞄了一会。直到目标消失，他才看着老九，慢慢地把枪掖进自己的怀里。

"你有点不对头老九。"

"可是水霞她——"

"一个女人罢了。"

"我把她当成是我老婆的……"

"我不止有过一个老婆，也不止有过一个儿子！"

"七叔你——"

"这状元坟让你闹成什么样了……"

"我……"

下午，老九已经平静下来，但他决定立刻离开西风顶。他觉得他的伤基本上好了。七叔给他最后一次换了药，还做了好几个菜，温了酒，看着他吃。老九答应了七叔，从吉林界那边下山。他想好了，如果能搭上顺道车的话，半夜里就可以回到西风镇。他在放下碗筷站起身时又摸了摸腹部，还有一点隐隐的疼痛，可是他觉得他挺得住。

七叔送老九绕过状元坟朝西走，午后的阳光暖洋洋地洒在西风顶上。没有风，天上的云一动不动，坟上的草刚刚吐绿。老九抬头，能看到陡峭的鹰跳涧横亘在眼前，他知道，那就是隔开辽宁吉林两省的省界标志了。老九的步子迈得很大，他有点急迫，他想不好那帮来找他算账的家伙们会在西风镇待多久。他既害怕在他夜里潜入西风镇时遇到他们，又担心他到达那里时他们已经离开。他们祸害了朱水霞，他们祸害了西风顶上的状元坟，老九想，我饶不了他们，我要惩罚他们！老九在心里边初步决定，夜里到达西风镇后，尽量避免与那帮家伙发生冲突，他们毕竟人多势众。我首先要做的事情是把朱水霞领出来，我一定要娶她。他想，即使他们污辱了她，强奸了她，打残了她！老九感到了心脏的疼痛。我得理智一点，我要让朱水霞先跟我享两年福，然后我慢慢报仇。他一遍遍地提醒自己，我不能莽撞，不能蛮干，我得养精蓄锐，等待时机。不过等下一回我动手的话，我就让他们永远再无反扑的可能。老九想到了几年以后宁静的日子，他的脚步轻快起来，他仿佛看到了他和朱水霞共同生活的那个家。朱水霞是一个能干的女人，她不仅能把家布置得井井有条，而且能把他们的儿子或女儿——老九觉得应该是女儿，儿子总要打打杀杀的，太操心——也调教得十分出色。老九想着笑了一下。鹰跳涧近在咫尺了，看上去有点让人眼晕。这条连通两省的山界路，总是只有很少的人才敢走。

"你回去吧七叔，我一眨眼就过去了。"

"我站这看着你，千万小心。两手抠住涧壁，两脚踏牢石基。"

"没事的，那回我们哥几个从你老这走，不也从这过的吗，那还是冬天呢。现在好走多了。"

"拐过那块尖石岬低点头。前些日子我过去，看那边伸出来一根粗树条，碰着了弹回来，打眼睛打脸。"

"行了七叔，我知道了。您老可多保重呀。"

"你放心走吧。"

老九双脚一踏上石涧道，就顾不上说话了。一侧是立陡石崖，一侧是万丈深渊，他必须加倍小心。他屏息静气，缓缓前行。他的眼睛平视前方，手脚全都稳扎稳打，慢慢地接近了那个即将将他与七叔彻底隔绝开来的尖石岬，拐过尖石岬，他就踏上了吉林省的地界，也就等于走完了石涧道。这时他好像忽然想起了什么。他腾出一只手摸摸口袋，一只口袋里有七叔带给他的草药；他又伸手去摸另一个口袋，另一个口袋里空空如也。

"七叔，"老九有些困难地回过头来轻声喊，"我枪忘带了……"

老九的话没有讲完，他的声音和身体在他扭过脸来的同时就僵住了，他惊讶地看到了七叔手里的手枪和脸上的泪水。七叔手里的手枪正在缓缓举起，抖颤着瞄准，直指向他；七叔脸上的泪水没有遮拦，在纵横交错的皱纹间汩汩流淌，模糊一片。

"七叔你——"

"砰！"

随着旷谷里一声突兀的枪响，鹰跳涧上的树丛里，扑啦啦飞起来一只老鹰。那只惶恐不已的老鹰在空中盘旋了几圈，发现并没人要伤害它或者骚扰它，就抖抖翅膀，重又钻进了鹰跳涧上的密树丛里。

单程车票

蒋涵已经在窗前站了一会。早晨的阳光一点一点地从她的发梢侧脸镀上全身，把她勾勒成一幅很柔软很简洁的剪影，只可惜，坐在她身后床上的华明什么也看不到。

　　你在哪儿蒋涵？华明把手里细长锃亮的金属棍向地当央点去，微微地偏起脑袋，用耳朵捕捉蒋涵。你害怕了吗蒋涵？

　　蒋涵没有理睬华明。她的腰板始终是笔挺的，尽管泪水在脸颊上流淌，可她连眼皮都不敢眨上一眨。她用心地看着窗外的街道，希望此时在她所关注的那些行人中，至少有一个人，能朝她家的窗口望上一眼。不用谁来喊我，蒋涵想，只要谁能望我一眼，我就改变主意。但是没人朝蒋涵家的窗口望上一眼，那些背着书包的中学生们，越过蒋涵驻足的窗口，就像谨慎地越过看不出深浅的沼泽。本来，以前总是有人喊蒋涵一块上学的，可是现在不是以前了。现在，那些同学不管曾与她情同手足还是向来与她无有来往，在抛弃她的这一点上，却取得了一致。蒋涵彻底绝望了。

同学们的身影已渐渐远去，可在蒋涵看来，一点一点消失的，其实是她自己。他们的一切都跟往日一样，蒋涵在心里说，只是他们不再像往日那样跟我好了。

蒋涵你为什么不说话？蒋涵你怎么了？华明从床边站了起来，她手中的金属棍发出笃笃的声响。华明也十六岁了，和蒋涵同岁，但她的个子比蒋涵矮了一截。

我在这华明，你别吵得人耳朵发麻。蒋涵回身扶住了华明，她还顺手抹去了腮边的泪水。

你声音有点不太对头，华明说，你是不是后悔了？

蒋涵挽着华明向门口走去。我可一点也没后悔，倒是你要再好好想想。蒋涵说，这样陪我——你是不是值得。

华明笑了。华明的笑容十分明朗。华明虽然是个盲人，但她的笑容却使许多人过目难忘，只有华明自己不知道她自己的笑容有多迷人。现在蒋涵看着华明皎洁的笑容和隽秀的嘴巴，她的心里边隐隐作痛。

我早就够本了，华明说，因为你我才挺到今天的。华明用没拿金属棍的一只手搂搂蒋涵。蒋涵，我们从小就在一起，以后还能在一起，这真让我高兴。

听了华明的话，蒋涵的泪水又流出了眼眶。谢谢你华明。蒋涵的声音微微颤抖。他们所有的人，都没有你心明眼亮。

华明又使劲搂一下蒋涵。她们两人不再说话，一齐向门外走去。蒋涵的左手拎了个小包，华明的右手拿着那根金属棍，处在她们两人身体中间的，是紧紧挽在一起的蒋涵的右手和华明的左手。

　　火车站很小，只有一堵围墙两个大门和三大幢房子。蒋涵经常坐这趟火车，当然哪次也没超过半个小时。她乘坐这趟火车，一般都是到县里，其中有一次就是去听颜洁老师讲课。那一回，是地区文联在县里办文学讲习班，在来自全地区六个县的四五十个学员里，蒋涵年龄最小。讲完课颜洁问蒋涵，你是写儿歌吗？蒋涵不好意思地摇摇头，不，她说，我写诗。我喜欢汪国真那样的诗，我也写那样的诗。当时颜洁老师开心地笑了。颜洁老师已经三十五岁了，可看上去就像二十五岁，蒋涵认为那是颜洁老师没有结婚的缘故。我像你这么大的时候，颜洁老师搂着蒋涵的肩膀说，也生活在一个小镇上，可我几乎没有听说过"诗"这个字眼。后来，颜洁老师不仅在蒋涵的笔记本上写了一句鼓励的话，还把她在省城的家庭地址留了下来。当然，蒋涵也和参加那个学习班的其他学员一样，买到了有颜洁老师亲笔签名的散文集《女人归于水》。当时蒋涵听文化馆的老师说，现在纯文学市场不景气，颜老师为了自费出版这本散文集，遇到的困难数不胜数。这使得蒋涵对这本《女人归于水》格外珍惜。现在，在蒋涵左手拎着的那个小包里，就既有那个写着颜洁老师家庭地址的笔记本，也有颜洁老师的散文集《女人归于水》。

　　可是，华明却从来没坐过火车。她不仅没坐过火车，也不会写诗，还连学都没上过。华明从记事开始，就总是缩在家里的一角或者屋外的墙根，静静地听周围响起的各种声音。后来，蒋涵家和她家做了邻居，华明的耳畔，就全是蒋涵的声音了。可能就是因为有了蒋涵，华明才觉得这个世界对她来说不再陌生。

她们来得稍早了一点，火车还要半个小时才能进站。蒋涵拉着华明蹲在一家美发厅的房后，她们担心被熟人看见。

如果有熟人问怎么回答？蒋涵说。

还用你考我，就说上县呗。看来华明对她们事先设计的每一项应急措施都烂熟于胸了。

不过一般情况下你别吱声，有我呢。

华明不再说话。其实华明心里很清楚，即使蒋涵没说过，即使从来没有人对她说过，她也很清楚，她是一个聪明过人的女孩子，她是不会在任何问题上出纰漏的。蒋涵常说，你要是也能上学多好呀，那样的话，在学校咱俩可以比着学。不像现在，我连个竞争的对手都没有。听蒋涵这样说华明就会想，如果我也上学的话，没准期末排红榜蒋涵就不能第一了。华明知道，蒋涵有个丢三落四的坏习惯。连蒋涵自己也说，我要是不马虎，每回的考试成绩肯定还能更好一点。而华明从来就没马虎过。你不是说作家诗人都不拘小节吗。华明总这样宽慰蒋涵。那倒也是。蒋涵这时就会想到报纸杂志上讲过的一些作家诗人的逸闻趣事。蒋涵对华明无话不谈，有一回她在电视上看到了汪国真，立刻跑去对华明说，等以后我成了大诗人，就也能上电视接受采访。所以，别人说蒋涵作家诗人什么的蒋涵便脸红，她怀疑那是别人拿她开心；可要是华明说她作家诗人什么的，她就会发自内心地感激华明，她知道华明是真心盼她有大出息。

你可一定一定要想好喽蒋涵。两个人静静地待了一会，华明说，这么一来，你的理想可就没法实现了。

你别总说这种话好不好。蒋涵正翻看颜洁老师的散文，听了华明的话很不耐烦。要是你打退堂鼓了你就说你，干吗总要往我身上扯。

我打什么退堂鼓，我要不然也是个没用的废人，早走了这步早省心。

那我不是也说过一百遍了吗，我不当诗人也够本了，我都在地区报纸上发表过两回诗了。

可是，见到颜老师她能不阻拦我们吗，她要是阻拦了我们能不听吗？

我们只对她讲我们的委屈，我们只是请求她在以后的创作中，把我们的经历写进去，我们又不告诉她我们的决定。

她是作家是研究人的，能看不出我们的心思吗？

你放心吧，她看出来了也没关系。那回讲课颜洁老师说得明明白白，她尊重人也就是尊重人的所有选择，包括——

别说别说！

华明忽然尖锐地叫了起来。蒋涵愣了一下，她发现，这时候，她也很想大声地喊叫。但是有一声更加锐利的轰响压过了华明的声音也扼住了蒋涵想要发出的声音，火车呼啸着驶进了车站。

　　这是一列慢车，所有的车站都要停，所有的车站也都有人上上下下。所以蒋涵和华明只站了不一会，就等到了一个双人座位。蒋涵很有礼貌地向对面的乘客询问了时间，然后告诉华明，现在是十点，我们得下午三点才能到。华明没说什么，华明似乎根本就没有听到蒋涵的话，她只顾专心致志地体会乘坐火车的滋味了。身体的颤动和耳畔的风声，能使华明感受到速度和力量，她苍白的脸上，挂着喜悦和惊愕的表情。车厢里人多，汗臭味尿骚味都很浓烈，可即使这样，华明也认为火车是一种神秘的东西。这种长长的钢铁活动房屋，把一群群的人和一堆堆的货物，轻而易举地就从一个地方送到了另一个地方，而它自己，则只是呼呼地喘一阵子吼上几声。华明把脸扭向窗外，回忆着蒋涵给她讲过的许多关于火车的故事。

　　蒋涵理解华明的心情，她不再说话，只是静静地，把目光打在华明的后脑勺上，看华明短短的黑发随车身的摇摆而小幅度地飘动，看华明细腻的脖颈在阳光的涂抹下由乳白色而变成柠檬黄色。华明的金属棍被她横放在椅子上了，从旁边乍一看去，没人能看出来华明是盲人，只会把她当成一个专注于窗外风景的好奇心重的乘客。蒋涵想，让华明天生做一个盲人，这太不公平。蒋涵又想，如果华明不是盲人，那我就更孤单了。蒋涵不知道应该让华明做一个盲人而成为她的知心朋友更好一些呢，还是让华明不做盲人，但却是一个像爸爸妈妈老师和同学们那样不理解自己的人更好。如果既不盲又是我的知心朋友，蒋涵认为，那是不可能的。这都是命！蒋涵痛苦地提醒自己。蒋涵慢慢地从华明身上收回目光，低头翻阅颜洁老师的散文：《宿命》《只有我一人在这冰冷的世界上燃烧》《长泪无痕》《一个少女之殁》……

到了吗蒋涵？

忽然，华明的声音很急促地响了起来。华明的一只手，在蒋涵的肩膀上来回摸索。蒋涵抬头，看见华明的脸庞有一点涨红。

还早着呢，你怎么了？蒋涵握住了华明的手，华明的小手柔若无骨，在蒋涵的掌心里潮湿而微热。

哎呀，是我睡着了，我做梦了。

我说的嘛，要不然你的生物钟可是第一流的。做什么梦了，给我讲讲。

梦到，梦到……你都不会信，从我记事起，我头一次做这样的梦，尽管我每天每天都想做这样的梦……

什么梦？爱情？

去。我是梦到我眼睛好了，我的眼睛什么都能看见，还看见了颜老师。可是她对我说，你来找我干什么，你又不懂文学……

不会不会，颜洁老师不会这么说。哎，那你说颜洁老师长得什么样？

这我说不好，那梦，那梦模模糊糊的。再说我从来也不知道每个人长得都是什么样，即使是梦见你，梦见我爸我妈，我也说不出来长得什么样。

蒋涵把华明的手握得更紧了。颜洁老师不会责备你不懂文学的，颜洁老师又善良又漂亮，我想她都不会发脾气。蒋涵把手中的《女人归于水》放到了华明手里。你拿一会颜洁老师的书，你是有点太紧张了。

华明抚摸着薄薄的小书。这本书上的每一个字，蒋涵都不止一遍地给她朗诵过甚至讲解过。颜老师是不是中国最好的作家之一？有一次华明问蒋涵。蒋涵当时非常难过，她刚好接到了邻县一个文学大朋友的来信，那个为她所信赖的大朋友受她之托，给她开列了一个时下比较活跃的散文作家的名单，可是上边那十几个名字里，却没有颜洁老师。蒋涵觉得这不公平，可她知道那个文学大朋友是不会搞错的。她想了一下，回答华明说，也许颜洁老师的名气没有刚才我念到的那些人那么大，但是我认为，她就是散文领域的汪国真。

现在华明捧着《女人归于水》，低下头去，一页一页慢慢地翻着，就好像她已经看见了那一个个字，一个个词，一个个句子……

在省城下车以后，蒋涵先买了一张省城交通图，然后拉华明进到了一家回民餐馆，要了半斤烧卖两碗羊汤。回民馆干净，蒋涵对华明说，咱俩都是干干净净的女孩，最后一顿饭一定要吃得干净。华明平常比蒋涵能吃，可这顿饭她吃得很慢。蒋涵就吃得更慢了，她要一边吃烧卖喝羊汤一边研究地图。

走出餐馆，来到熙熙攘攘的大街上，蒋涵感到有点目不暇接。道路很宽，楼房很高，阔气豪华的汽车和穿着时髦的男女比比皆是，跟电视上演的都不相上下了。蒋涵的脚步慢了下来，她不时地偷眼看看华明，仿佛是担心华明的眼睛忽然复明，发现她的步子已不再那么坚决。她不知道是不是应该把她看到的一切讲给华明，以前，她看到什么新鲜事情都会赶紧告诉华明的。可是我能告诉华明省城看上去非常好玩吗？蒋涵在心里对自己说，我这回必须得撒谎。蒋涵暗自决定，要是华明问我省城怎么样，我就说它只是比咱们镇子大一点点。

这时华明开口了，可是华明没问省城的事，她问的是另一件事情。

咱的……信，啥时候扔邮筒呀？

信……蒋涵听华明提到信愣了一下，接着她下意识地攥紧了手里的小拎包。我不是早就说了吗，为了帮助咱俩坚定决心，下车后见到第一个邮筒就扔进去。蒋涵扭头往身后看了看，她们已经走过了绿色的站前邮局。

那还没看见邮筒吗？

唔——快了，我想再走一会就该有了。

那——你把你替我写的那封给我再念一遍好吗？

算了，大马路上，念这种……东西，不好。

那你就让我再摸摸它吧。

蒋涵看到华明的脸色比以往更加苍白，她的眼睛便情不自禁地湿润了。她停下来，从拎包里拿出来早已写好封好贴好了邮票的三封信。她把自己写给爸爸妈妈的一封和写给老师同学的一封留在手里，把她替华明写给爸爸妈妈的那封交了出去。

其实不用你念，我都背下来了。华明说。

我的也能背下来了。蒋涵说。

你说用不用先去你说的那个公园看看？今年挺旱的，万一湖里的水不深，咱们得赶紧想别的办法。

你怎么了华明。咱们不是说好了吗，必须选择水，女人归于水呀……

我只是怕不能一次成功。

华明的话使蒋涵也犹豫了。她认为华明的确比她细致很多。那咱就先上公园看看去？蒋涵的声音又小又迟疑。要不——咱今晚先找个小店住一宿，明天再去见颜洁老师。把日子推一天。

那好吗？

我也觉得不好，可你说得也有道理。

关键是日子一改……

今天这个日子也是咱俩定的，改成明天，咱俩再重定一下呗。

那这信……

明天去颜洁老师家的道上寄。

我看行。

我看也行。不过——到明天日子可就不能再改了。

当然不能再改了。

蒋涵和华明都觉得轻松了不少，她们站在路边，重新选择了一条先去那个公园的道路。她们知道，在那个公园里，有一个很深又很美的湖。

第二天的上午，省城依然有一个晴和的天气，跟前一天的下午一样。前一天的下午，蒋涵和华明不仅看到了那个公园里的湖有着深不可测的水和美不胜收的景，而且还看到了溜旱冰的开碰碰车的坐火箭模型舱的，当然也看到了春游的小学生谈恋爱的青年人和扭大秧歌的老年人。不过，蒋涵和华明对她们看到的一切听到的一切都努力视而不见听而不闻。现在，蒋涵带着华明步行去找颜洁老师的家，她们谁也不提昨天公园里的事。

前边又看到一个邮筒，蒋涵有些犹豫，她不知道，那三封信，应不应该现在就扔进去。其实到颜洁老师家的附近再找邮筒也不迟，蒋涵想，大长的天呢。蒋涵看到正好马路上没车，她拉着华明快步穿过马路，走到了一长溜广告牌下。广告牌下没有邮筒，邮筒在马路的另外一侧。

我发现了一个邮筒华明，蒋涵很突然地站了下来，可是在马路那边，蒋涵尽量让自己声音平静，咱们要是不过这边来就好了。

没关系的，华明捏一下蒋涵的手安慰道，我想一会还会碰到的。华明把头扭向她和蒋涵刚刚离开的那个方向，就好像她能闻到邮筒的气味。

你是说咱们不用再折回去发信了？

反正现在还没到颜老师家附近呢，没必要去走冤枉道。

没有来到颜洁老师家的附近，这为蒋涵和华明提供了许多拖延计划的理由。可是颜洁老师的家并不远在天边，刚刚中午，蒋涵和华明已经站在了文化路旁文化大楼一单元的楼门口。颜洁老师家就住在这个单元的六楼一号。蒋涵仰头看着楼上，对华明说。华明的身体抖了一下，她也冲着上边仰起头来。但她什么话也说不出来，她等待着蒋涵的指挥和导引。中午了，咱先不进去。过了一会，蒋涵说，正好那边也有个回民饭馆，咱们先去吃口东西吧。蒋涵有些不好意思地搂了华明一下，两人拉着手朝一单元楼门口正对着的那家回民饭馆走去。蒋涵在心里计算了一下，颜洁老师家那个楼门洞口，距回民饭馆不足五十米远。华明对这个距离也心中有数，任何两点间的距离被她用脚丈量过一回，她就能获得一个相差无几的大概把握。

在这里吃饭也就等于是在颜洁老师家了。

就等于是颜老师和我们一起吃饭了。

但愿颜洁老师在家。

颜老师肯定在家写作呢。

两人坐在桌前，接下来就不知道说什么好了。幸好在她们之间不存在对视目光的问题，这让两个人都自然了一些。

咱们的钱这回彻底用光了吧？吃完饭后，华明悄声问。

还够咱们买两张进公园的门票。蒋涵抬眼看了看她推算出来的颜洁老师家朝向这边的窗户。

那就行，咱们不用钱了。

是的，钱对咱们没有意义。

蒋涵和华明离开饭店，慢慢地向面前的楼门洞走去，她们互相都能听到彼此心跳的声音，可是就在这时，有一阵巨大的汽笛声由远而近地疾速传来，那尖锐的声音很快就使她们心脏的跳动减弱至无了。她们同时回过头去，蒋涵看到，华明听到，一辆画着红十字的白色急救车风风火火地停在了她们身边，有两个身穿白大褂的医务人员从车上跳下来，拎着一堆救护工具，快步向一单元冲了过去。几乎与此同时，有一辆车门上涂着"文联"字样的面包车也挤了上来，从车里跳下来的四五个男人女人全都慌慌张张。

怎么回事蒋涵？华明问。

不知道呀，蒋涵说，好像是有人病了，是文联的人。

不会是颜老师吧？

不会的，这里是文联的宿舍，文联的人并不光只有颜洁老师住在这里。

整个文化大楼的一单元沸腾了起来，不时有人进进出出地跑上跑下，你一句我一句地通报讲述修改和补充着楼内刚刚发生的事情。蒋涵和华明胆怯地站在一边，静静地观察静静地倾听。过了好一会，她们才把人们嘴里那些关于"吃药""自杀""没有原因""抢救也没用"的字眼连缀在一起。现在，她们听明白是怎么回事了。别人的事情让她们想到了自己，呆呆地站在楼门洞旁，她们于不觉之间黯然神伤。但是她们不敢议论，她们只是把手和身体都紧紧地贴在一起，互相间用颤抖去抵消颤抖。后来，身体上的反应渐渐消失了，她们发现，身边那些跑来跑去的人们都停留在了楼内的某一个居室里。这样，她们才敢于简单地商量了一下。

我们有我们的事情，对吧？

是的，我们有我们的事情。

任何情况也不该干扰我们的选择，你说呢？

当然了，什么情况也不该干扰我们。

她们头靠着头耳贴着耳地互相打气，决定还是要爬上六楼，向颜洁老师倒倒委屈，给颜洁老师提供素材。颜洁老师住的六楼是这幢建筑的最高层，一步一步走上去，会让人感到脚下的楼梯漫长而陡峭。但蒋涵和华明都认为，不管怎么艰难，这一次的拜访必须实现。结果，当蒋涵拉着华明上到六层楼时，她们终于松了口气，因为她们没碰锁头。蒋涵可以看到，颜洁老师家一六一号的门是大大地敞着的；而华明也可以听到，从颜洁老师家一六一号敞开的房门里，传出了蚊蝇一般嗡嗡嘤嘤的嘀咕声议论声说话声哭号声……

哎呀，咱们忘了把信先扔到……

就是，怎么才想起来，咱们的信还没扔到……

把刀给你

———————————————

王安一进沈阳城，呼吸立刻轻微起来，几乎接近了停止。城市喧哗的声音像一阵阵潮水，周围的人们像潮水裹挟着的一艘艘船只，只有王安，像一尾安静的游鱼。王安的手里拿着张纸条，纸条上写着一个地址。尽管那个地址王安已经烙在了心上，可他在向那个他要去的地方走时，那张纸条还是被他始终攥在手里：帅府路映荷胡同八十八号。

　　王安熟悉沈阳，他在沈阳师范学院的政法系读过四年大学，一年多前毕业的时候，他才回到家乡张集。张集是一个偏僻的小镇，王安是那个小镇中学里唯一的本科毕业生。他教政治。在师范学院读书的时候，王安是个刻苦用功的学生，但他的学习成绩总处于中等，这使他非常苦闷。可是回张集后，他成了那所小镇中学里最受欢迎的教师。照理说现在这个年头里当政治老师未免尴尬，最愚蠢的学生也十分清楚，那些枯燥的理论即使连学三年，也不见得有高考前夕的连背三天更解决问题。可王安硬是不可思议地让学生们喜欢上了他和他的政治课，为此县教育局长还接见过他一回。而且由于王安的影响，县里在五四青年节期间就还清了拖欠张集中学教师的工资；至于拖欠其他学校教师的工资，据说九月份教师节时能还上一半就不错了。王安是张集中学的光荣。所以，王安在张集的生活宁静而充实，他把在沈阳读书时的烦恼甚至屈辱早就忘到了脑后。但王安却不能忘记沈阳，已经将近一年了，他与沈阳依然有着千丝万缕的联系。

王安坐在破旧不堪的公共汽车里，看着车窗外边的高楼大厦，默默地思索着这种美丽的联系。都因为娟娟。他想。想到了娟娟，他的呼吸又开始急促，就好像昨天离开张集时那样，就好像夜里在火车上那样。王安有点不好意思。尽管他知道，身边拥挤的乘客不会注意到他隐蔽的冲动，但含蓄更是他本质的习惯。他巧妙地借助汽车的颠簸，让额头在横贯车厢的金属扶手上重重地撞击了一下，这样，他的呼吸才重又轻微。

娟娟是王安的妻子。他们从大学二年级开始恋爱，毕业时一同被分到了张集——娟娟的老家，在另一个县。娟娟很爱王安，但她无法适应在王安的家乡张集生活，当然她也无法适应自己老家的生活，她只能适应沈阳的生活。所以，娟娟的工作单位虽然也定在了张集中学，可她连张集中学的大门都没进过，就决定回沈阳去闯荡自己的事业。一旦我立住脚了，就把你也弄回沈阳。娟娟是一个心高气盛的漂亮姑娘，她这样对王安说话时胸有成竹。我无所谓，王安说，我没觉得在张集生活有什么不好。王安看着娟娟的眼睛出语慎重：作为普通人来说，不论在张集还是在沈阳，我们都要一样地吃饭睡觉和工作，可以说毫无差别。娟娟沉静地微微摇头：那我们就不做普通人。

不久之后，娟娟到底来（王安说是"去"，娟娟说是"回"）到了沈阳，只是在她离开张集的时候，她坚持和王安办了结婚手续。王安说我们没有必要匆忙结婚。娟娟说我这不只是为了安抚你，也是为了我。作为一个真正意义上的女人，我干起事情来才会觉得踏实。

映荷胡同八十八号紧挨着"张氏帅府纪念馆"。以前这里由于年久失修，已经破烂不堪，住着图书馆、作家协会等几个穷单位。后来传说，张学良要回到沈阳旧地重游，有关部门便立刻紧锣密鼓地迁走了原先占驻帅府的几个单位，不光拨款把帅府修葺一新，还动迁了帅府附近的大面积平房。可时间一久，张学良回沈的消息变成了荒信儿，那大面积的平房便未能全部动迁改建。于是，映荷胡同一带剩下的平房住宅区，便成了簇新服饰上的一块破补丁。

王安现在就是置身在这块破补丁当中。他停在映荷胡同八十八号的门前，并没来得及向周围打量一下，就节制但有力量地叩响了门板。门板很薄，上面包裹着一大块已经油漆剥落的棕色铁皮。由于陈旧的铁皮受到了敲击，表层上那些细沙子似的紫红铁锈便纷纷散落，不太规则地染上了王安的手掌。王安一边拍打门板一边低声呼喊：娟娟娟娟，我是王安。娟娟娟娟，我是王安。王安听到自己的声音比门板颤动得还要厉害。

是你吗？王安是你到了吗？门板里传出一个圆厚女声热切而又惊讶的询问。

是我娟娟——王安一听到娟娟的声音，立刻就想到了娟娟唱歌的样子。在学校时，娟娟就是班里的文艺委员。快开门吧！王安终于放纵了自己的呼吸。

门被急遽地打开了。王安感到眼前一亮，他看到娟娟只穿着一条短短睡裙的身子正轻盈地飞来。王安的心里也亮了一下，他感觉到了娟娟扑进他怀里的力量是那样巨大，他几乎有些承接不住。王安记得，大学三年级结束时的那个暑假，他和娟娟都没回家。一天早晨他去娟娟的宿舍，娟娟就是穿着现在这条睡裙钻他怀里的，当时娟娟的表情是兴奋和惊恐。你知道吗，娟娟说，从今天开始，我就二十三岁了，我想在我二十三岁的生日里把我给你。现在娟娟作为他的妻子已经整一年了，尽管这一年里他们在一起的时间还不足四十天，可是娟娟已经名实相副地属于他了。

我想死你了王安……我太想你了王安……娟娟搂着王安又哭又笑，不断把亲吻印在他脸上。从春节到现在，时间太长了……

王安一个劲嘿嘿傻笑，有些拘束地回吻娟娟。王安能感觉到娟娟的乳房正在他胸前滚动，那鲜嫩的肢体使他不敢轻易触摸。你让我洗洗，你让我洗洗吗！你看这手和脸……王安站在一面椭圆形的梳妆镜前，从镜子里看娟娟流畅的肩背和半掩的屁股以及雪白的大腿。王安觉得当初同意娟娟来沈阳闯荡是一个错误的决定。我应该阻止她，王安想，或者我也来闯沈阳，反正我们不应该分开。这时王安也看到了镜子里的自己。他发现他的手上还沾着铁锈，脸上也因为乘坐夜车而显露倦容。

你怎么提前到了，不是说好下趟车我去接你吗？你看我也没好好的打扮打扮。娟娟松开了王安，里出外进地去厨房端水拿香皂和毛巾。

我也想你嘛，我等不了了。王安说。正好镇里边有车上县，我就没等长途汽车，先跑火车站去了，赶上了这趟车。王安矜持地把衬衣领子往里卷卷，把温凉的净水撩上脖颈。可娟娟却走上前来，代他解开了所有的纽扣，并且使他的上身一下子就赤裸起来。

这是在家里，娟娟说，你这是到家了。娟娟把王安的衬衣顺手扔到一把椅子上。自从租到了这个房子，我天天都在盼你。娟娟把脸紧贴上王安的背脊，双手绕在王安的胸前使劲地摩挲。现在你终于放假了。

王安被娟娟抚弄得有些刺痒，他不由夹紧了双肘，使娟娟的双手无法动作。都快中午了，你怎么还在睡觉。好轻闲嘛。

不好，你这话里有酸味了。是挑我总说没空回家吗？

没有挑的意思，随便说的。

这还差不多。我一天天都忙死了，又乏又累。要不是等着下午去车站接你，我哪有时间白天补觉呀，早去单位了。

你也得注意身体，别太玩命。

我玩命有报酬哇。倒是你，当个孩子王，收获与支出不成比例。

室内比室外凉爽一些，尤其是把净水掸上凹凸的水泥地面以后，狭窄的陋室会清洁而潮润。王安终于把娟娟抱进了怀里，他能感到，这时他体内某种沉睡已久的东西正开始苏醒。窗子上粉色的窗帘始终挡着，室内的光线，像水波一样柔和而迷蒙。在床头上方的墙上，挂着一只柳条编的花篮，花篮里的一大束塑料花姹紫嫣红，有几枚欲绽的花骨朵栩栩如生。在花团锦簇的掩映之中，王安的一张放大照片就贴在墙上，那双微微含笑的多情的眼睛，正始终如一地注视着床榻。

我让他看得有点不好意思了。王安指了指自己的照片，几乎是优雅地爬上了娟娟的身体。

看吧，看吧，他早就渴望能看到这个幸福时刻了。娟娟下意识地扭动腰肢，并且重新把王安的一只手拉向自己的乳房。

可就在这时，宁静的房间里，忽然有一阵嘟嘟的叫声响了起来，王安发现，那一串不合时宜的叫声来自枕畔。王安先愣一下，接着就明白了是怎么回事。他伸手从枕头底下取出小小的黑色寻呼机，把它立在了娟娟胸前的两乳之间。

不管它王安，娟娟的眼睛细细地眯着，把它拿走，把它关掉。

你还是看看什么事吧，你毕竟是在给人家打工。王安说着就退下了身体，他感到他的热情受到了破坏。

真烦人，今天我是请了假的。娟娟把汉显寻呼机举在眼前，她的胳膊正好挡住了王安投向她脸上的视线。实在抱歉，十万火急，请立刻赶到单位。娟娟轻声地叨念着显示屏上的文字，支撑起上身看向王安。是我们老板。别生气王安，我——陪陪你再走。

算了娟娟，还是马上去吧。王安通情达理地说，官身不由己嘛，别惹老板不高兴了。我们——王安使劲吮一口娟娟的乳房，也不用赶集似的匆匆忙忙，晚上再痛痛快快地乐上一乐。

夜里娟娟回来的时候，王安醒了。已经连续睡眠差不多十小时的王安一经醒来，就觉出自己的头脑和身体都恢复到了最佳的状态。他依然闭着眼睛，听开锁的声音和关门的声音，走路的声音和喘息的声音。他感到娟娟蹑手蹑脚地接近了床前。娟娟没有拉开灯绳，娟娟慢慢脱掉柔软衣裙的过程，只仿佛一脉细水从身上漫流的过程。他知道，这时裸体的娟娟正借助渗过窗缝的淡淡月光在端详他粗放的睡姿。王安能想象出娟娟俯向他的脸庞上挂着怎样的表情，娟娟的愧疚一定像开裂的樱桃一样浆汁饱满。王安等待着娟娟的亲吻落上他嘴角，而娟娟嘴里的浓烈酒味，正在使王安想到，除了早晨在车上吃过一个面包，他已经一天半宿粒米未沾了。

此后的几天，王安渐渐熟悉了娟娟的生活规律。他难以适应，但必须接受。

大概与季节有关，娟娟的工作格外繁忙。王安看到，娟娟总是在上午十点左右上班，而夜里十点左右才能下班。娟娟也说过，要再请几天假，好好陪王安玩玩。可王安说，在沈阳还用你陪我玩吗？再说我哪也不想去，我得把论文写完。于是在每天下午的漫长时间里，王安都是坐在娟娟那张小小的梳妆台前（在映荷胡同八十八号里没有书桌），一丝不苟地查阅资料，字斟句酌地撰写论文。毕业一年来，王安已经在《沈阳师范学院学报》和《普教研究》杂志上发表过两篇论文了，他现在正写的这篇题为《关于新时期学校德育中存在的问题与解决对策》的文章，是为辽宁省中小学教师学术论文大奖赛准备的参赛作品。娟娟说，王安我觉得对不起你。在这个家庭中，我成了四处奔波的大丈夫，而你成了洗衣做饭的贤妻子。我真恨我自己。王安不以为然地摇晃着脑袋，过日子嘛，也得根据性格来分工。你要是天天让我应酬左右迎来送往的，我还不干呢。王安一本正经地告诉娟娟，没有人规定一定要男人主外女人主内。可娟娟还是要不停地解释。你知道王安，我现在干得挺冲，我必须再努把力，攒足了钱，咱们就可以在沈阳安家了。王安笑着说当然当然。王安又说，只是天天下班回来那么晚，可千万千万得注意安全。娟娟双眸闪烁着让王安放心，她的表情，既娇娆妩媚又刚毅果断。谁想打我的坏主意，没门。说着娟娟拉过挂在椅背上的小皮包，十分麻利地掏出一把精致的匕首舞动起来。我在学校时练过的剑舞，在实战中保证会发挥得更好。王安便只是使劲地拥抱娟娟。他知道娟娟不光争强好胜充满自信，而且行事谨慎进退有序，无论他怎样的叮嘱，也不过是事后诸葛。所以，他在每一个早晨只需做好一件事情，那就是努力培养旺盛的精力，从而把流连床榻的时间尽可能延长。

王安感到难过的时光只是中午和晚上，那样的时刻他要一人独处默默进餐，于是心中便会飘浮起隐隐的孤单。在张集的时候，有爸爸妈妈同事和学生，但没有娟娟的孤单使他有苦难言；可现在每天娟娟就睡在身旁，他心里的孤单却依然无法缓解。我害怕，娟娟。于是有一天，在做爱的时候他这样倾诉，声音里夹带着酸楚幽怨。我是那么喜欢你，我再也不愿意和你分开了娟娟。王安把头深埋进娟娟胸口，能听到娟娟的心跳强烈有力。娟娟轻轻地揉搓着王安的头发，像母亲安慰幼小的婴儿。我爱你王安，你一点都不用害怕，你不要瞎想一些没用的事情。我没想，王安说，我知道你对我的感情不会动摇。我只是害怕开学，到时候我们又要分开可我不愿那样。娟娟说，我也难受，我也不愿那样。可是王安，现在我们只有两种方案可供选择：一是你就留在这里，我养你，我的工资够咱俩生活；再一个，我们再坚持两年，照现在的势头干下去，两年之后，我自己开个什么小店不成问题，到时候你来当老板我给你当雇员。娟娟激动不已地望着汗水涔涔的"老板"说：如果你实在不愿意当商人，我用钱铺路，把你调到大学或研究部门去。王安伏在娟娟的身上拼命努力不再说话，他知道娟娟不允许他提出第三种方案：那种在他心中日日萦绕的、双双回张集当教师的稳妥方案。

这天夜里快十一点了，户外传来沉闷的雷声。娟娟还没下班回家，让王安的心里忐忑不安。他从墙角拿起一柄小巧的女式折叠雨伞，快步离开映荷胡同，向坐落在繁华中街的巨豪酒店走去。巨豪酒店是娟娟工作的单位，娟娟是这家大酒店的餐饮部经理。

欲雨的夜空月隐星遁，尖啸的热风扬卷起沙尘。王安的脸腮接触到了细碎的石砾，酥痒的疼痛使他内心的焦躁多少平复了一点。我这样未免神经过敏。王安看着身边驶来驶去的出租轿车，脚步渐渐慢了下来。如果娟娟真赶上了大雨，她是能舍得花钱打车回家的。王安想起了上大学时，他第一次乘坐出租轿车就是硬被娟娟拉上去的，并且那二十元的车费也是娟娟付的。我这人，王安想，可没有娟娟会享福。王安就这样任自己的思绪飘来游去，不一会，他眼前就出现了巨豪酒店的灯火辉煌。抬头望去，他能看到彩灯镶嵌的"巨豪酒店"四个大字在夜空里跳动；而平视前方，则会见到四盏低矮的地灯十分均匀充分地把光柱打在挂满荧粉的坚厚墙壁上。白天那冷峻的坚厚墙壁，此时变得清淡柔和，折向周围的蛋青色光晕，制造出了温馨舒适的雅致效果。在酒店门口，有两辆高级轿车已经发动起来，一些送客的人和一些离去的人正在高声道别。

于是王安听到了娟娟的声音，他适时地在巨豪的阴影里停下了脚步。

慢走呀胡总刘总，有空可一定想着来呀！

会来的会来的，就冲娟娟小姐，没空我们也得过来。

你回去吧小娟娟，站在这里又不能陪我一块走，让我心里不好受哇。

　　王安在黑暗中皱起了眉头，他觉得，是他的心里不好受起来。自作多情的无耻男人！王安在心中嘀咕了一句。那是我老婆，她是天下最贞洁的女人！王安看着娟娟送走了客人匆匆返回酒店，他得意地唾了一口那两辆从身边驶过的轿车。其实娟娟不会出事，他想，只不过是客人走得晚了点罢了。王安抬头看看天空，落雨的迹象似乎又没了。真是奇怪的天气。王安笑了，顺着来路，又向映荷胡同折返回去。返程的路上他显得轻松，悠闲的目光可以逡巡周遭的环境。他发现，从映荷胡同到巨豪酒店道路很近，除了帅府大墙那里有一两百米的小道暗一点外，其他地方都亮如白昼。这样王安一回到家中，就心平气和地钻进了被窝，侧歪着身子看一本叫《文学大观》的通俗杂志。这本杂志，是王安白天买菜时在街头减价处理书刊的小摊上看到的，是上边那篇关于"三陪小姐"的文章，促使王安买下了它。在论文写作之余，王安已经读完了它的四分之三，他认为，那是一篇不错的报告文学，它的叙述分析议论和思考，字里字外的，总能让王安受到启示。可现在，躺在床上，他接续着往下只看了两页，娟娟开门进屋的声音就打断了他。王安不觉有些遗憾。他对自己说，娟娟要是再晚些回来，我就能把这篇文章全部读完。

　　以后的晚上，王安增加了一个散步的习惯。天色一黑尽，他就无所事事地在屋里转来转去，直到出屋锁门，离开映荷胡同，踏上中街宽阔的路面，看到巨豪酒店那闪烁的灯光，他才能感到心里坦然。论文终于快写完了，他这样兴高采烈地告诉娟娟，我现在感到特别轻松。

在一般的晚上，王安一看见巨豪酒店就返身回家，回家以后他可以听一会广播或洗几件衣服。可是这天，他自己也搞不清因为什么，当他踱到巨豪酒店侧面的灯光暗影里时，竟鬼使神差地，趴在一扇宽大的玻璃窗上向酒店里张望。

出入这样高级的酒店，对王安来说，是难以想象的。王安看着里边潇洒时髦的红男绿女，发现有一种仇恨，正从自己的心头翻涌而起。他的思维现在有些迟钝甚至停滞，他的眼睛被一些光怪陆离的东西搞得模糊一片。他首先看到的是大厅一侧乐池里那几个摇头摆尾的长发乐手，他们就像局外人一样，有气无力地演奏着音乐。在距他们不远的地方，是几对旁若无人的舞伴紧搂在一起，与乐手们相比，舞蹈者的投入令人感动。在大厅的另一侧，有一些穿着超短裙的服务小姐在客人中间穿梭往来，偶有不规矩的男子把手探向她们袅娜的身体，她们暧昧不明的表情和动作让人搞不清楚她们是在接受还是拒绝。就在这时，王安的视界内出现了娟娟。王安看到，身着藕荷色西服套裙的娟娟正从二楼的扶梯向下走来，她的气质与风韵都很出众。王安感到，娟娟的神态雍容大度，而娟娟的体态性感招摇。这有点矛盾，王安想，不过这就是娟娟成功的秘诀也未可知。王安看到，许多男人正垂涎着把娟娟颤动的乳房和浑圆的臀部吞进眼里，而他们颏下，一些淫荡的喉结，则分外难看地在上下流窜。对这一切，敏感的娟娟肯定早已心中有数，但她安之若素不为所动。她一边向乐池一侧的收银台慢慢靠拢，一边对沿途许多面红耳赤的熟悉的就餐者点头微笑或寒暄客套。结果，娟娟刚刚来到收银台前，有一个油头粉面的家伙就忍无可忍了。他嬉皮笑脸地凑近娟娟说了一会什么，然后就半拖半拉地把娟娟拽进了舞场。王安无奈地闭上了眼睛，闭上眼睛之后，他才意识到自己现在的样子似乎很猥琐。他站直了身体，扭过头去，假装兴趣十足地打量巨豪门前的一长溜轿车。他记得有一天他问娟娟，我补发了三百元的拖欠工资，到你们酒店开一次洋荤能不能够？娟娟笑了，留着你的三百元吧，二楼的雅间，进去坐坐就得五百。王安说，那我就在一楼吃，一瓶啤酒和一只凉盘。娟娟说，那倒行。不过那样服务小姐会奚落死你。王安掐捏着娟娟细腻的脖颈说，我说我是你丈夫她们也会奚落我吗？那她们都敢臭骂你一顿，娟娟扭动着脖子哈哈大笑，不光全酒店的人，连许多常来常往的熟客都知道我是个没有对象的女单身。王安当时有点不快，可想想娟娟特殊的工作性质，便没说什么。娟娟问：我这样伤害你吗？我只是为了便于工作，请你原谅。王安大度地扬手一笑：小事一桩，没有关系。

这天晚上，娟娟回来后，兴致勃勃地告诉王安，今天结识的食客里，有个公安局的副局长。娟娟脱光了衣服擦洗着身体说，他是"文革"前咱们学校的毕业生，娟娟的眼睛在灯光中闪闪发亮，以后咱俩的户口，就找他办。

王安说，怎么，真的警匪一家啦？

娟娟停住动作回过头来，你什么意思？

王安阴阳怪气地笑了两声，我觉得去你们那吃饭的没有好人。

娟娟站了一会，摇了摇头。王安你思维方式太成问题。

王安把论文写完以后，娟娟说咱们得庆祝一下。王安说要庆祝的不是论文。那是什么？娟娟问。王安夸张地叫了起来，明天你就二十五岁啦！娟娟拍打着脑门随声附和，那就一块庆祝好了。

已经二十五岁的娟娟上班以后，王安把论文送到了一家打印社，然后就在市场上挑三拣四地买了一筐鸡鱼肉蛋。拎着菜筐回来，《关于新时期学校德育中存在的问题与解决对策》已经变成了干净整洁的打字稿。路过邮局的时候，王安把这份稿子挂号寄给了论文大奖赛的主办单位，当然他没有忘记，同时汇上了二十元钱的参赛费。这样高水平的论文肯定能获奖！王安一边得意地回想着这一个暑假他所付出的劳动，一边点数了一下兜里的零钱。这次来沈阳他一共带了三百四十七元钱，现在还剩一百五十一元七角三分。娟娟在抽屉里给他放了两千元钱，可他一分没动，他想那钱应该带回去孝敬爸爸妈妈。他用零钱在街上买了几个包子咽下肚去，回家后便开始剖鱼洗菜。娟娟昨晚就已经说过了，今天她要和王安共同吃一顿晚饭。你买完菜我回来做，娟娟为自己二十五岁生日的到来感到激动，我给你露一露在巨豪学的烹调手艺。

傍晚六点钟的时候，王安开始了隐隐的不快。他望着堆在厨房里那些等待加工的各色美味，书也看不下去了，广播也听不下去了，不觉犹犹豫豫地就打开了一瓶啤酒。清淡的啤酒爽人心肺，王安小口小口慢慢地呷着，一个小时的时间，很快就被他吞咽了进去。喝完一瓶以后，他有点兴奋起来，觉得缓慢的饮啜不太过瘾，便顺手又打开了第二瓶啤酒。喝起第二瓶啤酒来就顺畅多了，三五口喝净它只用了十一分钟。这时室内已开始了昏暗，吃过晚饭的邻居已经蹲到了胡同里的老槐树下，可是娟娟依然没有回来。王安的脸上一片血红，呼呼喘息着眺望窗外。当腕上的手表指向七点四十五分时，王安实在坐不住了，他踌踌迟疑地走出了映荷胡同。

王安的行走，极为缓慢，他希望能在通往巨豪酒店的路上堵住娟娟。太抱歉了，今天发生了一件……娟娟刚想做出长篇解释，王安就会说，没关系的，谁也没法保证不出现特殊情况。于是他们会像初恋的情侣那样挽紧手臂，高高兴兴地回家去吃"夜餐"，回忆他们两年前的第一次同床经历。可是一厢情愿的想象过于虚幻，王安把自己沉重的步子挪到了巨豪酒店的门口时，天上已经月朗星亮，地上已是万家灯火了，可娟娟的身影依然没有在他的视野里出现。这样王安只好身不由己地站到了巨豪酒店的台阶上边。

虽然王安没进过巨豪，但巨豪的内部结构，起码是一楼的内部结构，却早已在他的几次观察中被他了如指掌。现在，王安大步迈向巨豪的自动玻璃门，他的手脚居然也都从容自然。当然了，他希望那个高大英俊斜挎绶带站在门口迎接宾客的小伙子能拦住他，最好能粗鲁地问他一句：你想干吗？如果是那样，王安就敢火气十足地顶他一句：你一个看门的客气点好不好，我找娟娟，她是我老婆！可是那个小伙子却近于谄媚地微躬了身体，先生请进。这反倒使王安有点心虚气短。

王安手足无措地走进了大厅，向他心中早已设计好了的那个角落的餐桌走去。在那个角落，他可以用目光控制住整个大厅。一个服务小姐笑容可掬地跟了过来。先生就自己吗？王安咽了口唾沫，他感到小姐身上的香气和小姐赤裸的白腿一齐贴到了自己的身上。他说不出话来，他点了点头。那么您用点什么？他看到那个小姐异常年轻，声音中好像还残留着奶味。我——王安的嗓子有些发紧，要两瓶啤酒，还要——王安想了想，觉得应该留五十元钱压腰，便手在兜里捻了一下，只掏出来那张一百元的票子。照这么多钱，随便来点什么菜都行。小姐脸上的笑容凝固了。小姐好像很厌恶似的把身体离开他远一点，说，我们这里还真没有小葱蘸酱，就给你来个拍黄瓜吧。

王安在心里骂了句婊子，可他不动声色，甚至还笑着说了声谢谢。结果就在他顺着年轻姑娘那小巧的臀部把目光伸展开去时，他看到了娟娟，娟娟正坐在与他斜对角的一张餐桌前与一些男人觥筹交错。

娟娟的面孔侧对着王安，大概由于酒后的兴奋，娟娟白皙的面庞艳若桃花，在淡淡的灯光中格外迷人。看得出来，娟娟是桌上那些男人环护的中心，他们的每一次举杯都朝向娟娟。由于距离和杂音，王安听不到他们在说些什么，但他从包括娟娟在内的所有人的表情上能够推想得到，半真半假的打情骂俏和无聊透顶的逸闻趣事是他们的主要话题。王安杯中酒喝得不快也不慢，一瓶半下肚以后，他能看到的远处图景只剩下了娟娟的大体轮廓。他晃了晃脑袋对自己说道：喝完这半瓶，我必须走了。这时他看到娟娟站了起来，他听到了娟娟从麦克风里发出甜甜的声音：

为了感谢各位在我生日里送给我的祝福和关怀，我为大家献上一首我在大学时自己创作的歌曲……

王安知道，娟娟要唱的是那首《让我一万次的对你说谢谢》，那是他们刚开始恋爱时，娟娟送给他的。后来在全市大学生文艺汇演中，娟娟的这首歌获得了二等奖。王安放下了酒杯想专心听歌，可是他看到娟娟站到了他的面前。

你怎么来了王安？娟娟的声音里带着慌悚的颤抖。

来……来给你，过生日……王安努力使自己口齿清楚。

实在对不起王安，我马上就走。他们答应我九点走。

再，再玩……吧。我——等你，没关系……

他们是我的老主顾，他们主动凑到一起给我过生日，这我没想到。王安你得替我能和客人有这么深的交往感到高兴，这样的事情大概全沈阳市也没有了……我以后自己做生意，他们都有用……

我……高兴……真的替你……

你别再喝了。来，我送你先出去。我唱完歌，立刻走……

王安站了起来。王安的脸上始终挂着微笑。王安没用娟娟搀扶。王安走到门口的时候，听到娟娟对给她过生日的那些人说：你们看我没撒谎吧，我的确是和同学们约好了聚会的，都来找我了……

王安坐在巨豪酒店门口的马路牙子上昏昏欲睡，娟娟推他时，他脸上挂出了愧疚的表情。娟娟把肩上那个精致的牛皮小包交给他拿着，转身去和送她的人们握手告别。王安礼貌地站在一旁，含笑地看着那些珠光宝气的男人。但他发现自己的脑袋比身体还大，他根本听不清别人在说些什么。他想他应该不看他们，因为万一有爱说话的人来对他这个娟娟的"同学"问长问短，他却已经因为酒精的作用而丧失了听力，这影响不好。王安便低头去看手上的皮包。皮包不大，皮质柔软，可王安发现，这么讲究的皮包里边，却有什么粗糙的东西硬硬地硌手。心存好奇的王安掀开了包盖，把有些僵滞的右手伸进了包里。包里那些女人用的东西比较简单，唯一一件硬器的手柄正好适合于手掌的把握。这使王安记了起来，那带有手柄的粗糙硬器，原来就是娟娟的匕首。王安觉得自己现在无所事事，正好可以好好的欣赏一卜这把匕首，因为那天娟娟在床上拿它舞动时，他颇有一点不以为然，所以没能看个清楚。王安把匕首抽出刀鞘，在人群后边的暗影里端详起来。他把它轻轻地刺进左臂，一直到一脉血流向地上滴去。匕首很锋利，刺在肉里，能给人一种尖锐的快感。这样的发现让王安兴奋，原来疼痛也可以带给人安慰。王安的身心同时颤抖起来，他想赶紧把他的发现告诉给别人，于是他满脸放光地抬起了脑袋。恰好在这时，他看到有一个男人正拉着娟娟的双手握个没完，而且态度诚恳地向娟娟提出申请，想两个人贴一贴灼热的脸颊。娟娟微笑着再三拒绝，可那个义无反顾的男人锲而不舍，而周围的观众们则大笑着起哄。王安想，那个要贴脸的男人一定也非常兴奋，他认为贴脸会给他带来巨大的快感。可是，王安想，刀刺进皮肉，是也能使他产生快感的，他没必要非在那里纠缠娟娟。王安决定也让那个男人体会一下自己的发现，他便面带微笑地凑了过去。他看到，在巨豪酒店门前的光照之中，那个男人的整个后背异常清晰地凸现出来。那个男人的背部有肥厚的脂肪，它们被裹在名牌衬衫里轻轻地抖动，其情其状，就如同娟娟那一对正面对着王安的浑圆的乳房。于是王安满意地点了点头，他不再犹豫，不再颤抖，只是略一瞄准，他手中那把高高扬起的锋利匕首，就轻轻松松地刺进了那个男人多肉的背中……

灰色：沉寂部分

数米开外，我能看到，刽子手的眼睛蛇信般飞动，在那株老树的枝叶之间，隐隐闪烁出一抹新鲜皮革的夺目光亮。我循着光亮向他慢慢靠拢，心头的疑虑和恐惧，终于雾一样悄悄散去。

刽子手并不看我，只让他机敏的目光张开最大的角度，警惕地留意我的身后左右。对于他的多疑我深感不快，但不便表示什么，只能有些轻蔑地咧嘴笑笑。他意识到了，他对我的轻蔑要比我对他的轻蔑表现得更明显，他说："别看咱们年龄差不多，可我敢断定，你只是个雏儿。记住，谨慎和胆怯不一码事。还有，你迟到啦，我都等你半小时了。"

我不喜欢他这样盛气凌人。我想说我也找了你半个小时。可我迟疑一下什么也没说。我知道这种事情非同小可，对于他的倨傲我只能视而不见。我讨好地递他一支烟，他摆了摆手，我记起来在昨天的初次交往中他告诉我他不吸烟。我自顾把烟点着，任由他借着月光上上下下打量着我。我发现，作为刽子手，他身上的凉气异常重浊，而且所体现出来的凉意也显得漫无边际。但我也看得出来，他又是个行事严谨思维缜密的刽子手，因为他不仅先伸手摸了摸我别在腰间的两把匕首，同时又掀开自己的外衣，让我看他藏在腰里的两样家伙，并且还留意地观察我的表情神色。最后，他大概认为没问题了，才无声地离开他所隐身的那株老树，向对面的住宅楼健步走去。我知道我们的合作就要开始了。我咽着唾沫调整情绪，默默地跟在他的身后。

月光下的景物像一片灰色的马群，平静地吮吸着低垂压抑的无尽黑暗。它们看似凝然不动，其实内里似乎有某种力量正在汇聚，一旦迸发，我猜想，它们扬蹄奔跑的身影一定能把夜色豁出一道滴血的口子。而刽子手和我，只不过是马蹄溅起的两点尘埃，不管飘往何处，最终总要落到地上。此时我们就是在地面上移动，涩滞的积雪并不能成为我们脚步的障碍。

走到那栋住宅楼的墙拐角时，刽子手把头转了过来，让一束狭长的阴影将我笼罩起来。我只好也停下脚步。但由于我不愿与他四目相对，只盯着墙，便得以目睹了夜风撞在墙上又顺着原路快快退去的整个过程。

刽子手说：“要不要我现在把钱给你，就是你要的那个数。”

我说：“完事再说吧。”我不能让他把我看扁。可没拿捏好，我还是又加了一句，“只要你别忘了这事就行。”

他笑一下，很像一个刚刚学会狡黠的大孩子。他说：“我不会忘，如果你让我满意的话，我只能多给你。那就完事之后再给你吧，好吗？"

我耸耸肩膀，拉紧衣领，又随他继续向前走去。

我们抵达的这座住宅楼本身确实是灰色的，标准的长方体，周周正正，不新不旧。这座大楼从下而上分为七层，一共四个单元。在每个单元的门洞口上方，都悬一块长方形雨搭，就像一个人的上嘴唇总是难看地翻着。我们钻进了一单元漆黑的口腔，狭窄的楼道里，毫无条理地摆满自行车，那些钩子似的车把如同蛮不讲理的牙齿，撕扯着我们的衣服就像狂风在戏弄一团飘零的乱云。但刽子手是一个善于在黑暗中摆脱障碍物的行家里手，跟着他，我的行走也变得安全顺利。我们径直上到七楼，轻微的喘息促使我们停下脚休息了片刻。七楼紧紧关闭着的三张门板如出一辙，全都镶着白色的铁皮而倒贴着红色的"福"字，我无法断定这几家的户主是否工作在同一单位。我猜想，刽子手事先对这里也没做过调查摸底，但这肯定不是他计划不周的大意疏忽，而是他有意追求的戏剧效果。这时，刽子手面对三张门板踌躇一会，冲我竖起了右手的三个指头。我替三号这户人家感到委屈。我认为刽子手这一决定的做出并非像他对我说过的那样，来自于他惯常习用的卜算，三号的倒霉，只能是倒霉在他们家距离楼梯最近。

刽子手把一把匕首倒竖在左袖子里，用右手去敲门。我则把握刀的右手伸在夹克兜里，闲着的左手以备必要的擒拿。

礼貌的叩门声音响过之后，一个苍老的女人的声音缓缓响起：

"谁呀？"

"我。"刽子手回答。他的声音从容安详，就像儿子之于母亲。

"你……你是谁呀？我听不出来……"

"是我，小张，你老开门吧。"

"小张？哪个小张……你找谁呀？"

"这不是孙厂长家吗？"

"不是。"

"哎呀……怎么错了？那……对不起了。"

面无表情的刽子手不急不恼，拉着我缓步朝楼下走去。我想向他询问点什么，但我不知道应该怎样开口，我期待着他能主动对我做一点解释。

我们又爬上二单元的七楼，可是不幸得很，我们所得到的结果与在第一单元几乎一样。接着，我们又爬上了三单元的楼梯，扶摇上升的楼梯催发着我的厌倦之感，回旋扭拐的攀爬很像毫无意义的机械位移。但刽子手锲而不舍的精神使我不便发作，我只能陪着他把这个荒唐的游戏进行下去。他说过，一个晚上只能碰四家的运气，现在有二分之一的机会已不复存在，我拿不准这是不是一个不好的兆头。果然，在三单元，我们还是一无所获。只是走到三楼拐角时，一个入宅卖雪糕者与我们交臂而过，而走到五楼时，一个出门倒垃圾的少年误以为我们是他夜归的爸爸。我们走上七楼后都没停留，等于顺着原路又悻悻退回。

来到四单元的楼门口时，嘴唇似的雨搭又一次隐蔽了我们，我和刽子手其实是站在了污秽的牙床子上。这时夜色已更加深沉，整个住宅楼群正灯殒光灭。弥漫在空气里的寒冷使我哆嗦一下。我看到，在铁青色的光线之中，刽子手的面庞有些歪斜。

刽子手十分体谅地看了看我，他歪斜的面庞已变得松弛平和。我意识到这事确实不大容易，我不由得对他生出了几丝怜悯之情。我想说你这么副样子虽然难看，可却是一种与人为善的合作态度，自己再能耐也不该对别人颐指气使。可我只是陪着他无可奈何地眨了眨眼睛，什么也没说。

他却开口了。

"你是不有点灰心？"他脸上挤出的微笑还算真诚。"我说过，这种事主要是枯燥乏味，只有很少一点点乐趣。但是物以稀为贵，越是难以得到，就越刺激人，让人神经兴奋。你可能还不习惯，但我从来都乐此不疲。你要是失望了现在也可以离开，而且我不会拒绝给你一笔相应的报酬。"

我说："你没必要说这么多话，我对自己是有把握的。"

他赞许地点了点头："我没选错人，我们很相像。"

于是，我和刽子手都缄默不语，通往七楼顶层的道路也不再漫长。

七楼的三号是我们敲过门的几户人家中，唯一没倒贴"福"字的一家，这种并不过分的与众不同让我产生了一丝莫名的愧疚。刽子手大概也注意到了这一点，所以他在敲门之前，惊喜和忧戚都挂在脸上。他先恭恭敬敬地提神运气，把右手的食指伸出去悬在空中；然后他抖腕移指，象征性地往门板上写了个大大的"福"

字。他这个"福"字是正写的。我想，刽子手确实高明，如此一来，"福到家"的美好寓意已经被他轻而易举地篡改成了"福出门"的不祥之兆。这样，当我们在那个虚写在空气中的"福"字面前四目一对时，自然就感到了一些人为的释然。刽子手开始敲门，那敲门的声音清晰儒雅，富有原始音乐那种简洁的韵律感。不过，这只能是给予不知情者的平庸联想，对我来说，我听到的，则是心脏跳动时所制造的音响：怦、怦、怦、怦……跳动的出现是为了跳动的结束，跳动的存在是为了跳动的消失。

"谁——呀——"

跳动的声音没有了，代之而起的是一声女人的询问和一串鞋底与地面摩擦的音响。那声询问动听悦耳，似乎字面的意义并不存在于询问的内容之中，那两个悠长的音节只是一个单纯而友好的招呼，更接近于"你好"之类的问候；而那串行走的足音也远远超出了行走本身，它似乎能够体现出一种心态，展示出一种品性，于不经意间透露出女主人礼貌好客的美意温情。

刽子手知道应该怎么应付这样的局面。他明白，一般能如此慷慨地制造出比较美好的嗓音和足音的人，肯定是那种心无芥蒂、热情开朗的人，这种类型的家庭主妇是从来不会让客人难堪的。所以，刽子手对门里的询问报以含糊其词，在他吞吞吐吐的答话中，我只能听清楚他刻意强调的是这样一句："……实在太晚了，真不好意思……"而里边的女人一定也是只听清楚了这句话，因为她在开门时是这样说的："不晚不晚，没关系的……"

在此之前，我对刽子手的本事一无所知，我对他的信服，只是基于一种毫无道理的直觉。可是现在他只小试身手，就证明了我的感觉没有偏差。那没有"福"字护佑的门板是缓缓开启的，所形成的角度，最多只适合于一只猫的通行。然而刽子手的敏捷正适合于用猫比喻，侧身拉门，抬腿举步，抽刀进屋，一连串的动作一气呵成。只可惜，黑暗对于他的动作进行了删削，简单化的处理使我难以模仿。当然我也并非等闲之辈，刽子手于茫茫人海中选择了我做合作伙伴，也就从另一个方面说明了我的技巧与能力。当我紧紧地跟在刽子手后面，展臂将女主人擒到胸前并控制住了她声带的颤动，举刀示警，回身关门时，我想我的身形动作也一定标准实用得无可挑剔。不过，这时我还不太敢分心旁骛地自我欣赏，我不知道里边屋内的情况怎样。

这是一处比较常见的两室一厅住宅，紧巴、逼仄，但让普通人感到安全和自豪。踏进走廊门后，我便站在一间约六平方米大小的方厅里，脚下的棕色方瓷砖如同女人的皮肤一样明丽滑腻。方厅的左侧是鞋架、酸菜缸和挂衣架；方厅的右侧则是厕所与厨房。此时厕所和厨房都黑着灯，说明没人。方厅的天花板顶亮着一盏昏黄的红色彩灯，灯光下靠近厨房的那个部分，摆着冰箱、饭桌和几只方形的木头板凳。在方厅尽头，相向对着有两个房间，两扇门板中间的墙垛子上挂一幅镶在木框里的油画，其内容，是山呼海啸一类的东西。也就是说，当外边的来人跨进走廊门后，如果面前没有阻碍，视线没有受到干扰，那么，首先看到的应该是油画。现在我站在油画的前边，但我不可能给予油画更多的关注，这不仅仅因为我对绘画一无所知。我知道，对于油画右边的房间我无须分神，在那里，无论出现何种情况，都会置于刽子手的控制之下。我应该做的，是果断推开油画左边那扇关着的房门，我需要知道里边是否有人。匕首和女主人帮我找到了左手房间的灯绳。吸顶灯跳亮后，呈现在我面前的是一间夫妇的卧室：整洁、温馨、舒适，所有的摆设都井井有条，庞大的双人床下和塞满衣服被褥的壁橱里，并没有有人藏匿的迹象。我放心了。我把女主人拉向右手的房间。在右手房间的门口，一手平端手枪一手紧攥匕首的刽子手侧一下身子，让我和女主人得以顺利进入了房间的里侧。把女主人按坐在地毯上以后，我退着挪到刽子手身边的位置上，注视着面前俘虏的一举一动。刽子手把手枪给我，转身出去了，我明白，他肯定还要再仔细搜寻一下这个住宅的每一处角落。现在，在我身处的右手房间里，计有四个人：漂亮的女主人、高大魁梧的丈夫、十岁左右的男孩以及我。在日光灯镇流器持续不断的轻微哼叫声中，我们四个都显得紧张害怕，区别只在于，我的胆怯并没写上脸颊，而他们的惊恐已经到了难以自持的地步。我希望这种局面能保持下去，这样有利于我和刽子手掌握主动。为了显得从容大度，我抽空扫一眼整个房间。看起来，这间屋子比左手那间要大一些，更多的家具都堆放在这里，靠近我的一张单人床上扔着一件行将织完的灰色毛衣，挨着窗户的写字台上摆了些书本文具。我设想得出几分钟前这屋的情形：女主人坐在儿子的单人床上，靠着被垛为某一个人编织毛衣；而她的丈夫和儿子则共同坐在写字台前，一起分析一篇作文的写法或一道数学题的演算公式。这样的场景优美怡人，如果他们始终也没有听到心脏跳动似的叩门声音，那这样的场景，会在他们未来的生活里无数次重演。这时，我忽然产生一种强烈的欲望，想告诉他们：你们的家庭与那幅油画上的意境不太和谐。我没开口，我担心我的声音会窒息或颤抖。这时，刽子手满意地走了回来。我解脱般地把手枪还给了他。

"你们家确实没有别人。"刽子手像在证实什么。他没得到这个家庭三位主人的响应，这让他显出了几分尴尬。他停一下又说："你们最好能顺从一点，不要喊叫，免得把我逼急了。"他用臂肘碰我一下，温和地建议道："你能不能把这个床单撕成布条，起码把那位老兄捆上，不然我总是不太放心。"他又对三位主人说："没办法，只能委屈你们了。"

刽子手的温文尔雅不仅蒙蔽了三位主人，连我都吃不准他是否是有了改变主意的打算，我从他的表情上什么也看不出来。

是那位作为妻子和母亲的女主人首先挣脱了恐惧。她试探着说："我看你们不像坏人，你们的声音和面相都挺善良。你们肯定不是坏人！"

这时我已经捆好了两个大人，正绳索松散地捆缚那个十岁的男孩。

"是——吗？"刽子手慢慢地问，那份诚挚，真好像他在认定某一个判断。"不……"他看到我重又持刀站回他的身边，他说，"不！如果按照你的评价标准，我们是很坏很坏的坏人。他，也许不是。但我是，我是坏人。"刽子手朝前迈了几步，与女主人已经贴得很近，才又转回来，身体僵硬地坐在了失去床单的单人床上。当然往下坐时，他没忘移开那件半成品的灰色毛衣。

那个浑身觳觫的男主人看妻子一眼，终于也敢说话了。他的声音以前是什么样子我不清楚，但我能断定，他的音量和吐字方法都有点走形。他说："你们想干什么？我们无冤无仇吧？我们家也很穷，没多少钱。"

刽子手淡淡地笑了一下，"我没说管你们要钱。你们不要小瞧了我，我从二十岁到现在做了十年买卖，光吃利息就够我享受一生。"

"那你想干什么？"

刽子手一时语塞，他看了看我。男女主人也一齐看我，可怜巴巴地问："请你说说，你们想干什么？"

我靠在一个没有多少书的书架上，正掂着沉甸甸的匕首玩，听到他们的问话我感到茫然。"我说说……你们问错人了，你们别问我，我是跟他来的。"我挺委屈地说，"我根本就不知道他要干什么！"

刽子手十分得意，"对，没人知道我想干什么。我有时候想干这个，有时候又想干那个，我是个没准的人。我不像别人，做什么都要有意义有目的，我没有。我只希望我想干什么就把什么干成！"

女主人说："可你不该干违法的事，你不可以欺凌无辜。"

刽子手说："欺凌无辜？不对，这天底下根本就没有无辜的人。所有的人都有辜，可所有的人又都自以为清白，什么事一摊到自己头上就觉得冤屈，为自己辩解起来好像浑身上下全是舌头……太无耻了。"刽子手的情绪有些亢奋，薄薄的嘴唇动得频率飞快。"我就是想让人们知道，没有谁一定就有罪该死，也没有谁就一定没有罪不该死。任何事情都是相对的，都有正反两面，就看定的是什么标准……"

男主人说："那你的意思是……你可不能随随便便……"

刽子手说："行了行了，我不想多说了，我又不是做讲演。从来也没人能理解我，我都烦透了。哎，你们儿子几岁了——显得挺聪明的。"

"十岁，"女主人说，"他是挺聪明的，许多人都喜欢他。他会讲好多好多有趣的故事，最近他读了一本挺有意思的书，叫《诺查丹玛斯大预言》，要不要让他给你讲讲……"

"我看过那本书，我特别爱看那种预言未来的书，倒不一定信，但挺有意思的。对吧小朋友？"刽子手冲那个十岁的男孩笑了一下，那男孩诚惶诚恐地点了点头。"我觉得他挺像我小时候的，"刽子手对我说，"你十岁左右在干什么？"

"十岁左右？"我努力想了一下，二十年前的印象淡如白水。吃饭？睡觉？背着书包上学？拿着弹弓打雀？"不知道，"我说，

"我哪记得二十年前的事，我连二十天前的事都记不住。"

剑子手叹口气，目光温柔地望那个男孩。"我十岁时，学习特好，排红榜，全年级第一，四科四百分，和一个女孩子并列第一。你行吗？"

"我全班第一。"男孩终于鼓足勇气来了一句。

"噢？是这样？"剑子手没想到男孩会答话，他愣一下。过一会，他把手里的枪放鼻子下边嗅了嗅，低声说，"那也不错了，能在全班排第一也不简单，够本了，你可以不必再争了。"

"你什么意思？"女主人似乎预感到了什么，声音比较尖利。

剑子手皱了皱眉头，不满意地看女主人一眼，对我说："你去卫生间，找两块干净点的手巾来，把那两个大人的嘴给我塞上。我讨厌这么不分时间场合地大声说话。"

我照剑子手说的办了。两个大人虽然不情愿，可他们的手脚是被绑着的，他们拗不过我。这时室内的温度有所降低，我想，肯定是外边的锅炉房已经关炉封火了。我从兜里掏出烟点着，火柴杆扔到地毯上时，剑子手瞪我一眼，他把身边一个空水碗递给了我。

剑子手走到男孩面前时，我的精神正在溜号。我看他放在单人床上的手枪。那是一把真枪，烤漆有些磨损，是六四式，保险已经打开，看起来像是有子弹的样子。这时我听剑子手说："怕吗？"

我抬头时，看到剑子手正蹲在男孩跟前，用他那把尖利的薄刃匕首划扯男孩的棉绒衣。男孩脸色灰白，泪水满面。

"怕——"男孩的声音细若游丝。

刽子手笑笑，"以后就不会怕了，"他用左手抚摸男孩的左胸脯。我看到那一小片白嫩光洁的胸脯已经裸露了出来，就像餐桌上做工考究的精粉面食。"以后你什么都不用怕了，当然，你也不会使别人害怕。可这没什么不好，"刽子手的左手停止了对男孩胸脯的抚摸，长长的手指又牢牢钳在他右肩胛骨上，"你说对吗？"刽子手的眼睛里充满绝望。

"对——"

男孩的回答尚未落音，刽子手右手的匕首已稳稳刺进了他的左胸。我发现，男孩的表情很像一次惊愕的定格，由于始料不及，他根本就顾不上哼叫一声。倒地上后，他年轻的血液流得很快，有一部分喷了刽子手一身一脸，有一部分为他自己制造了一团热烘烘的圆形血泊。当然，由于地毯也是红色的，男孩身下的血水看上去便没有预想的多。我是头一次面对这么新鲜的死人，有一种欲泄不能的呕吐感浮沉在我的喉结附近。我把刚吸进嘴里的一口烟全吐了出去。

其实在此之前，那对父母的反应比我更要来得强烈。由于我只顾观看被刺死的男孩，以至于，都忘记了我的责任是提防那对父母肯定会出现的挣扎和反抗。刽子手比我清醒得多，他拔出刀后，都没再多看男孩一眼，就虎视眈眈地转向了那对父母的方向。我听到气流通过他牙齿时，那种声音，就如同一件丝绸类衣服在强力的作用下开始破裂。

"不要动，动我立刻把你们两个一块杀喽！"

那对父母对于儿子的忽然惨死，感到非常愤怒，如果不是四肢已被我捆绑结实，他们的手脚完全可以重获自由。因为愤怒能增添他们的力量，而力量的骤增将直接威胁到绳索的承受能力。他们面部的表情都丧失了起码的规则，眉眼口鼻全扭曲得一塌糊涂。女主人凭本能向儿子那具萎缩的尸身滚近了一尺，而男主人由于用力挣扎竟带翻了身下的那把椅子，咕咚一声摔到了地上。

刽子手对他们的反应基本接受，但对他们引发的响动感到不满。他对我说："把这孩子拖那屋去，要不然他们心情不好。"

我把男孩的尸体拖走了，回来时，看到刽子手在把床上的棉被铺到地上，以遮掩凝固的血迹。他一边尽可能地把被角抻得熨帖一些，一边安抚着那对悲伤的父母，"……我的意思是你们不要这样，人死了不能复活，况且，死也不一定就是坏事。我看到过许多死人，他们大部分都挺平静，对于亲人的悲伤痛苦——当然了，有的亲人是装出来的，他们从来都无动于衷。"刽子手结束了手里的动作，睁大眼睛专注地看着面前的两人，声音轻柔，语气诚恳，使面前的听众对他无法不认真地倾听。"以前我也不愿意杀人，我一直心肠软得不忍心踩死一只蚂蚁。后来我意识到，杀人跟心肠软并不矛盾。我不应该踩死蚂蚁是因为我不是蚂蚁的同类，我应该杀人是因为我就是人，我认识人了解人……"说到这里，刽子手仿佛沉浸到某种莫大的遗憾之中，他看我一眼说，

"事实上，我没法管住自己不去议论这样的话题。你觉得我说得对吗？"

"不知道，"我说，"没人知道你要说些什么，"我又补充说，"我认识你两天了，除了杀人，我从来也听不懂你的话。"

剑子手忧伤地垂下眼睑，呆呆地凝视着手中的匕首，就像一尊衰朽的泥塑。过了一会，他抱着尚余的一线希望，把男主人嘴里的手巾拉了出来，不安地问，"你呢？你觉得我说得对不对呢？"他的神色一片惶惑，就像一个等待老师裁决问题的顺从的学生。

男主人的情绪比女主人平静得稍快一些，他没喊也没闹，只呼呼喘气，像背绕口令一样连连地回答剑子手的询问："你说得对，很对，我明白，我懂你意思我……"

剑子手很得意，把刀在地毯上无声地磕了一下。"其实这问题就是挺简单的吗。哎，你想不想喝点水，你呢？"

剑子手说着把目光又转向女主人。女主人有气无力地闭上了眼睛。这时男主人开始了主动："不喝，不渴。我说，我该怎么称呼你呢？"

剑子手指了我一下说："反正我是让他叫我剑子手的。我爱听这名字，你要是愿意，也这么叫吧。"

男主人说："那……剑子手，我想，孩子已经死了就死了吧，你能不能饶了我们两个的命。我们都是本分人，我们确实不知道怎么得罪了你……"

剑子手苦笑一下，"你们一到这种时候都爱这么想，真没办法。你们并没有得罪过我，而且我也不是那种小心眼的狭隘人，谁对我有点不礼貌什么的我就去报复人家。真的，我不是那种人。我只是有些喜欢自行其是，有些偏执，愿意干一些有悖常理的事。这你看得出来。"

"对对，我看得出来。可是，你这样有点太可怕了。如果你要钱，要东西，我倾其所有都给你……"

"我说过，我有钱，我不缺什么……"

"如果，如果你需要……她……你也可以……"那个向刽子手推荐自己妻子的丈夫泪水涌流，孱弱的声音犹如涸辙之鲋掀动的尾巴。这时我注意看了一眼那个坐以待毙的女主人，她听到丈夫关于出让她的意见，低垂的眼睛一下睁开了，那里边所饱含的愤怒与仇恨，倏忽间变成了惊惧与乞怜。只是我看不出那目光的含义是希望刽子手接受她丈夫的建议从而放过对他们夫妇的杀戮呢，还是恳求刽子手不要把她作为这桩死活交易中的一枚砝码。

男主人的建议也出乎刽子手的预料，他一时不知如何是好，只是把头扭向了女主人。女主人挺标致的，虽然由于这个夜晚的变故已蓬头垢面，但那种成熟妇女的姣好风韵依然昭然若揭。她身上的毛衣毛裤勾勒得她体形毕现，而周身圆润的轮廓让人看上去更富有皮肉的质感。我想，这真是个不错的女人。

刽子手把目光从女主人身上移开，往男主人的身旁凑了凑。"你是说，你可以把你妻子让出来？"

男主人使劲地点头，"对，她挺好的，真的挺好……"

刽子手说："让给我还是我们两个？"

男主人说："随便，随你们便……"

刽子手说："你问过她愿意吗？"

男主人说："她……"

男主人的话没有说完，也许他根本就不想说完，因为在刽子手为他挖掘的陷阱里，他已经意识到自己的失策，他不知道应该怎么回答才能挽救自己。刽子手的匕首对他心脏的刺入恰得其时，至少，避免了他为改正前一个错误而再犯下新的错误。我看出来了，在刽子手面前，没有谁不罪孽深重。

这时刽子手正在除去女主人口中的毛巾。女主人已瘫成一团，她丈夫身体里流出来的鲜血也淹到了她身下，可她只是大瞪了双眼张口结舌，却哭不出来也说不出来。刽子手起身到写字台上，拿来一杯冷却的凉茶，自己先喝一口润润喉咙，然后托起女主人的头，小心翼翼地喂她几口，就像服侍病人那样。开始女主人并不领情，可刽子手轻柔的声音近乎哀求。"你喝吧，喝点吧，要不就永远也喝不着了。喝完水长点力气，你好哭几声，你好骂几句，我能理解你的心情……"

女主人知道该轮到自己了，所以她的喝水，就与刽子手配合得挺好。刽子手松开她后，她不哭也不闹，只是挣扎着坐起来，将散乱的头发摇到脑后。她看了眼躺在身旁的丈夫，又往房间门口的方向看。刽子手对我说："去把她儿子也抱过来吧，再让她看看。"

我把那具十岁的尸体摆到女主人面前后，她目光直直地，在儿子和丈夫的尸身上来回逡巡，仿佛是在比较这对父子的异同。慢慢的，她苍白的脸上竟有了血色，莫名其妙地漾起了笑容，而且那笑容，还越来越明艳舒展。最后她抬头，又用那样的笑容望定了刽子手。"你是要遭报应的！"她说，她的声音如同生铁的相撞或碎瓷的摩擦。"有朝一日，你要和你的妻子、儿子一道，受到碎尸万段的报应！"但她的笑容却没有变化。"你，不——是——人——"

　　刽子手蹲在女主人面前听她咒骂，脸色泛红。他等女主人的诅咒停止之后，好像认真地做解释一样，咕哝着说："你说得对，我肯定是要遭报应的，哪个人能不受报应呢？没有这样的人。可是我没法和妻子儿子一起受报应，因为我没有妻子和儿子，甚至我连父亲母亲、兄弟姐妹、亲朋好友……也都没有。我，我其实每时每刻都在等待报应……"

　　这时，女主人脸上的笑容忽然凝滞，她趁刽子手说得动情，攒足了力量向他扑撞过去。但她的手脚都被捆着，她只能以一团笨拙肉体的形态，表达一下内心的愤懑；况且，他面对的男人又是个久经沙场的格斗好手，她出其不意的结果必然是没有意义的劳而无功。女主人的唐突表现令刽子手不满，他轻蔑地用鼻孔哼了一声。但他犹豫一会儿，不但没发作，还重把女主人扶了起来，而且用右手浸满鲜血的匕首，割开了绑她手脚的床单布条。这时的室内异常安静。也许女主人想借着手脚被解放之时再度反抗，也许女主人只是想活动一下麻木的手脚，也许女主人不过是下意识地对重获自由做出点反应。反正不管女主人的动机如何，当她手脚上的绳索一被割断，她的身子刚刚出现某种变化时，刽子手的匕首已经迅雷不及掩耳地刺进了她的胸膛。那钢铁与皮肉相融的声音，打破了所有的沉寂。女主人想最后再笑一下，可没笑出来。这样，女主人临死前的表情，只能是一种似笑非笑的尴尬表情，有些虚假又有些无奈。

刽子手让我找几条白床单把三个人的尸首遮盖一下，他自己则跑到厨房洗了好一阵。我们离开这一家重又来到户外时，夜色如水，寒意盈心。

"谢谢你了。"刽子手说，"我这个衣袋里是给你准备的钱，你自己拿吧，我不想碰它。"他指了指自己上衣左胸处的那个口袋。我知道那里有心脏在跳动。

"不要了。"我说，"以后我也不会再挣这种钱了。"我的目光不敢与他对视。"但愿以后永远不会再碰到你……"

说完，我独自向黑夜的深处走去。走出去好远，寂静中，我还是只能听到自己的足音，另一个人的脚步声我听不到。

我所享受的如此丰富的爱情

前记

姨妈去世后，我在她文件柜里发现了以下文字，它们与大摞大摞的述职报告、党员登记表、思想总结以及信件放在一起。我细细读过感触良多，便情不自禁地稍加整理发表于后，以飨诸位读者朋友。

作者

所有的一切都开始于退休之后。

我知道，无论如何我也应该算是一个比较坚强的女性，比如我现在还有热情写小说这事本身便是证明。尽管在我自己意识到这一点之前已有许多人为我下过这样的结论，但我还是只相信自己的感觉。

将近四十年前我就写过小说，那时在读大学的中文系，可开了许多个头却没有一篇写完过。这回我下决心不虎头蛇尾了，不然都对不起我那个当文学编辑的外甥。他那么认真地鼓励我，又毫不吝惜地把自家书柜里藏在"工作用书 概不外借"的大字幅后边的中外小说名著送上门来供我学习借鉴，我还有什么理由继续犹豫呢？

原来我计划为这篇小说起的名字，叫《独身女人住宅电话的使用方法》，可后来觉得有点像应用文的题目，便又起了现在这个名字：《我所享受的如此丰富的爱情》。两个题目究竟哪个更好我说不清楚。好在我并不是一个把外壳看得胜过内核的人，只要我把小说写得呱呱叫，小说的名字叫《无题》也无妨。当然了，我的这篇小说处女作是不会拿给任何人看的，读者如果能看到我的小说，也是我以后的作品。

哦，我得言归正传了，不然读者要骂我是一个饶舌唠叨的讨厌老太婆了。

其实我从来也不是一个饶舌唠叨的讨厌老太婆。在这座城市里，听到过我说话和与我说过话的人太多太多，我当过二十年的中学语文教师，你想想光我教过的学生就有多少？我相信他们不会那么看我。

我的故事要从我退休说起。那时候，我确实感到了孤独冷清，每天静静地坐在沙发上，脑子里乱糟糟地仿佛神游八极，又仿佛一片空白。有时手里捧一本书，可半天过去了却没翻上两页；有时拿了一块抹布想擦擦桌椅，可双手机械地动作好一会了，却还在一个地方涂涂抹抹。我没什么朋友，所有的寂寞苦闷我都要一个人吞咽。

一个夏末的早晨，我醒来很久以后，仍然慵懒地躺在床上。和煦的阳光透过薄薄的窗帘温柔地抚摸着我的身体，隔壁那家新婚夫妇的屋里隐隐地传出播放流行歌曲的声音。

正在这时，床头柜上的电话铃声响了起来，吓我一跳。好久没人给我挂电话了，我都已经开始讨厌这红彤彤火爆爆的电话机了。我有意识地等了一下，听那铃声热切急迫地响个不停。以前我在台上时，来电话的人可真多呀，开始电话是装在客厅里的，我哪夜都得起来两三回接听电话。后来从电影里看到人家外国人尽在床头听电话，我便也想把电话挪卧室去，可线太短，只得请电话局的人来帮忙。来移电话的那个小伙子大大咧咧地说："你可真能摆谱的了，躺床上挂电话。"

其实我真不是为了摆谱才这么干的，可现在想想，躺在床上听电话和坐在几旁或站在案前听电话感觉就是不大一样。我侧过身子，抓起了话筒：

"谁呀——"

"蓉蓉——"一个急火火的声音立刻从电话里钻了出来，"我是志刚，蓉蓉，喂……"

显然，这个莽撞的小伙子挂错了电话，我忙解释："你要哪呀，你打错了。这里没有蓉蓉……"

可电话那一端的小伙子，好像根本没听见我说的话，只是自顾道："……你心情不好我非常理解，你生我的气我知道，我认错还不行吗？蓉蓉蓉蓉我的好蓉蓉，你原谅我吧，我太爱你了，我不能没有你，我不能失去你……"

这真让我哭笑不得。我想丢下电话，可如果我电话一放，那小伙子一定会以为他的蓉蓉不理他了，还不得急疯；再说了，我这一辈子都快走完了，还没听过现实中的一个人这么火辣辣地讲情话呢，听上一回不也挺开心吗。

"……谢谢你还听着，谢谢。蓉蓉，真的，现在我感觉你就像坐在我身边一样，坐在我怀里，听我给你读普希金的诗。你用头蹭我的脸，用手摩挲我的胸膛、后背；我一只手捧着书，一只手紧紧地揽着你的肩膀。蓉蓉，你说这该有多好呀，多美呀！你现在是不是也有这种感觉……"

小伙子话说得很快，很动感情，我细细地品味着，几乎被感动了。我想如果我是这个蓉蓉，我一定立刻扑向他的怀抱。只可惜一辈子过去了，从没有一个男人这样爱过我。如今我老了，鬓角染上了白霜，皮肤松弛粗糙……

此时电话里小伙子的声音更温柔动听了：

"……蓉蓉，你能感觉到吗，我放下书，把你平放在身旁，轻轻地吻你的嘴唇，珍爱地抚摸你的乳房。你合拢了双眼，脸色红润，又幸福，又紧张，又羞涩……"

我情不自禁地合拢了双眼，而且我知道，我也一定脸色红润了。我晕乎乎地瘫软了身子，拿电话的手慢慢松开了话筒，双手充满温情地在自己几乎赤裸的身上惬意地滑动，觉得又幸福，又紧张，又羞涩……我知道自己这样实在荒唐，赶紧把双手拢到一起击打面颊，并挣扎着坐起来拉开窗帘向外望去，嘴里大声地叨念着：这天真好呀！然而我发现所有的一切都已成徒劳。也许就是从这时开始，许多以前从未有过的稀奇古怪的念头像乱草一样满满当当地填满了我的脑子。

我不觉有些害怕又有些奇怪。我这是怎么了？是老糊涂了还是活清醒了？

连续几天，我以一种病态的热情等待着电话窜线，并且把所有衣服都找出来换着样地穿来穿去。可是几天过去了，电话铃声再未响起。我没事找事地往局里拨了个电话，举着话筒"喂"了半天，对方却根本什么也没听到，只是骂骂咧咧地叫："谁有病是怎么着，挂电话不讲话，捣乱哪！"

我忽然明白了，怪不得那天我说我不是蓉蓉那个小伙子根本不听，原来是我电话机的送话器有了毛病。我怅然若失，觉得自己的精神头一下蔫了回去，心里边凉飕飕、空落落的，没来由地焦虑不安。再看那些被我穿来脱去的衣服，也又都像以往那么丑陋难看起来。我心里很清楚，这种感觉才是准确的，这么多年来，我哪穿过一件称得起是漂亮的衣服呀。自从四十年前那个无耻的男人占有了我以后，我所有的理想、梦幻、虚荣、爱好，不是都随着心灵一道破碎了吗。

我嘲笑自己像个十八岁的中学生，竟被一个偶然的电话搅得春心浮动。可我又实在觉得这电话来得妙趣无穷，它仿佛是一个启示、一种呼唤，使我整个身心好像都被托举了起来，轻飘飘地悬浮在空中。对电话，我于不觉间陡增了几许好感，整天没事便坐在床头凝视那红色的电话机，似乎它忽然间成了我的一个情侣密友。我不时把它拿起来看一看摸一摸，觉得它我之间已经有了些神秘的默契与奇特的隐情。电话局来人把它的送话器修好之后，我对它更是爱不释手，一会给114挂个电话问问随便哪个单位的电话号码，一会又打通哪家电影院问问随便哪个时间有什么电影上映。可我就是不给熟悉的人打电话，觉得那会破坏我与电话之间的某项约定。

　　一天半夜，我不知为什么忽然心血来潮，很想往哪儿挂个电话，便心惊胆战地信手拨通了一个号码。那边很快有人说话了。我真想赶紧放下话筒结束这个恶作剧，可我的手好像与话筒粘上了一样，根本不听我大脑指挥。

　　"喂，谁呀？"

　　"我……"我的心都要蹦出来了，我能说什么呢？

　　"嘿，丽华！噢，亲爱的，你终于回来了！"

　　"唔——"

　　"我跟你讲，可把我想坏了。我算着你这几天该回来了，天天都十二点以后睡觉，就坐在写字台前等你电话。昨天我还做了个梦，梦见你跟你爱人光着身子抱在一起，冷冷地对我说，你以后别找我了，我不理你了。难受得我呀，当时就想自杀。现在可好了，你回来了，又回到了我的怀抱了……哎，我明天起早就去你家，你都不用起床，就在被窝里等我，好不好？"

"……"

"嘿，宝贝，怎么不说话呀？说话呀！"

我轻轻地放下了电话，仰躺在床上，如同大病一场。

也许这电话真跟我有什么不解之缘。当年那个无耻的男人用暴力占有我后，我也曾想过就嫁给他吧，终究已经是他的人了，怨天咒地还有什么用。可他就是用一个电话斩断了我的最后一点期待："实在对不起，我老婆不同意离婚，我只得忍痛舍弃你了，但愿我没伤害着你，如果我有什么过错请你原谅。"就这么轻松，呜呜啸叫着的电流声，轻而易举地抹去了一切，而我，回报给那电流的只能是此后一生中感情的自虐。而后来那个把数学教得出神入化却天生拙于言辞的孙老师，便只能失败于他那种求婚方式了。

"喂，我……"

"噢，你……"

我感觉这个每天都能与我见面的男子汉的手和心在同时颤抖。

"我想和你谈，谈……恋爱！"

"为什么不当面说？"

"不好意思……"

"为什么不写信？"

"怕写不好……"

"我讨厌电话。"

"这——"

"我现在不想谈恋爱，谢谢你的美意。"

可现在我竟喜欢上电话了。然而一切都晚了，一切都没有了，不管是玩弄我的人对我的伤害还是钟情我的人对我的表白，都不存在了。电话，只有把好事和坏事都干得一样顺当的电话机，像只驯顺的小猫痴痴地蹲在我的床旁。

我试着又挂了几个电话，得出的结论是，随便与什么人在电话里交谈几句并没什么可怕的。我起初是把一本书任意翻开几页，把那些书的页码组成的数字作为电话号码，然后打出去。第一次接电话的是个女人，而且是个老女人，这使我勇气大增，我正好可以跟她练练嘴皮子。这里我得说明一下，我嗓子天生就特别好，多年的教书生涯使得我的声音尖细清亮，稍作修饰，与一个明丽动听的少女的声音也没什么两样。

我一听对方接电话的是个热情苍老的老妇人的声音，便悄声悄语地说："你好，请帮我找一下孙海生。"

"孙海生？没这个人呀，你要错了吧？"老妇人用的是想了一下的口吻。

"不会错呀，你电话是不是——"我把那个书的页码组成的电话号码重复了一遍。

"对呀，是这个电话，可我们这确实没有叫孙——"

"孙海生，瘦高个，大眼睛，是小车班班长。"

"你要哪儿姑娘，我们学校只有两辆倒骑驴。"

"你不是省委？"我的声音里带出了哭腔，这时我觉得我是一个十分优秀的演员，已经进入了剧情，没有丝毫的畏葸和虚假。

"哎呀，我说姑娘，你是不是上了人家的当了。你能讲讲怎么回事吗，我是个老教师，没准可以帮你出出主意呢。"

"我是跳舞时认识他的……嗯，他说他喜欢我，领我去吃饭。后来，后来……"

"你这可实在是太草率了，你是不是个高中生呀？咳，那后来怎么样了？"我感觉到那老妇人的心已经提到嗓子眼了。

"后来，他让我挂这个电话找他，说省委的人都认识他。"

"他没干别的？"老妇人明显有些失望。

"没有……"我犹豫了一下说，"他想亲我，我没让……"

"啊，那没什么了不起的，"老妇人扫兴地说，"以后注意点得了，别轻易相信别人。"说完她匆匆放下了电话。

我举着话筒愣了一会，低声说句"谢谢"，泪水滴滴滚落下来。搞了一次可笑的恶作剧，我却笑不出来。

我知道我这行径跟偷窃诈骗诱奸差不太多，我不应该这么无聊无耻，可我又怎么也控制不住自己。我第二次从书页中组装出一个号码，仍然是又坦荡又恐慌又从容又自责地挂出去的。电话那边传出来的，是一个温和的声音："这个号码是空号，请您不要挂了。这个号码是空号，请您不要挂了……"

我如释重负地松了口气，可又凭空生出一股被人耍弄了的感觉，立刻又报复般地组合成第三个电话号码。那是一个粗暴的男人接的电话，我刚说出孙海生的名字，他便吃了炸药那样大吼一声："没这人！"我斗气似的又重拨一遍，而且让声音更嗲更妩媚些，可那家伙根本不买账。"你听不明白人话咋的，告诉你没有就没有，别再废话！"

我又组合了第四个、第五个、第六个电话号码。一个没人接；一个是个女人接的，但这个女人可没有像老教师那样关心人，她解气似的说我活该倒霉；再一个莫明其妙地告诉我孙海生和他老婆看电影去了，我说他怎么可以有老婆，我才是他女朋友呀，那边笑了，好像电话旁边有好几个人，"老孙头行呀，弄个小妞当女朋友，还不许他有老婆。"

我想也是，我不该不许别人有老婆。当初第一次准备提我当教育局的副局长时，一个掌握着我的生杀大权的领导希望我与他的关系能继续发展一步，我当时就直通通地说，"这得首先你没有老婆。"他当然不能没有老婆，提我的事便推迟了两年。而现在，我更不该阻止别人有老婆了。我已不是一个初涉世事的天真女孩，任何游戏玩上几遍以后，就都应该恰如其分地掌握住，并能游刃有余地运用好。

我不再自我宽慰似的靠翻书本拼页码来寻找对话对象了。我找出几个厚厚的笔记本，每个本子都标出所代表局的号码。比如A本封面上写上三十五，这就是说三十五局的电话都要记在这上面；B 本封面上写上八十二，那便是说八十二局的电话都应该记在 B 本里。全市共有七个电话分局，我每天就都要挂出去七个电话。我上午的大部分时间都专心致志地编电话号码，一般一个分局一个，然后与以前编就挂过的对比，看看有无重复，如果重复了，看以前那个电话记录是怎样的一种情况。我不买电话簿，自己动手编纂号码，一边寻找优美和谐的数字搭配，一边猜测对话者的音容笑貌、性格喜好，别有一番情趣。

我的电话记录大体是这样的：

464646。一男性接电话，自称王珏，年龄三十左右，态度和蔼，好像是某机关。对话正常。10 月 7 日 10 点 45 分。

352222。是一户住宅，接电话女子傲慢刁蛮，疑为一干部家庭或个体户家庭。迅速结束。10 月 27 日 14 点。

821234。汽轮厂宣传部干事胡红（鸿、宏、洪、虹、弘、泓），为书记写发言稿打夜桌。言辞温柔猥亵，有文化，几次提出约会，自称未婚，似是情场老手。后忽然让我次日再联系，可能来人了。11 月 6 日 21 点 20 分。

……

随着电话记录的增多，我的经验也愈加丰富，我的乐趣也越来越大，我的不满足也就日益强烈。我不能虚与委蛇地欺骗自己，我知道我想要的是令人耳热心跳的绵绵情话，那我就不必遮遮掩掩只是被动等待了，我完全可以放开手脚主动索取。毕竟三言两语后便向我倾诉感情的人太少太少，我哪里还有理由再自作清高，去管什么虚无缥缈无耻下作言不由衷粗野荒唐呢。当然，在我主动求爱后，受到的谩骂嘲讽便多了起来，说我不自重、神经病、胡扯淡的是客气的，但我的精明强干很快就让我总结出了一套切实可行的因人而异的操作方法。我一般选择那种谈吐文雅说话和气的男人作为对话伙伴，他们一般不会骂人，如果偏巧是一个人在屋，还总会把话说得含而不露，恰到好处，而那话语中的暧昧隐喻，与那直白白的性欲宣泄相对照，又绝对的别有情味。

当我感觉到与我说过三五句话的男人是个可以与我共玩这个奇特游戏的人时，我一般是这样走上正题的：

"很对不起，如果不会耽误你很多时间，如果不会惹你不高兴，我想与你多说几句。你看——"

"噢，没关系，听你这么美妙的声音就是享受。你说吧。"

"那谢谢你了。我是一个很孤独的女孩子，我长得很美，真的，许多人都说一见到我就爱上我了，可我还是觉得孤独。我不知道为什么今天挂错了这个电话，一听到你声音就很快活，我认为你好像能理解我，给我安慰和……和……爱……"

往往这以后的对话就好进行了，至少有一半的人会满足我的愿望，而那另一半中，又会有一半的人能善解人意地对我说一些含蓄温馨的话，我想如果不是他们过于多疑，担心这是个阴谋圈套，他们肯定也会表现出炽烈的热情。

　　我感到了从未有过的精神愉悦，我退休以后的生活可以百分之百地算作丰富多彩了。随着时间的推移，我对电话谈情技巧的运用日臻圆熟，能够越来越经常地把整个身心都投入其中。每当我怯怯悄语时，我都能体会到那种向爱侣诉说衷曲的快感，每当听到对方的绵绵情话时，我都能找到那种依偎在恋人怀中的幸福体验。好多次碰到那些善于合作的对话伙伴，我都要忍不住地大哭一场，然后慢慢地一件件剥去身上的衣裳，久久伫立在穿衣镜前，再孤零零地钻进被窝，将赤条条的身体缩成一团，闭上眼睛畅想心事，慨叹生活的严酷与命运的捉弄。那时候，大学毕业之初，我刚接手的一个班里有个十六岁的女孩名叫燕子，她狂热地爱上了一个大她八岁的大学生。两人情深意笃，矢志不渝。后来我曾看到过他们的近百封情书，其感人程度无法用语言描述。燕子不仅漂亮、早熟、敏感，而且学业优秀、积极上进，是一个让我十分喜欢的学生。可我发现她恋爱时，却极其刻薄地给她张扬得满城风雨，配合她的家长把她逼得走投无路，非让她与那大学生断绝关系不可。燕子是个刚烈姑娘，不惜以身殉情，投水自尽。在她遗书里有这样一句向我发出的提问，问得我一生不安："老师，作为一个女人，难道您不渴望爱吗？"我就是在这样的不安中，走完了我此后的三十多年。

我怎么能不渴望爱呢？我渴望和燕子一样，有一种忠贞不渝恒定持久的爱。但我从来没得到过这样的爱，甚至在我的游戏中我都得定下这样的规则：绝不给同一个人打两次电话。我必须谨慎，万分之一的失误也会毁掉我的余生。当然，有时连续几天也不能找到一个令人满意的对话对象，确实让人心急如焚。但我有耐心，我愿意慢慢等待，焦急的等待能让人尽情幻想，而尽情的幻想本身就是极大的快事。可是有一次连绵秋雨使我烦躁不安，整整三天，挂了三十二个电话，没有一个人能给我安慰，我不主动调情便罢，只要我主动了，不是挨骂就是遭讽。我忍无可忍了，犹豫再三后，到底破了自己的规矩，贸然给一个离了婚的医生挂去了电话。

与这个医生的上一次通话是四个月前，当时谈话近两小时，我自称是一个刚刚失恋的大学生，于失望痛苦中想寻求一点安慰。那医生显然是个出色的调情专家，极其缠绵温柔，能把一些性色彩很浓的话讲得风趣幽默，再无法启齿的事情被他说出来，也变得纯洁美丽了。说实在的，我当时就喜欢上他了，后来也时常会想念他，如果我真是一个女大学生，我肯定立刻就答应和他约会。

我的电话挂过去时，他果然在家。"哪一位呀？"声音圆润悦耳，令人浮想联翩。

"你猜一猜，我们通过一个世界上最长的电话，四个月前你说过，你永远能记住我的声音。"这样说话时，我好像回到了燕子的年龄。

"噢？是这样——你的声音倒是非常耳熟，亲切娇媚，动人心魂。可我怎么就是……"我真遗憾，他完全可以听不出我声音，可他怎么能忘记四个月前那个无与伦比的长电话呢？

"我是师范学院的。"

"是钱云呀？真对不起亲爱的……"

"不，亲爱的，你不知道我叫什么名字，当时我们没互相通报名字。"我有点酸溜溜的。怪不得这家伙那么会讨女人喜欢，原来他手头的女孩子都多得记不住了，足够他练出好几套本领来。我想立刻把电话挂掉，可又想想，我也实在没理由去管束人家，我需要的只是一个嘴巴甜的、会说话的、能博我高兴的男人与我谈情说爱，至于别的，他是魔鬼色棍丑八怪，都与我无关。

"哎呀实在抱歉，是你是你我知道了。哎呀呀宝贝甜心真想死我了，这么长时间也不理我，是不男朋友和你又好了就把我忘了。不过现在你能打来电话，我也高兴死了，咱们聊那一回呀，我爱你爱的……"

"真的还爱我？钱云跟我可挺熟的。"

"别，你别吃醋。虽然我没见过你，但我知道你比所有的女孩子都可爱。小宝贝，你看这样好不好，你告诉我现在到哪找你，我去接你，来我这咱们好好聊聊。"

"不行，我只能和你在电话里聊。"

"那明天，后天也行，时间随你定。亲爱的你放心，我保证是你最出色的情人，尤其在床上。你相信吗？"

"相信。可我只想就这么说说话，你不愿意陪我说了？"

"当然愿意。可我们什么时候能见面呢？"

"以后再说吧，咱们光说说话吧。"

"可我都欲火中烧了。"

"对不起，说话吧……"

"只说话，不干别的？"

"只说话，不干别的。"

"以后也只能这样？"

"只能这样。"

"那你滚蛋吧，贱货！"他忽然破口大骂起来，"你他妈有病是不是，以为老子吃饱了撑的没事跟你闲磨牙呀！你他妈以后少给我挂电话。臭婊子！"

他怎么可以对我这样？我举着话筒浑身哆嗦，泪水簌簌地淌了下来。别人可以对我这样，但他不应该呀，他是那么多情的一个男人。我人病了一场，电话也静静地休息了几天。

我也许应该停止这电话游戏了。没有不散的筵席，当然也没有不结束的游戏。几年里，我已享受了如此丰富的爱情，我知足了，甚至我都觉得死而无憾了。如果不赶紧将它珍藏起来而是继续挥霍，那它的价值是要大大降低的。我终于明智地选择了一个屋外鞭炮齐鸣，到处有新人结婚的吉利日子，挂出了我计划中的最后一个爱情电话，至于那电话能否给我带来温馨的爱情，我不去管它。只要挂出去，就标志着我的游戏结束了，没人接都无所谓，甚至，那更是一个意味深长的结尾。

我依照我这一生里几个自认为吉祥的数字，编排出了一个电话号码：四六五九七四。我有一种即将释去重负的轻松感觉。我梳洗沐浴，酝酿情绪，满怀神圣感地捧起了电话听筒。四—六—五—九—七—四—随着蜂鸣器回荡起悦耳的铃声，一个温和亲切的男声传了过来。

"你好，你找——"

"你好。请问，你是一个人在屋里吗？"

"唔？对呀，你什么事……"

"很对不起，打搅你一下。我想请你对我说几句话，只说几句就行，说几句，关于爱情的……我希望你说你爱我。可能你根本不想这样说，但为了满足一个渴望爱情者的荒唐要求，请你能答应我……"

对方久久没有说话，可我听到了他有些急促的喘息声。我知道，对方肯定是个善良的男人，在短暂的惊愕之后，他得认真琢磨一下，该怎么说话才能使一个病态的女人得到病态的爱的满足。终于，我的耳畔响起了那个男子说话的声音：

"你，你是姨妈吧？我是刁斗呀。我电话刚装上，还正想给你挂一个告诉你号码呢。可姨妈，刚才你说的话我一点也听不明白，你怎么……"

我还能说什么呢？

后记

我实在说不好以上文字是姨妈生活的真实记录还是她虚构出来的一篇小说。反正从家的电话装好到姨妈去世不足一月，在这个月里，姨妈拒绝见任何人，也不接电话，只有她原单位卫生所的一个女大夫可以每隔两三天去看她一次。

作者